シークレット・ペイン

―夜去医療刑務所・南病舎―

前川ほまれ

ポプラ文庫

シークレット・ペイン

―夜去医療刑務所・南病舎―

THE SECRET PAIN

THE SECRET PAIN

CONTENTS

第一章　羽と体温

視界に映るコンクリートの塀は、どこまでも長く伸びている。高さは五メートル以上もあるだろうか。頭上に広がる青空が酷《ひど》く窮屈に感じた。

立ち止まり、そびえ立つ塀に触れてみる。表面は長い年月を雨風に晒《さら》され、カビや苔《こけ》でまだらに変色している。雨垂れの跡が地面に向かって、黒い線のように伸びていた。

四月の陽光が馴染んだ風を受けながら、正門ゲートに続く歩道を再び歩き始めた。片側に圧倒的な高さの塀があるせいで、革靴の鳴りが街中の雑踏とは違う。

正門ゲートに辿《たど》り着くと『関係者以外無断立ち入りを禁止する』という注意書きが目に映り、睨《にら》みを利かせている守衛が立っていた。その姿を見てから、声が掠《かす》れないように一度唾を飲み込んだ。

「今日から登庁となる、精神科医の工藤守《くどうまもる》です」

守衛が帳簿を見た後、正門ゲート横の小さな出入り口を開錠した。僕は眼鏡《めがね》のブリッジを押し上げながら、左足を踏み出そうとして躊躇《ちゅうちょ》した。物事の初めの一歩は右足からと決めている。この正門を通り過ぎた先の世界には、頬を撫《な》でる風も、頭上から降り注ぐ陽光も、何一つ変わりないのに見知らぬ日常が存在しているのだろう。そんな予感を覚えながら、ゆっくりと右足から敷地内に踏み込んだ。

「総務部の刑務官が参りますので、もう少々お待ちください」

小さく頷《うなず》いた後、少し離れた場所に掲げられた日の丸の国旗を見上げた。風の具合で形を変える姿は、意思のある生き物のように映る。

しばらくして姿を現した総務部の刑務官は、数日前に簡単なオリエンテーションをしてくれた人物だった。

「先生、ご無沙汰しております」

口調は柔らかだが、官帽を脱ぎ深々と礼をする姿には秩序を長年重んじてきた人種である佇《たたず》まいが滲《にじ》み出ている。

「やはりお医者さんは、身なりがいつもビシッとしてますな。隙《すき》がないっていうか、乱れがないっていうか。そのスーツも高そうだし、ネクタイも似合ってますよ」

「いえ、そんなことありません。全部、安物ですから」

「またまた、ご謙遜《けんそん》を。ウチの新人に、先生の爪の垢《あか》でも煎《せん》じて飲ませてやりたいです」

見え透いたお世辞を苦笑いでやり過ごす。誰がどう見たって、この刑務官が着こなしている官服の方がシワ一つない。

「所長がお待ちです。早速ですが、挨拶に向かいましょう」

庁舎に入ると、何人かの刑務官とすれ違った。皆、僕と並んで歩く刑務官に向かって「異常ありません！」と、耳を塞《ふさ》ぎたくなるような大声で報告をしていた。一般病院じゃ、こんな体験はできないだろう。屈強な男たちの叫び声が、漂う空気をはっきりと振動させる。

古びたエレベーターに乗り込むと、金線が伸びた官帽を直しながら、刑務官が最上階のボタンを押した。

「工藤先生が夜去《よさり》医療刑務所に登庁してくださることになって、所長も大変喜んでおられます」

「こちらこそ、歓迎して頂き恐縮です」

「何せ、矯正《きょうせい》医官はシマフクロウみたいなものですから」

「シマフクロウ……ですか？」

「絶滅危惧《きぐ》種ってことですよ」

エレベーターが最上階に到着すると、目の前には重厚な木製の扉が見えた。上部には手書きのプレートで『所長室』と表記してある。隣の刑務官が無言で微笑《ほほえ》んだのを合図に、僕は二度扉をノックした。すぐに「どうぞ」と、くぐもった声が聞こえる。

「失礼致します」

広々とした室内には、コーヒーの残り香が漂っていた。部屋の中央には黒光りしたレザーのソファーとローテーブルが鎮座し、壁には額縁に入った地味な絵画が飾られている。大きな振り子時計の時を刻む音が、静謐《せいひつ》な空間に似合っていた。

「今日は大安らしいですな。先ほどカレンダーで確認しました」

長いデスクの横で、背の低い男が微笑みを浮かべ立っていた。五十代と聞いていたが、遠目から見ても肌艶《はだつや》は良く、身につけている真っ白なドクターコートに負けないほどの白髪が頭皮を覆っている。

「本日より勤務させて頂く、精神科医の工藤守です」

僕が深々と頭を下げ終わっても、白髪の男は人の良さそうな笑みを浮かべたままだった。

「所長をしております、内科医の相沢《あいざわ》です。ここには、迷わずに来られましたかな？」

「ええ、数日前に簡単なオリエンテーションには参加させてもらいましたし、十二歳までは夜去市で生活していましたので」

「工藤先生が夜去市に住んでいたとは初耳です。私は転庁で初めてこの町に来たのですが、海が近くて良いところですな。魚も美味《うま》いし、緑も多い。難を言えば、少々潮風がきついですが」

「同感です」

促され、中央に鎮座するソファーに腰を下ろす。内部のバネが伸びきっているようで、妙に尻が沈んだ。

「工藤先生、改めまして矯正医官として登庁頂き誠にありがとうございます。先生もご存じかと思いますが、医療刑務所のような矯正施設はどこも医師不足で四苦八苦しておりますから」

「噂《うわさ》には聞いております」

「相手は受刑者ですからね。元々、医療刑務所に対して良い印象がないんですよ。それでも、以前は懇意にしている医局から定期的に医師が派遣されてはいたんですが、研修医制度改革の影響により医局も引き揚げてしまって……夜去でも、現在医師定員から二名欠員となっているんです」

医師不足の話になると、相沢所長から先ほどの笑みは綺麗に消えた。

「厳しい状況ですね」

「お恥ずかしい限りですが……医師不足改善のために、法務省が矯正医官特例法という法改正を実施し、国家公務員でありながら大学病院での研究や一般病院での兼業、フレックスタイム制度を導入してはいるんですが、なかなか医師不足解消には至っていないのが現状です」

相沢所長が自嘲《じちょう》気味に溜息《ためいき》を漏らす。白髪の多さは、長年の医師不足問題が影響しているのかもしれない。

「正直、色々とネガティブな噂は耳にしております。受刑者相手で危険だとか、大学病院や市中病院と比較して医療設備が整っていないとか……しかし、いくら外勤先と言っても医局人事には逆らえませんので」

「工藤先生が勤務されている海東《かいとう》大学病院の院長とは、古くから面識がありましてね。数年前も突然、矯正医官の欠員が出た際は助けてもらったんですよ。やはり持つべきものは友人ですね」

トップダウンの医局人事とはいえ、まさか刑務所の中に派遣されることになるとは思いもしなかった。僕の知らない二人の『友情』は『迷惑』という名のストレスに形を変え、胃の奥を鈍く刺激する。

「工藤先生には色々と大変な時期に登庁してくださることになり心苦しい限りですが、切迫している医師不足問題を考えると無理を申し上げてしまいました」

「いえ、登庁期間も予《あらかじ》め半年と決まっていますから。確か今後は、仙台に新設される刑務所に合併されるんですよね？」

夜去医療刑務所は、あと半年で閉鎖になることが決まっている。長年の医師不足や施設の老朽化が原因と、以前参加したオリエンテーションで聞いていた。

「ええ、半年後に国と民間が共同運営するＰＦＩ刑務所に合併されます。その後は東北矯正医療センターという名称に変わるんですよ」

医療センターという名称は、一般病院のような耳なれた響きがある。しかし、刑務所特有の高い塀がそびえ立つ限り、一般人は寄り付かないだろう。

「工藤先生の熱い眼差《まなざ》しを見ていると、夜去医療刑務所に有終の美をもたらしてくれるようで、大いに期待が膨《ふく》らみますよ」

僕は返事をせずに、硬い笑みを張り付けることしかできなかった。先ほど触れたコンクリートの感触が、指先に蘇《よみがえ》っていく。

「ご存じのことも多々あるとは思いますが、当施設の簡単な概要を私から話しておきましょうかね」

相沢所長は一度咳払いをすると、真っ直ぐに僕の目を見つめながら話し出した。

「ここ夜去医療刑務所は、何らかの罪を犯し服役している受刑者を対象とした矯正医療施設です。まあ、平たく言えば受刑者専用の病院ですな」

おそらく、相沢所長は学会で頻繁に施設アピールをしているのだろう。まるで目の前に原稿でもあるかのように、流暢《りゅうちょう》な説明を続ける。

「一般刑務所にも医務室や医療重点施設がありますが、夜去医療刑務所は病院の機能に重きを置いた矯正施設です。このような施設は、夜去を含め全国に五ヶ所しかないんです。夜去の収容分類はM級と称される精神疾患を有する者と、P級と称される身体疾患を有する者が主です。その数は常時百六十人前後で、その他にもA級と称される比較的犯罪傾向の進んでいない模範囚が五十人程度収容されています」

「何らかの疾患を有していない受刑者も、収容されているんですか？」

「ええ、彼らは受刑者の世話役である経理係として一般刑務所から派遣され、清掃や物品修繕等の自営作業をしております」

　矯正施設では、外部の人間を自由に出入りさせることはできない。だから、自己完結が当たり前なのだろう。

「夜去医療刑務所は、五万二千平方メートルという広大な敷地面積を有しております。組織は総務部、処遇部、医療部の三部制となっており、矯正医官として登庁して頂く工藤先生は、もちろん医療部の所属となります。医療部には矯正医官の他にも、看護師や薬剤師、検査技師やリハビリスタッフである作業療法士も所属しております」

　矯正施設では、医師の判断だけで受刑者の指針を決めるわけにはいかない。医療部はもちろん、刑務官が所属する処遇部と共に分類審査会という審議を経てから、適切な方針を決定していると事前に聞いていた。

「工藤先生に質問ですが、受刑者の全ての費用が国費で賄《まかな》われていることはご存じですか?」

「ええ、知っています。刑事施設に収容されると、健康保険が使えなくなりますから。国費ということは、我々の税金ということになりますね」

「その通りです。受刑者たちの医療費は、国民の税金で賄われ全て無料です。医療費どころか衣食住全ての費用もですが……。それでは、夜去医療刑務所に収容されている受刑者一人当たりにかかる年間費用はどの程度か、ご存じですかな？」

「いえ……そこまでは。勉強不足ですみません」

僕の返事を聞いてから、相沢所長は四本の指を顔の横に掲げた。太めのゴツゴツとした指だ。

「約四百万です。もし手術が必要な疾患を患えば、倍の八百万近くになる受刑者もいます。それらの費用は全て税金で賄っております」

「……なかなかの金額ですね」

「前年度の夜去医療刑務所の医療関係予算は、約八千万。そのほとんどが薬剤費に消えてしまいますから、新しい医療設備の導入なども難しいんです」

矯正施設の医療費は予算制だ。相沢所長の強張《こわば》った表情を見ていると、やり繰りが大変なことが伝わった。

「僕は以前、矯正医療に対する辛辣《しんらつ》な意見が書かれたコラムを読んだことがあります。世間からすれば、罪を犯した受刑者に対し、我々の税金を使い医療を提供することへの強い憤りが滲み出ていましたね」

「そのようなご意見もわかります。しかし『刑事収容施設及び被収容者等の処遇に関する法律』第五十六条では、社会一般の保健衛生及び医療の水準に照らし、適切な保健衛生上及び医療上の措置を講ずるとあります。平たく言えば、受刑者であっても世間一般並みの医療を提供しなさいよ、ということです」

相沢所長は一度言葉を区切ると、右手で白髪を撫で付けた後に続けた。

「受刑者の身柄を強制的に国が刑事施設で拘束《こうそく》しているわけですから、彼らの健康管理の責任を負うのは当然です。結局、医療や人権は高いコンクリートの塀を軽々と越えるということですな」

相沢所長は苦笑いとも取れる表情を浮かべながら、鼻先を掻《か》いた。そんな姿を見ていると、建前だけを並べたようにしか聞こえない。

「とにかく僕としては、移送されてきた受刑者たちを元いた刑務所に無事還送できるよう努めます」

僕が平淡な声で返事をすると、相沢所長は一瞬沈黙し、今度は自然な笑みを浮かべた。

「では、講釈を垂れるのはこれぐらいにして、病舎へご案内致しましょう」

相沢所長は左手に嵌《は》めていた腕時計に目を落とした。くすんだ金色のブランド品で、僕の趣味とは掛け離れていた。

「夜去医療刑務所は、今年で設立から百八年目なんです。あと半年で消滅してしまいますが、人間でいえば大往生ですよ」

僕は黙って頷いた。

所長室を出てから、先ほどの刑務官に一階にある更衣室に誘導された。

「着替え終わりましたら、処遇部の刑務官が病舎までご案内致します」

「わかりました。着替えると言っても、ドクターコートを羽織るだけですが」

更衣室に入り、指定されたロッカーの前に着くと、背広を脱いでドクターコートを羽織った。今日のために新しく買ったドクターコートは、線を引いたような折りジワが刻まれ、ミルクで染め上げたような純白を呈している。ロッカーに付属した鏡でネクタイの歪《ゆが》みを直していると、自分の眼差しが普段より鋭いことに気づいた。

更衣室を出ると、先ほどとは違う刑務官が立っていた。僕を見るなり、官帽を脱いで頭を下げる。

「初めまして、処遇部の西川《にしかわ》と申します。これから私が病舎までご案内致します」

西川刑務官の右目は白く濁っており、一見して視力障害があることがわかった。年齢は僕の少し上か、同じぐらいだろうか。筋の通った高い鼻梁《びりょう》が精悍《せいかん》な顔つきを演出している。

「精神科医の工藤です」

「失礼ですが、工藤先生はお幾つですか」

「今年で三十二になります」

「夜去に勤務している先生方の中では、お若い方ですね」

好奇な視線で、白く変色した右目を見ないように質問する。

「夜去には、何名の矯正医官が勤務しているのでしょうか？」

「現在は工藤先生を含め精神科医が二名と、内科医が四名です。他には近くの歯科・口腔《こうくう》外科クリニックの医師が、定期的に往診に来てくださっています」

「やはり、一般病院と比較すると医師の数は少ないですね」

「夜去は内科と精神科しかありませんから。東京や大阪の医療刑務所では、医師もここより多く在籍していると聞きますがね」

西川刑務官の声はよく通り、長年受刑者を従わせてきた厳しさを孕《はら》んでいた。

「それでは、工藤先生に担当して頂く病舎に向かいます。内科疾患のP級が北病舎、精神疾患のM級が南病舎に収容されていますので、工藤先生に診察して頂くのは南病舎ということになります」

庁舎の後方にある病舎に向かうため、西川刑務官と並んで廊下を歩き始めた。僕は身につけていた腕時計に触れる振りをして、自分の脈を測定する。分速百六回。平常時よりだいぶ速い。

「工藤先生は受刑者を診察することに対し、恐怖心はありますか?」

西川刑務官の官帽に金線は伸びていなかったが、着ている官服からは鮮やかな青が発色していた。

「いいえ、全くと言っていいほど感じていませんね。慣れていない場所ということで、若干の緊張はしていますが」

「珍しいですね。初登庁の方は、受刑者に暴力を振るわれるのではないかと不安がっている方が多いのですが」

「受刑者の扱いに慣れたプロが多く集まる場所で、何を怖がると言うんですか？　夜の繁華街の方が、よっぽど危険ですよ」

　僕の返事を聞くと、初めて西川刑務官が表情を崩す横顔が見えた。

「夜去には六十名を超える刑務官が勤務しているんです。病人といえど受刑者ですので、もちろん全ての房は施錠されています。先生方は房の鍵《かぎ》を持つことが許可されていないので、診察の際には必ず私たち刑務官が立ち会うことになります」

　西川刑務官は一度言葉を区切り、続けた。

「受刑者との交談は必要最低限にし、治療に関することだけに留めてください。名前を名乗るのも禁止です。言うまでもないことですが、特にプライベートに関する内容は絶対に禁物です。どこで何があるかわかりませんから」

　塀外の医療とは真逆のことを指導され、改めて特異な空間に立っていることを自覚した。

「わかりました。治療に関することだけに留めます」

　西川刑務官は無表情で官帽の具合を軽く直すと、白く濁った右目だけで何度か瞬《まばた》きをした。

「工藤先生が先ほどおっしゃったように、ここには受刑者の扱いに長《た》けた者が多く集まっています。しかし、夜の繁華街にこんなに多くの罪を犯した者が集まることはないでしょう」

「どういう意味ですか？」

「要は、我々は塀の中にいるということです。冗談や比喩では片付けられない現実の中で、彼等《かれら》に接しなければならないことを忘れないでください」

少し先には廊下の終わりが見えている。西川刑務官の言葉を胸の中で反復しながら、僕は冷たい靴音を響かせた。

「前方に見えるのが病舎に続く二重扉です。因《ちな》みに工藤先生は煙草《たばこ》は吸われますか？」

「いえ、吸いません」

「今、携帯電話はお持ちでしょうか？」

「はい、ドクターコートのポケットの中に」

僕が取り出したスマートフォンを、濁った右目が一瞥《いちべつ》する。

「あの二重扉を通り抜ける前に、全て預けて頂くことになります」

病舎へと続く二重扉の左側には、ダイヤル式のロッカーが幾つも並んでいた。一つ一つの容量は小さく、貴重品しか入らなそうだ。

「病舎には貴重品やライター等の火器、携帯電話を持ち込むことはできないんです」

「防犯上の理由ってことでしょうか？」

「ええ、職員が万が一携帯電話を落とし、それが受刑者の手に渡れば外部との通信手段となってしまいますし、もし鍵穴をカメラで撮影した画像を見せるような人間がいれば、スペアキーを日用品で作製してしまう受刑者が出てくる恐れがありますので」

「そんな器用なことをする人間なんているんですか？」

僕の鼻で笑うような声が強固な二重扉に跳ね返り、虚しく鼓膜の奥に漂った。

「以前私は、反社会勢力や犯罪傾向が進んでいる者が多く収容されているB級刑務所に登庁していたんです。その時は身の回りの日用品を使い、受刑者は様々な物を隠れて作っていました。例えば歯ブラシの柄を削って凶器にしたり、中には自身の足の爪を剝《は》いで針のような凶器を作った者もいましたね」

予想だにしない話を聞いて胃が重くなる。僕はそれ以上は何も言わず、小さなロッカーに財布とスマートフォンを預けた。

「病舎に入るには、この二重扉を通り抜けなければなりません。各々の静脈認証によって開錠されます」

西川刑務官が、二重扉付近に設置されていた認証機器に人差し指を入れた。その後、テンキーに暗証番号を入力してから、鉄扉に手を掛ける。

「五年前に、この二重扉だけ最新の物に替えたんです。扉の老朽化が原因で、受刑者の脱走事案が発生したことがありまして」

「確かに、この二重扉だけは新しいですね」

「いくら他の場所が老朽化していると言っても、刑務所の鉄扉が強固でなければ自由刑は成立しませんので。すでに工藤先生のＩＤは入力済みです」

　一枚目の扉を抜けると、二メートル先にはまたしても同じような鉄扉が行く手を阻《はば》んでいた。前後が鉄扉で挟まれた空間に立っていると、ゲート内でスタートを待つ競走馬にでもなった心地がする。西川刑務官が一枚目の扉が施錠されていることを確認する姿を見据えながら「やはり閉ざされた扉が多いですね」と、僕は感想を漏らした。

「言うまでもなく保安上の理由です。この二重扉は、どちらかの扉が開放されている限りは、もう一方の扉は開錠できない仕組みになっているんです」

「徹底しているんですね。夜去医療刑務所が閉鎖になるまで、脱走事案が起こらないことを祈ります」

「それが当たり前ですから。受刑者の矯正と施設の保安警備は、私たち刑務官の責務です」

　西川刑務官が再び静脈認証機器を操作すると、二枚目の鉄扉が開錠した。

「右側の廊下を進めば南病舎ですし、左側の廊下を進めば北病舎に通じます」

　左右にはリノリウムの長い廊下が伸びていた。そこには、等間隔に並んだ鉄格子が嵌め込まれた窓が見える。眩《まばゆ》い陽光が差し込んではいたが、不思議と温かみは感じない。

「鉄格子の嵌まった窓を見ていると、刑務所の中にいるんだって実感しますよ」

そんな幼稚な感想を漏らしながら辺りを見回す。元々は白い清潔な空間であったのかもしれないが、壁も廊下も黄味がかったベージュに変色している。長い年月が、哀愁漂う空間に変えたようだ。

「各病舎の出入り口も施錠されていますので、入舎前に鍵保管庫から個人専用の鍵を取り出す必要があります」

「鍵も一人一人違うんですか？」

「先ほども申し上げましたが、医療スタッフは一人で受刑者と接することができませんから。医師である矯正医官も例外ではありません。ですので、工藤先生に渡す鍵は、受刑者が収容されている房を開錠できない仕様となっています」

西川刑務官はそれだけ告げ、先頭を切って長い廊下を歩き出した。窓から外を覗《のぞ》くと、意外にも敷地内は緑が多く自然豊かだ。目を凝《こ》らすと、何匹かの蝶《ちょう》が呑気《のんき》に浮遊している姿が遠目に映った。

「南病舎はM級ということもあり、同室者とトラブルを起こす受刑者が多いです。ですので、共同室より単独室が多い造りとなっております」

「やはり、暴れる受刑者が多いのでしょうか？」

「受け入れ初期は、環境に適応できず不穏になる受刑者がいるのも事実です。受け入れてから二週間は必ず単独室に収容し、毎日診察を行います。不穏行動が続く受刑者は、観察室と呼ばれる特別な部屋に収容される場合があります。そこは四六時中監視カメラで撮影され、危険行動がないように我々が目を光らせています」

鍵保管庫は、南病舎に通じる鉄扉のすぐ側にあった。中に入ると、六畳程度の空間が広がる。そこには、各スタッフの氏名が記載されたダイヤルロック式の貴重品入れが無数に並んでいた。よく見ると、僕の氏名がテープで貼り付けられている貴重品入れがあった。

「絶対に鍵は外に持ち出さずに、ご自身の貴重品入れで保管してください」

西川刑務官から受け取った鍵を見つめた。誰かが以前使っていたのか、妙にくすんだ色をしている。

「鍵の紛失があると、脱走事案に繫《つな》がる恐れがあります。くれぐれも注意して管理してください」

「もし紛失した場合は？」

「工藤先生は、クビになるでしょう」

背筋をヌルッとした汗が伝う。握っていた鍵が、鉄球に変わったかのように重みを増した。

南病舎に続く鉄扉の前に立つと、西川刑務官が静かな声で言った。

「工藤先生は一般社会の医療で良しとされている、共感や信頼関係の構築という類《たぐい》を捨てる覚悟がありますか？」

僕に向けられた瞳には、冷たい光が宿っていた。その眼差しで、何千人もの受刑者と接してきたのだろう。

「もちろんです。相手は罪を犯した人間ですから。余計な感情は捨て、必要最低限の医療だけを提供します」

罪があれば、加害者と被害者がいる。法治国家である限り、加害者には正義による矯正を実施しなければならない。ここは病院ではあるが、本質的には罪を償《つぐな》う刑務所だ。

「工藤先生は、良い矯正医官になりそうですね」

口元だけで笑った後、西川刑務官は南病舎に通じる最後の鉄扉に鍵を差し込んだ。扉には赤字で『施錠確認』と表記されたシールが貼り付けられている。僕はもう一度、自分の脈を測定した。分速六十四回。いつの間にか、悪くないペースに戻っている。

「工藤先生、まずは医療スタッフが常駐している、詰め所に向かいましょうか」

その声を合図に、鉄扉がゆっくりと開いた。すぐに微かな糞尿《ふんにょう》と誰かの体臭が混じったような重い空気が鼻先に漂った。それを掻き消すように、きつい消毒液の臭いが続く。僕は苦い唾を飲み込み、右足から歩を進めた。扉一枚を隔てただけの空間なのに、漂う空気は明らかに違っている。それに、不自然に思えるほどの静寂が辺りを支配していた。

「かなり静かですね」

「今は静かですが、大声を出す者も多いです。一般刑務所ではそのような不穏行動は即刻懲罰《ちょうばつ》対象となりますが、夜去では病状に起因した場合は見守る傾向にあります」

視界には、細長い廊下が縦に伸びていた。両脇にはクリーム色に塗られた重厚な鉄扉が幾つも並んでおり、それらは数ミリの隙間《すきま》もなく閉ざされている。鉄扉の横には、細い鉄格子が張り巡らされた窓が見えた。

「壮観ですね。全てが同じように秩序立って管理されているのが、ここに立つだけで伝わります」

「ええ、イレギュラーはありません」

「南病舎には、何名程度の受刑者が収容できるんですか？」

「最大五十二名の受刑者が収容可能です」

端の房から、一人の刑務官が出てくる姿が見えた。僕たちの姿を確認すると、直立不動で何事かを捲《まく》し立てている。早口すぎて上手《うま》く聞き取れず、西川刑務官に視線を送った。

「現在人数の報告です。常に確認し合っているんです」

「それにしても早口ですね」

「すぐに慣れて、聞き取れるようになります」

出入り口にほど近い廊下の一部には、数々のモニターが並ぶ場所があった。先ほど人数報告をした刑務官がそこに戻り、モニターを覗き込む。剝き出しとなった無数の配線が、蛇のように廊下に伸びていた。

「全ての房へ、刑務官が十五分ごとに巡視しています。観察室だけは、常にモニターで目を光らせているんです」

カメラは天井に設置してあるようで、部屋全体が粗い画像となって映し出されている。目を凝らしてモニター画面を観察しようとしたが、僕の立っている位置からではよく見えなかった。

「ちょうどスタッフが、ミーティングをしているようですね」

斜め向かいにナースステーションがあった。窓ガラスにはステンドグラス仕様に見えるシールが貼られている。少しでもこの異質な空間に、華やかさをもたらすような演出なのだろうか。

中に入るとミーティングが中断され、数名の看護師とドクターコートを羽織った男の視線が、僕に向けられた。

「本日より矯正医官として登庁して頂く、工藤先生をお連れしました」

西川刑務官が声を張り上げた後、シワだらけのドクターコートを羽織った男が椅《い》子《す》から立ち上がった。

「おっ、新しい先生かい。思っていたより全然若いね。こりゃ、看護師さんたちの化粧が明日から濃くなるんじゃねえかな」

男は無精髭《ひげ》を蓄えた口元を大きく開け、一人で笑っていた。四十代前半といったところか。口数が多そうで、苦手なタイプかもしれない。

「初めまして。今日から矯正医官として勤務させて頂く、工藤と申します。夜去医療刑務所には週二日程度の登庁となると思いますが、どうぞよろしくお願い致します」

僕の挨拶を聞いて、またしても無精髭を蓄えた男が口を開いた。

「俺は工藤先生と同じ、矯正医官の神崎《かんざき》っていうんだ。夜去には俺とあんたしか精神科医はいないからさ、仲良くやろうや」

看護師の一人から「やっと真面目《まじめ》そうな先生が来た」というヤジが飛び、辺りにいたスタッフが笑っていた。

「こちらこそ、よろしくお願い致します」

僕は軽く頭を下げてから、改めてナースステーション内を見回した。どうやら夜去では、紙カルテを使用しているようだ。書類が至る所に積み重ねてあり、レントゲンのフィルムが入ったケースもステンレス製の棚に放置されている。奥の方には電源の入っていない心電図モニターが見えたが、かなり古いタイプだ。最新の医療機器は使っていないと噂では聞いていたが、それは事実のようだ。この場所もナーステーションというより、詰め所と呼んだ方がしっくりくる。

「工藤ちゃんさ、早速なんだけど患者に会ってみる？」

神崎先生が、馴れなれしく僕の肩に手を回した。ドクターコートからは、微《かす》かに煙草の臭いがする。こんな軽薄な医師を採用するしかないなんて、よほど矯正施設での医師不足は切迫しているんだろう。

「はい、お願いします」

「よっしゃ。西川ちゃん、お供よろしく」

実際に受刑者と対面すると思うと、心臓の鼓動は速くなり舌が一気に乾いていく。

「とりあえず、観察室から見るか。一般室とは違う特別な造りになっているからさ」

「観察室は何室あるんですか？」

「確か、七つか八つだったかな」

適当な返事を聞きながら廊下に出ると、不意にどこか遠くの方から動物の遠吠《とおぼ》えのような声が聞こえた。

「これって、受刑者の叫び声ですか？」

「病状が悪かったり、一般刑務所の環境に適応できない人間が集められてるからな。とりあえず、顔だけでも覚えてやってよ」

「ええ、詳細はカルテで確認します。それと……受刑者を呼ぶ時って、どうされてるんですか？」

「一般刑務所はどうだか知らんが、夜去では基本的に苗字で呼ぶな。でも、検査や初めての診察なんかでは、受刑者番号とフルネームを名乗ってもらうことはあるけどよ」

胸の奥に憤りを感じた。この場所は病院の機能が主だが、あくまで矯正施設だ。一般病院のように名前で呼ぶことには抵抗がある。

「僕は受刑者を番号で呼ぶことにします」

「患者を間違わなければ、工藤ちゃんの好きにすればいいさ」

「粛々《しゆくしゆく》と医療を提供することが、僕の役目ですので」

神崎先生の足元は雪駄《せった》で、廊下を歩くと間の抜けたペタペタという音が響いた。

「工藤ちゃん、観察室は八つだわ」

観察室は、詰め所の隣に並んでいた。一般室と鉄扉の色は同じだが、廊下に面した観察窓は小さく細長い。

西川刑務官が「２０１」と表記された鉄扉の前に立ち、中央にある細長い観察窓を覗いた。その幅は十センチ程度で、長さは三十センチにも満たない。ちょうど押入れの隙間から、外を覗くような格好に似ている。

「佐々木《ささき》、診察だ」

西川刑務官の鋭い声が廊下に響き、鉄扉に鍵が差し込まれた。僕はいつの間にか、初めて会う受刑者の姿を想像していた。派手な刺青《いれずみ》が両腕に彫られた屈強な男。そんな奴だとしても、最初が肝心だ。絶対に怯《ひる》んだ態度は見せまいと、固く拳を握る。すぐに何かが嚙《か》み合う音が聞こえて、目の前の鉄扉が重く軋《きし》みながら開いた。

「今日は新しい先生もいるぞ。挨拶をするんだ」

先に入った西川刑務官の声が鼓膜に響く。身を硬くしながら房内に入ると、三畳程度の空間をベッドが占領していた。部屋の奥には鉄格子が嵌められた窓があり、その下で床に埋め込まれた和式の便器が寂しげに出番を待っている。寝具には自殺予防のためかシーツは敷かれておらず、パイプベッドにマットレスと薄い掛け布団があるだけだ。恐ろしく質素な空間の中で、白い病衣を着た男が横になっていた。

「どうですか調子は？」

神崎先生が、顔には似合わない柔和な声で問い掛ける。目の前の男は、僕の想像から掛け離れた容姿をしていた。頰には深いシワが刻まれ、病衣から覗く痩《や》せ細った腕は枯れ枝のようで、少し力を加えれば折れてしまいそうだ。歯がないのか、口元は萎《しぼ》んでいる。丸刈りにされた頭髪には白いものが交じり、頭皮が透けて見えた。入室前にイメージしていた屈強な男の要素は一つもなく、誰がどう見ても病弱な高齢者だ。

「先生のお陰で、調子は良いですよ」

「なら良かった。今日から新しい先生が勤務されるんで、挨拶に来たんですよ」

男の視線が僕に注がれる。白内障でも患っているのか、瞳はぼんやりと灰色に濁っている。

「今日から勤務となる……精神科医です」

西川刑務官からの忠告を思い出し、名前は伏せた。医師免許を取得してから名乗らない挨拶なんて初めてだ。診察以外の交談を禁止されているため、それ以上言葉が続かない。

「お若い先生で……後先短い命ですが、よろしくお願い申し上げます」

男は機敏な動作で正座をすると、頭を下げた。男の左手の人差し指には、指輪のような刺青が彫られていた。何となく若き日の奔放《ほんぽう》さが透けて見えた。

「それでは、これで……」

僕は話すことがなくなり、一方的に別れを告げた。威圧感のない受刑者であったことに、密かに胸を撫で下ろす。踵《きびす》を返し部屋から出ようとすると、背後から痰《たん》の絡んだ声が聞こえた。

「あの、先生方に一つお願いがあるんですけど」

振り返ると、正座を崩さずに男が遠い目をしながら言った。

「昨日からこの部屋の磁場が乱れてしまっているので、ＮＡＳＡに連絡を取って頂けないでしょうか？」

「はい？」

「だから、衛星から飛んでくる違法電波を止めるように、ＮＡＳＡに注意してください。磁場が乱れると尻の穴が痒《かゆ》くなるので」

男は真剣な表情を向けながら、一度大きな音で放屁した。西川刑務官は無言で厳しい表情を向けていたが、神崎先生は笑みを浮かべながら言った。

「佐々木さん、違法電波なんて飛んでいないですよ。だって、こんな頑丈な扉で守られているじゃないですか」

「でも、そこらじゅうに感じるんです。昨日から違法電波が毛穴から侵入してきて、屁が止まらないし」

佐々木と呼ばれた男は、哀願するような表情を神崎先生に向け、もう一度大きく放屁した。

「これはＦＢＩが仕組んだ陰謀なんです」

「さっきはＮＡＳＡに注意しろって、言ってたじゃないですか。とにかく、景気の良い屁も出てるし安心してください。あまり考えすぎてしまうと、また部屋を汚してしまいますよ」

そう諭されると、男は一応納得したのか押し黙った。僕たちが部屋から出ると、すぐに西川刑務官が鉄扉を施錠する硬い音が響く。明らかな妄想の言動を聞いて、男の疾患は予想がついた。

「さっきの受刑者って、統合失調症ですか？」

「ハズレ、佐々木さんはアルツハイマー型認知症疑い。彼は昔からの常連なんだよ。一般刑務所に収容されては、あの調子で夜去に移送されてくる」

ベッドで礼儀正しく正座する姿が思い出されたが、そんな映像を暗い思いで塗り潰す。

「さっき『また部屋を汚してしまいますよ』と神崎先生は話していましたが、何か奇異な行動でもあるんですか？」

「佐々木さんは、違法電波から身を守る口実に壁や床に自分の便を塗りまくる弄便《ろうべん》行為が酷いんだよ。だから集団での生活は難しくて、落ち着くまであの部屋にいるってわけ」

あんな殺風景な部屋が便まみれになる光景を想像し、ゾッとした。

「佐々木さんの罪名は、覚醒剤《かくせいざい》取締法違反。ずっとシャブの売人をやっていたらしい。そのうち工藤ちゃんも言われると思うぜ、まったりしたいんならハッパ、シャッキリしたいんならシャブ、スーパーマンになりたいんならシャブとコカインを混ぜた物が良いよってね」

僕が返事に窮《きゅう》していると、西川刑務官が隣の「202」号室の観察窓を覗いた。

「大島《おおしま》、診察だ」

鋭い声を発した後、西川刑務官はすぐに体勢を後方に反らした。何事かと思い目を凝らすと、観察窓の内側には泡立った唾が付着していた。

「貴様！　何をするんだ！」

西川刑務官の怒号が響く。房内からは返事をするように、一度鉄扉を蹴《け》る大きな音が聞こえた。

「あんたの顔にウイルスが付いていそうだったから、消毒だよ、消毒」

「ふざけるな！　懲罰に値する行為だぞ！」

「こんな狭く汚い部屋に閉じ込めやがって。あんたらはちゃんと人権を考えろよ」

この位置からでは姿は見えないが、野太い掠れた声を聞いて若い受刑者ではないことが予想できた。鉄扉を蹴る音がしたためか、モニター付近にいた刑務官が駆け寄ってくる。

「出所したら、絶対このイカれた刑務所を訴えてやるからな！」

大島と呼ばれた受刑者の尖った声は、徐々にヒートアップしていく。西川刑務官の表情が本気で歪み始めた時、神崎先生が観察窓に近づいて言った。

「大島さん、今日も威勢が良いね」

「いつものヤブ医者か？」

「正解、いつものヤブ医者です。今思ったんだけどさ、ヤブ医者のヤブってどういう意味なんだろうな。まさか竹藪《たけやぶ》のヤブから来ているわけじゃないだろうし」

「無駄口たたくんじゃねえよ、いつも言ってるだろ」

「急に気になってね。とにかくさ、扉蹴るの止めてくださいよ。大島さんの足がヤブ蚊に刺されたように腫《は》れちゃいますって」

　神崎先生の笑えない冗談の後「くだらねえ」と呟《つぶや》く声が聞こえ、舌打ちと共にベッドが軋む音が房内から聞こえた。

「工藤ちゃん、大島さんにはまた後で挨拶しようか」

「攻撃性のある受刑者のようですね」

「ああ、大島さんの罪名は傷害罪。被害妄想が強くて、何かにつけて訴える訴えるって言うんだ」

　大島と呼ばれた男は自分が犯した罪に対して、反省なんてしていないんだろう。塀外でも塀内でも誰かを傷つけることでしか、他人と関係できない。そんなことを思っていると、ドス黒い重油のような怒りが胸に広がっていく。

「こんな状況になっても、自分が正しいと思っているんですね」

　呟いた声は頑丈な鉄扉に跳ね返され、大島には届かない。僕の言葉を聞いて、神崎先生が無精髭を摩《さす》りながら言った。

「彼だけじゃない。どんな人間も失敗はするし、何かしら欠落はしている。俺たちはそんな高尚な生き物じゃない」

「高尚な存在とまでは言えないですが、僕たちは彼らとは違います」

「どこが違うと思う？」

　それは愚問でしかなかった。神崎先生は受刑者と接しすぎて、客観的な視点が失われている。先ほどから禁止されているはずの不必要な交談も多い。

「そんなことすぐわかるじゃないですか。僕たちは法に触れず、塀外で生活しています。施錠するのはこんな鉄扉ではなく、自宅の玄関です」

西川刑務官が無言で頷く姿が見えた。またどこか遠くの房で、遠吠えのような声が聞こえる。

「工藤ちゃんは、なかなか上手いこと言うね」

「冗談のつもりでは、ないんですがね」

神崎先生はペタペタと雪駄を鳴らしながら、次の観察室に向けて歩き出した。予想通り苦手なタイプだ。ハズレの同僚を引いた不運に、肩を落とした。

大島に唾を吐かれて以来、次の観察室からは扉を開けず、細長い観察窓から房内の様子を覗いた。声を掛けると反応は様々だ。ベッドに横になったまま完全に無視する者、鋭い視線を向け拒絶するように手を払う者、意味不明な言葉を発しながら狭い房内を徘徊《はいかい》する者、ベッドの上で涎《よだれ》を垂らしながら立ち尽くしている者、マシンガンのように卑猥《ひわい》な言葉を連呼する者。一般刑務所に収容されている受刑者には接したことはないが、観察室に収容されている受刑者は明らかに疎通不良の人間が目立つ。それに高齢者も多い。挨拶を交わしただけで、認知レベルに問題があるとすぐに感じ取れる受刑者もいた。

最後の観察室の前に立つと、肩に重い疲労感を覚えた。意識しないうちに全身に力が入っていたのかもしれない。

「工藤ちゃんはさ、もっとガラの悪い患者を想像してたんじゃないの？」

図星を衝かれ、返事が遅れた。確かに肩透かしを食らったような気がしたが、刑期が長ければ塀内で歳を取るし、高齢者が犯罪に手を染めないわけではない。

「僕がイメージしていた受刑者と違っていて、少し戸惑ったのは事実です。しかし罪を犯した人間に変わりありませんので」

「確かにガラの悪い風体をしている患者もいるよ。紋々が背中やら腕やらに入ってて、目つきの悪い尖った奴とかさ」

「そういう受刑者が、収容されることもあるんですか？」

「もちろん。でもよ、実際は高齢者や知的障害者が目立つな。一般刑務所も高齢者が多くて、福祉施設みたいになっていると聞くし」

「……罪を償う場所が、そんな状況でいいんでしょうか？」

「そうなっちまってるんだから、仕方ないんじゃないの。ま、刑務所は社会を映す鏡なんて言葉も聞いたことがあるしね」

そんな話を聞いても、少しも同情はできなかった。若かろうが、高齢だろうが、罪には正義の矯正を与えなければいけない。

「工藤先生、この房で最後です。滝沢真也《たきざわしんや》という受刑者が収容されています」

西川刑務官が硬い声を出す。その名前を聞いて、はっきりと心臓が拍動するのを感じた。それが何のサインなのかはわからないが、決して心地良いものではない。

「滝沢は、職場の責任者を刺殺しています」

「殺人罪ですか……」

「ええ、刑の確定後、一般刑務所に収容されたのですが幾度も縊首《いしゅ》未遂や異物嚥下《えんげ》等の自殺企図《きと》を繰り返し、夜去に移送されてきたばかりです」

テレビを点ければ、殺人事件の報道を目にすることなど日常の一部であったが、実際この鉄扉の向こうにそんな人間が存在しているという事実に、恐怖とは違う形容できない不安感を覚えた。

僕はそんな思いを、医者という仮面で誤魔化しながら西川刑務官に質問する。

「うつ病に起因した希死念慮でもあるのでしょうか？」

「滝沢はうつ病ではないんです。意欲の減退や抑うつ症状は見られません。自殺企図を繰り返すのは、本人の気質もあると思います。衝動的で短絡的な思考が強いと申しましょうか……移送初期ということもあり、観察室で経過を見ています」

衝動……と胸の中で繰り返し、他と同じように蟻《あり》一匹通れないほどに固く閉ざされている鉄扉を見つめた。

「滝沢、診察だ」

西川刑務官が観察窓から声を張り上げる。どうしてか、房内を覗いてはいけないような予感を覚え、はっきりと心臓が締め付けられた。

「聞いたことのない、足音がするな」

房内から掠れた声が聞こえた。低くもなく、高くもなく、あまり特徴がない。その声を聞いてから、ジットリと腋《わき》の下に汗が滲み始める。

「滝沢、誰が勝手に喋《しゃべ》って良いと言った。医師からの質問だけに答えろ」

西川刑務官に注意されると、滝沢という男は押し黙ったようだ。すぐに神崎先生が観察窓に近づき、柔和な声を出す。

「滝沢くん、どう気分は？」

「こんな狭くて、小便臭い房に入れられて気分が良いと思うか？」

「そりゃ、そうだな。芳香剤でも置いてやりたい気持ちは山々なんだが、そうもいかないんだ」

神崎先生の返事を聞いて、鼻で笑うような息遣いが聞こえた。

「芳香剤なんて置かれたら、俺、全部飲んじゃいますって」

「やっぱり、自分を傷つけたくなる気持ちや、死にたくなる気持ちは強いんだ？」

「さぁ、どうかな。房壁に染み込んだ小便の臭いと同じで、こういう気持ちって完璧に消えることはないから」

投げやりな口調の後、滝沢は淡々と続ける。

「とにかくこの房から出せよ。刑務作業や作業療法でもすれば、少しは気分が晴れるかもしれないし」

「滝沢くんに一つアドバイスするとだな、希死念慮が強い人間をこの部屋からは出せないんだ。矯正施設では、自殺と脱走は御法度だからね。それに、観察室は君の安全を守る意味もあるんだからさ」

「ここから出す許可をくれないと、俺は何をするかわからないぜ」

自殺企図を繰り返しているという情報や、医療者を操作しようとする発言を聞いて、滝沢はある種のパーソナリティー障害を有しているような気がした。

「滝沢くん、そんな行為は止めた方が良いな。夜去のスタッフは優秀だからさ、必ず失敗するよ」

「あんたと話していると、そうは思えないんだけどな」

「とにかくさ、俺とは違う優秀な医師が来てくれるようになったんだよ。滝沢くんに紹介するから」

話を切り上げ、神崎先生が鉄扉から離れた。僕はある予感を打ち消すように、必要以上に革靴を鳴らし観察窓に近づいた。

「今日から勤務する、精神科医です」

観察窓から房内を覗くと、坊主頭の男が床に胡座《あぐら》をかいて俯《うつむ》いていた。この状態だと、顔はよく見えない。

「診察することもあると思うので、その時は……」

滝沢は顔を上げずに、自分の指先の甘皮を弄《いじ》っている。そんな姿を観察していると、先ほどの予感が霧が晴れるように消えていく。

「それでは、また」

観察窓から顔を離そうとした瞬間、滝沢が右手で気怠く目を擦《こす》り手の甲が見えた。そこには、五センチ程度の白い線のような傷跡が刻まれていた。僕は反射的にまた観察窓に顔を近づけ、その傷跡を瞬きもせずに見つめる。いつの間にか胃が縮み上がり、背中から一筋の汗が流れ落ちていた。眼鏡のレンズに映る光景を信じたくはないが、確かめずにはいられない。

「あの……扉を開錠することって、できませんか？」

突然の提案に、西川刑務官の表情が一瞬曇るのが見て取れた。

「何故《なぜ》でしょうか？」

「現在この男は、攻撃性がないようなので」

何度か眼鏡のブリッジを押し上げながら、戸惑いの表情をできる限り隠した。あの右手に刻まれた傷跡を見た瞬間、不穏な予感は絶望的な確信へ変わった。

「わかりました」

西川刑務官が鍵を差し込むと、鉄扉が重たく開いた。僕は一度唾を飲み込んでから、右足から房内に踏み込む。便所から漂う尿の臭いと本人の体臭が混ざり合っていて、辺りの空気は淀んでいる。

「滝沢、新しい先生だ。挨拶をしろ」

俯いていた男がゆっくりと顔を上げた。丸刈りのせいでそう見えるのか、当時と比べると顔の輪郭はシャープになり、目鼻立ちがハッキリとした印象を受ける。無駄な贅肉《ぜいにく》はなく、しなやかな筋肉が美しいとさえ思える体軀《たいく》をしていた。記憶の中の滝沢と変わらないところがあるとすれば、色黒の肌と場違いなほどに澄み切っている瞳だ。こんな地獄の底のような場所でも、長い睫毛《まつげ》が瞬きをするたびに揺れている。

滝沢はこちらを凝視してはいるが、何も言葉を発する気配はない。居心地の悪い沈黙に耐え切れず、僕は取り繕うように言った。

「初めまして、大学病院から派遣された精神科医です。あなたの気分が少しでも改善するように善処します」

他人行儀な言葉で、面識がないことを強調した。棒読みの声は、鼓膜の奥で石が転がるような乾いた音を立てる。また少しの沈黙の後、滝沢のささくれた唇が微かに動いた。

「気分の改善ねえ。それじゃ、よく効く睡眠薬を二百錠ぐらい処方してくださいよ」

「それは無理ですね。向精神薬には処方制限が定められていますから」

「俺はそんなルールは聞いたことがないけどな」

「あなたが知らなくても、そう定められているんです」

「誰かが決めたルールに、正しさを求めるなよ。医者だったら、患者の苦痛を取り除くのが重要な責務だろ？」

滝沢と言葉を交わすと、床が歪んでいるような不安定な感覚を覚えた。暑くもないのに額にはじっとりと汗が噴き出す。

「とにかく、無理なことは無理ですから。あなたの希望は叶えられません」

滝沢は鼻で笑ってから、目を逸らした。話した限り、僕が誰であるかは気づいていないようだ。今はもう立場が違う。滝沢は向こう側の人間で、その境目は重厚な鉄扉が阻んでいる。

「それでは、また診察の機会があれば」

僕は冷たい声を出し、素早く背を向けた。とにかくこの場をやり過ごした安堵《あんど》から小さな吐息が漏れた瞬間、呟くような声が聞こえた。

「今も、眼鏡かけてんだな」

反射的に振り返っていた。その直後、傷跡が刻まれた右手が目前に迫り、視界は一気に霞《かす》んだ。

「滝沢！」

霞む視界を掻き消すように、西川刑務官の怒号が響いた。

「滝沢くん、そんな行動は良くないぜ。眼鏡を早く渡すんだ」

神崎先生の声を聞いて、目元に両手を当てた。いつものレンズの感触がない。顔を上げると、丸坊主のシルエットが歪んで見えた。

「これ以上、近づくなよ。人間って、意外となんでも飲み込めるんだからさ」

　滝沢が奪い取った眼鏡を、口元で見せびらかすように掲げる姿がぼんやりと見えていた。脳裏には異物嚥下という言葉が渦を巻き、西川刑務官の怒号が絶えず響く。

「滝沢！　馬鹿な行為は止めろ！　懲罰対象だぞ！」

「歯ブラシや割り箸《ばし》を飲み込むのは簡単で、スプーンは先端をやり過ごせばスムーズに滑り落ちてくれる。それじゃ、眼鏡はどうなんだろう？」

　先ほどまでの湿った空気が、瞬時に針のように鋭利になっていく。西川刑務官の怒号よりも、滝沢の静かな声の方が鼓膜に響くのが不思議だ。

「俺が思うに生きるってことは、簡単に言うと食うことっすよね？　俺たちは何か口に入れなきゃ死んじまうからさ」

「戯言《ざれごと》を止め、眼鏡を渡すんだ！」

「でもさ、こんな物まで飲み込めるかもしれないなんて、人間って気持ち悪くない？」

　濁った視界の中で、滝沢が素早く口腔内に眼鏡を入れる姿が見えた。すぐに唸《うな》り声が房内に響き渡る。ドクターコートの白と官服の青が丸坊主の男に突進する残像が、細切れのように目に映る。

「滝沢くん！　眼鏡を吐き出すんだ！」

「滝沢！　早く出せ！　死にたいのか！」

怒号と唸り声が混ざり合いながら、僕の脳を揺さぶる。数秒の激しい抵抗の末、大きく息を吐く声が聞こえた。

「ごちそうさん」

霞んだ視界の先には腹をさすりながら、大げさに曖気《あいき》をする丸坊主の男が映っていた。神崎先生と西川刑務官が、一瞬項垂《うなだ》れる気配が伝わった。

「すぐに内科医に掛け合って、内視鏡で取り出さないと」

「滝沢、お前はなんてことをしたんだ！」

二人の切迫した声が飛び交う中、場違いな笑い声が耳に届いた。

「冗談だって。本気にすんなよ」

一瞬の沈黙の後、病衣の袖《そで》から吐き出されるように、硬い何かが床に転がる音が聞こえた。

「新しい先生がいらっしゃったんだから、歓迎の意味を込めて手品ぐらい披露してもいいじゃないですか」

僕は思考回路を遮断し、床に転がった眼鏡を拾い上げた。掛け直すと、レンズには汚い指紋が幾つも付着している。

「これからよろしく、工藤先生」

僕の名前を呼ぶ声と重なり合うように、西川刑務官が叱責《しっせき》する怒号が房内に響いた。

詰め所に戻ると、深い溜息が自然と漏れた。西川刑務官は若い刑務官に何やら指示を出すと、一礼してどこかに消えた。そんな姿を詰め所のドアから見送る。さっきはステンドグラスのシールを冷めた目で見つめていたが、意外と悪くないかもしれない。

「登庁初日に怖い思いをさせて、すまんな」

神崎先生が痰の絡んだ声を出しながら、ローラーの付いた椅子に深く腰掛けた。

「……所属している精神科病院でも、不穏患者に暴力を振るわれそうになったことはありますから」

「でもよ、やっぱりここは受刑者の病院だからさ、悪かったよ」

「前向きに考えれば、先ほどのような体験をできて良かったかもしれません」

「どうして?」

「僕が相手にしているのは、患者ではなく、受刑者だと実感できたからです」

伏し目がちに、空いていた椅子に腰を下ろした。詰め所の中では何人かの看護師が書類仕事をしたり、配薬カートに薬をセットしたりしていた。年配の看護師が多い気がする。経験豊富な人間じゃないと、素面《しらふ》で受刑者の相手はできないのかもしれない。

「滝沢くんが夜去に移送されてからの様子を見ていると、彼の衝動性は外側に向くというよりは、内面に向く傾向があると思い込んでいたから油断していたよ」

「神崎先生の見立てを否定するようで申し訳ありませんが、あいつは人を殺していますす。反社会性パーソナリティー障害の衝動性に対し、その評価は短絡的な気がしますね」

「反社会性パーソナリティー障害？」

「カルテを確認しなくても、あいつの診断名はそう予想しましたが」

神崎先生は、ドクターコートのポケットから飴玉《あめだま》を一つ取り出し口に入れた。すぐに、噛み砕く不快な音が聞こえる。

「ムショの中で、反社会性なんて診断しても意味はないよ。収容されている全ての人間に当てはまっちまう」

「確かにそうですが……」

「滝沢くんの診断名はとりあえず、心因反応。拘禁下のストレスで、自殺企図を繰り返しているという状況説明で移送されてきたんだ」

「心因反応って……疾患名というよりは、状態を表す言葉じゃないですか」

「まあな。ああ見えて夜去に来てからは、自殺企図の行動化はなく落ち着いていたんだがな。さっきは、何か思いもよらない刺激でもあったのかもしれない」

思わず口を噤《つぐ》んでしまう。僕の戸惑いなんて感じていないのか、神崎先生は大きな欠伸《あくび》をすると背伸びをしながら言った。

「ちょっくら書類仕事があるからさ、それが終わったら今度は外を案内するよ」

「外ですか？」

「小さいけど、中庭やグラウンドがあるんだ。症状の落ち着いている患者は、リハビリや刑務作業として園芸と窯業《ようぎょう》をやってるんだよ」

「……呑気なものですね」

ついい尖った言葉が口から零《こぼ》れた。しかし揺るぎない本音であることは、間違いない。

「工藤ちゃんは、なかなか辛口だね。結果的にそういう作業から、贖罪《しょくざい》の意識が強くなるケースもあるんだぜ。あ、そうそう話は変わって、記入してもらいたい書類があったんだ。どこ置いたっけな」

神崎先生は面倒くさそうに、乱雑に散らばったデスクの上を探し始めた。僕は持参した万年筆を取り出すために、ドクターコートの胸ポケットを探る。しかし、指先には何も感触はない。ロッカーについうっかり忘れてきたことに気づいた。

「あったあった、コレだ」

そう声が聞こえて、僕の目の前に緊急連絡先を記入する書類が差し出された。

「あの……筆記用具をロッカーに忘れてきてしまいました」

「それじゃ、俺のペンを貸すよ」

「いや、結構です。ここでは、私物の万年筆を使うように決めているので。取りに行きます」

「ちゃちゃっと携帯番号書くだけじゃん。それに更衣室に戻るのも面倒だろ？」

「いや、登庁期間中にインクを使い切りたいので」

「何その理由、変なの」

僕の硬い表情を見て冗談ではないと悟ったのか、神崎先生が書類を持つ手を引っ込めた。

「工藤ちゃんって、変わってんな」

「すぐに戻ります」

椅子にだらしなくもたれながら、神崎先生が怠そうに手を挙げた。

誰もいない更衣室に辿《たど》り着くと、思いきり深呼吸をした。南病舎に漂っていた空気はかなり淀んでいたような気がする。

思った通り、万年筆はバッグの中に忘れていた。深海のような暗い青色をした表面からは、馴染みのない手触りと重さを感じた。

万年筆を胸ポケットに仕舞ってから、再び南病舎に向けて歩き出す。詰め所に着いたら、まずはじっくりと滝沢のカルテを見ようと心に決め、重い足を前に進めた。

庁舎の廊下を歩きながら、二十年振りに邂逅《かいこう》した男の姿を思い出していた。右手の甲に見えた傷跡が脳裏にちらつく。白い線のような傷跡は、もう一生消えることはないのだろうか。そんな疑問が、潮騒のように鼓膜の奥で寄せては返す。

結局、退庁時間が来るまで不快な耳鳴りは消えることはなかった。

正門から外に踏み出すと、思わず溜息が漏れた。空は陽が沈みかけ、燃えるような橙《だいだい》に染まっている。歩きながら深く息を吸い込み、肺に夕暮れの気配を満たす。こんなありふれた風景一つとっても、塀の中では鉄格子が邪魔をしてしまうんだろう。

電車とバスを乗り継ぎ、四十分程度で自宅のマンションに到着した。玄関の鍵穴を回す時に、滝沢が右手を目前に伸ばす姿が過《よぎ》る。舌打ちと共に、脳裏の隅に追いやった。

「ただいま」

電気の灯っていない玄関からは、もちろん返事はない。無人の部屋への挨拶は、仕事とプライベートのオン、オフを明確にするための自分で決めたルールだ。

リビングに入ると、窓辺に置かれた水槽が暗い部屋の中で青白く発光していた。設置された濾過《ろか》フィルターが、気泡を発生させる音だけが室内を満たしている。小ぶりな水槽の中で泳ぐ青い尾ひれを見ると、やっと一息つけた。

「元気にしてた？」

僕が今日初めて微笑む表情が、水槽のガラスに反射する。水温計を確認すると二十六度を示していた。小型のオートヒーターで管理していることもあって、適正水温が保たれている。

「留守番も一人じゃ寂しいよな」

美しい青い尾ひれが水中で揺れた。絹のように滑らかで鮮やかな青は、落下した彗星《すいせい》の欠片《かけら》が優雅に水と戯《たわむ》れているように見える。同じ水槽に他の熱帯魚を入れてやりたい気持ちはあるが、こんな美しい容姿をしていてもベタ・ハーフムーンは闘魚の性質を持っている。単独飼育をしないと尾ひれが傷ついてしまう。

「腹減ってるんじゃないか」

小型熱帯魚用の餌《えさ》を水面に落とすと、小さな口が愛らしく動いた。水草の緑と鮮やかな青のコントラストは、何時間見ていても飽きることはない。

「おいおい、そんなに一気に食べて大丈夫か？　誰も取りはしないよ」

しばらく疲れや空腹を忘れ、水中を揺蕩《たゆた》う美しい生物に見とれた。ベタ・ハーフムーンの遊泳能力はそれほど高くない。濾過フィルターの水流やレイアウトした流木等で尾ひれが傷ついてしまう恐れがあるため、水槽内はあえてシンプルにしていた。底には砂利等の底床材を敷かないベアタンク方式を採用している。

「今日は疲れたけど、お前の姿を見て元気が出たよ」

ベタは飼いやすい熱帯魚と定説があるが、コップに入れて販売している店もあるというのは信じられない。水質ＰＨも弱酸性から中性に保つことが良しとされているし、何よりそんな狭い空間ではすぐに水が汚染されてしまう。

「次の休みに水替えをするね」

ふと、壁に貼られたカレンダーを見ると、三日後の日付が赤いインクで丸く囲まれている。それは、次の夜去医療刑務所への登庁日だった。

僕は目を細めてから、再び水槽の中で泳ぐ青い尾ひれに視線を向けた。


二日間はすぐに過ぎ去っていった。僕の外勤先が医療刑務所という噂は所属先の病院ではすでに広がっており、普段あまり会話をしない同僚からも感想を求められた。僕は全て「まだ初日だから」と返答し、憐《あわ》れみと興味が混じった眼差しを幾つもやり過ごしていた。

スマートフォンで主要なネットニュースを見終わり、ぼんやりと中吊り広告に視線を向け始めると、人身事故で停車していた電車は動き出した。まだ二度目の登庁だというのに、九十分程度の遅刻になりそうだ。

夜去医療刑務所の更衣室に辿り着くと、乱暴にドクターコートを羽織った。乱れた前髪を直してから、庁舎の廊下を急ぐ。二重扉の前に立つと、ちょうどドクターコートを羽織った女性が出てくる姿が見えた。

「こんにちは」

僕の挨拶を聞いて視線が合うと、その女性は目を丸くし無言で近寄ってくる。知り合いだろうかと、記憶を探ったが覚えはない。気づくと甘いシャンプーの香りをはっきりと感じられるほど、目前に立っていた。

「多分、カラスアゲハだと思うんですよね」

「はい？」

「左肩に乗ってますよ」

肩に視線を向けると、黒い羽が視界の隅で揺れた。登庁初日に窓から見た自然豊かな風景が脳裏を過る。

「羽の一部が、サファイヤのように輝いていますから」

蝶の特徴よりも、真っ直ぐに切り揃《そろ》えられた前髪に目がいった。見ようによっては、ドクターコートを着たコケシが話しているみたいだ。

「自己紹介が遅れました。内科医の愛内《あいうち》と申します」

愛内先生は深々と頭を下げた。僕もつられて頭を下げると、黒い羽は左肩から飛びたっていく。

「先日から登庁となった、精神科医の工藤と申します」

「あっ、あなたが工藤先生ですか。南病舎に新しい先生が登庁されると聞いていたんですよね」

「外勤先ということもあり、週に二日程度しか登庁しないのですが、よろしくお願い致します」

「こちらこそ。私は主に北病舎で勤務しているので、話す機会が少ないかもしれませんけど」

カラスアゲハは、まだ近くを漂っていた。愛内先生の言う通り羽の一部が蛍光灯に照らされ、サファイヤのような深みのある青に輝いている。普段は蝶なんて気にならないのに、刑務所の中だからなのか妙に見とれてしまう。

「そうだ、工藤先生は今、少し時間あります？」

「時間があるというか……実は電車の遅延でたった今、登庁したばかりなんです」

「それなら、詰め所に顔を出す前に献香式に参加しませんか？　一人でも多くの方に見送ってもらった方が、彼も喜ぶと思いますので」

返事をする間もなく、後方から多くの足音が聞こえた。振り返ると、数名の刑務官や看護師が無言でこちらに近づいてくる。

「来たみたいですね」

愛内先生が、近づいてくる人々を遠い目をしながら見つめている。なんとなく表情も硬く、カラスアゲハの説明をしている時とは違う。僕は訳がわからず、戸惑いながら質問した。

「あの、献香式って？」

「あまり聞きなれないですよね。夜去医療刑務所内で、刑期を全うできずに亡くなった方を弔《とむら》う式のことです」

「……遅刻しているので、一刻も早く南病舎に顔を出さないと」

「二分程度で終わりますから。式と言っても、手を合わせて終わりなんです」

愛内先生はそれだけ告げると、先ほどの人々の後を追って歩き出した。そんな姿を見ながら、疑問だけが湧き起こる。

「死んだ受刑者に、今更……」

本音が漏れた後、南病舎に向けて歩き出そうと前を向いた。目の前をカラスアゲハがゆっくりと旋回し、美しい羽を優雅にはためかせている。

釈然としない思いは胸の中を過っていたが、無理やりあの美しい羽を脳裏に思い浮かべながら踵を返した。

献香式を執り行う場所は、ちょうど官舎と病舎の間にあった。敷地内の隅にコンクリート製の物置のような建物があり、先ほどのスタッフたちが吸い込まれていく。

建物に入ると、ほんの僅《わず》かだが何かが腐ったような臭いを感じた。六畳程度の空間には簡素な祭壇のようなものがあり、中央には色のはげた小さな仏像が無言で鎮座している。その前で棺《ひつぎ》に入った元受刑者が、組んだ青白い両手に数珠《じゅず》を巻き付けられていた。室内には焼香台はあるが、生花一つ見当たらず殺風景だ。彩りを添えたであろう、先ほどのカラスアゲハの姿はない。

「工藤先生、始まりますよ」

壁際にいた愛内先生が僕を手招いたので、急いで隣に並んだ。刑務官の一人が、一歩前に出る姿が見えた。

「これより献香式を執り行います」

その声を合図に、室内にいた六名のスタッフが足早に焼香台に並ぶ。すすり泣く声も、僧侶の念仏も聞こえない。ただ遺体と焼香台と仏像があり、整然と時間は過ぎていく。弔いとはほど遠い淡々とした雰囲気だ。

「この方の名前は、加藤治郎《かとうじろう》さんって言うんです」

愛内先生はそう呟いた後、焼香台の前に並んだ。僕も後ろに続く。

「加藤さん、どうぞ安らかに」

愛内先生は焼香をした後、棺を一瞬覗き込みながら優しく呟いた。僕はその発言を白々しく感じた。胸の奥が濁っていく。

僕の順番が来て適当に焼香を済ませると、棺の中を見下ろした。頬がこけ、額が狭い坊主頭の高齢者が横たわっている。血の気のない異様に黄ばんだ皮膚を見ると、肝臓系の疾患を患っていたのが推測できた。遺体に思いを馳《は》せたのはその瞬間だけで、すぐに壁際に戻った。

「それでは出棺致します」

刑務官の平淡な声が聞こえると、年配の看護師が草履《ぞうり》を一組だけ棺に入れた。死んだ人間が愛用していた物や、嗜好品なんて一つも見当たらない。

「加藤さんの死因は、胆管癌《たんかんがん》です。夜去に移送されてきた時は、もう手遅れでした」

硬い表情で愛内先生が呟いた。すぐに刑務官の手で、棺が釘《くぎ》で閉じられる。金槌《かなづち》を打ちつける音が、狭い部屋に響き始めた。

「皮膚が黄ばんでいたので、なんとなく察しはつきました」

「加藤さんは、あと一年で満期だったんです」

「これぱっかりは、仕方がないですね。いくら死期が近くても釈放とはいかないでしょうから。それで、ご家族は外で待機しているんですか？」

僕の問い掛けに、愛内先生は小さく首を振った。

「加藤さんには娘さんが一人いらっしゃるようで連絡したんですが、もう関わりたくないと……そっちで勝手に火葬してくれと言われてしまって」

「家族に見捨てられたということですか……」

「そういう方って多いんですよ」

壁際に設置された棚には、紫の風呂敷で包まれた正方形の箱が幾つも並んでいた。その一つ一つに添って白木位牌《いはい》が並んでいる。箱の中身が荼毘《だび》に付された遺骨であることは、容易に想像がついた。

「行き場のない遺骨は、二年間ここで保管するんです。その期間中に引き取り手が現れないと、無縁仏として共同墓地に埋葬されます」

「……罪を犯した者の避けがたい結末だと、個人的には思いますがね」

刑務官が無表情で棺の載った台車を操る。車輪が軋む音が、狭い室内に反響した。

献香式だけ出る予定だったが、愛内先生の強引な誘いによって『お見送り』と称される儀式まで参加することになった。それは、棺を載せた公用車を見送るだけのものらしかった。

「死亡出所となりますので、特別な扉を経て塀外に出るんです」

愛内先生の言葉通り、正門付近の高い塀のような扉が開かれ、黒塗りの公用車がゆっくりと進み始める。近くにいた刑務官は脱帽してから頭を下げ、僕も一応はそれに倣《なら》った。数秒して顔を上げると、もう公用車は消えていた。

「工藤先生、付き合わせちゃってすみませんでした」

「いえ、後学のためですから。亡くなった方は愛内先生のご担当だったんですか？えっと……」

「加藤さんですか？」

「あぁ、そうでした」

「担当というか、最期をできるだけ安楽に過ごして頂くケアを提供していたんです」

脳裏に大きな疑問符が浮かんだ。素直に担当と言えばいいものを、愛内先生の返答にはそれ以上の含みがある。

「まるで、緩和ケアを提供しているように聞こえますね」

僕が冗談めかして言った瞬間、緩やかな風が吹いた。切り揃えられた前髪が少しだけ乱れ、その下にある大きな瞳が陽光の具合で涼しげに輝く。

「その、まるでなんですよ。加藤さんには緩和ケアを提供していました」

「冗談ですよね？　彼は受刑者ですよ」

緩和ケアは、余命宣告された人々を最期までその人らしく過ごせるようにサポートすることを専門としたケアだ。

「夜去では今年から緩和ケアプロジェクトチームを結成していて、彼は最初の対象患者だったんです」

喉《のど》の奥に、スポンジでも詰め込まれたような心地がした。

「私がチームリーダーとなって、主に疼痛《とうつう》コントロールや心理面でのサポートをしています。でも、医療費の問題や処遇の関係もあって、一般病院と比較して上手くいかないことが多いですけど」

「受刑者に対し、緩和ケアを提供するなんて聞いたことがありませんね」

僕の抑揚のない声を聞いて、愛内先生の瞳が僅かに翳《かげ》る。

「工藤先生は、受刑者に緩和ケアを提供するのは間違っていると思いますか？」

「正直に申し上げていいでしょうか？」

「ええ、どうぞ」

「間違っていると思います」

尖った声を発してから、僕は唾を飲み込み続けた。

「ここは病院の機能もありますが、本質的には矯正施設です。犯した罪を反省し、出所してからも被害者に一生をかけて償う意志を強固にする場所だと思います。それに、医療費は国民の税金ですよね？ それを使って罪人の最期を安楽に過ごすケアを提供するなんて……塀外では貧困に喘《あえ》ぎ、満足な医療に繋がれない人々もいるのに、おかしいと思います」

「工藤先生の意見も痛いほどわかります。夜去での緩和ケア導入時も、辛辣な反対意見がありましたから」

「だったら、何故？」

視界の端に何かが揺らめいたような気がして、大きな瞳から目を逸らした。辺りを見回すと、ずっと姿が見えなかったカラスアゲハが美しい羽をはためかせている。

「工藤先生のカラスアゲハ、外に出られたんですね」

愛内先生が頭上を指差した。

「加藤さんの火葬場にでも行くのでしょうか」

なんだか話を逸らされたような気がして、僕は口元を引き結んだ。

「工藤先生もご存じだとは思いますが、塀の中といえども、できる限り一般水準の医療を提供しなければいけないのです」

「だとしても……受刑者に対し、そこまでする必要があるのかは疑問です」

「彼らは罪を犯してはいますが、私の患者なんですよね」

「正直、共感はできませんね」

僕は頭を下げて、その場を後にした。すぐに後方から「とにかくこれからよろしくお願いします」という快活な声が聞こえたが、振り向きはしなかった。

南病舎の詰め所に入ると、神崎先生が茶髪の看護師と鼻の下を伸ばしながら話をしていた。

「遅くなってすみません。ただいま到着しました」

「工藤ちゃん遅かったじゃん。電車の遅延だっけ？　最近多いんだよな」

「いえ……珍しい蝶がいたので、つい観察していました」

「おいおい、明日から虫採り網持参すんじゃねーだろうな？」

神崎先生の返事に嫌みはない。単純にそう思ったから口にしたというような、無邪気さが感じられた。

「僕なりの精一杯の冗談だったのですが」

「なんだよそれ。工藤ちゃんはもっと表情を柔らかくして、冗談言った方がいいよ」

僕は消毒用アルコールを手に吹きかけ、よく馴染ませながら言った。

「先ほど、愛内先生に会いました」

「ああ、凜《りん》ちゃんね」

「下の名前は凜さんというんですか？」

「そっ、俺とは飲み友だからさ。さては工藤ちゃんのタイプ？」

「いえ、ただ緩和ケアを提供されているということで気になっただけです。神崎先生は、受刑者に対しての緩和ケアについてどうお考えですか？」

僕の質問を完璧にスルーした神崎先生は、茶髪の看護師と話の続きを始めていた。僕は小さな溜息をついてから、カルテが保管されている場所に目をやった。

「受刑者のカルテ、お借りします」

僕は適当にカルテを何冊か手に取ってから、背表紙に滝沢真也と表記されている一冊を一番上に置いた。

隅のデスクで、滝沢のカルテに目を通す。何度確認しても診断名の欄には『心因反応』と殴り書きの字で表記されている。一般刑務所の矯正医官も、滝沢という存在をどう表現していいか頭を悩ませていたのかもしれない。処方されている薬剤を見ると、気分安定薬が主だった。滝沢の衝動性や不安定さをフォローする、対症療法的な薬剤が並ぶ。

口元を結び、登庁初日に何度も確認した滝沢の生育歴に、改めて目を通す。

僕と同じ宮城県で出生、現在まで未婚で挙児はなし。母親は既婚男性との不倫の末に滝沢を妊娠。相手は認知を拒否したため、その後は母親と祖母の下で育つと記載されている。

滝沢が十一歳の時に母親は失踪《しっそう》。現在まで行方《ゆくえ》不明であり、その後は祖母と二人で生活することになる。幼少期の発達異常に関しての情報はなく、塀外での精神科通院歴はなし。

滝沢は中学卒業と同時に上京している。その後は年齢を偽り水商売や土木作業員等の職を転々とし、根無し草のような生活を続けていたようだ。二十五歳頃より、ビルや公共施設等を専門とした清掃会社に就職。正社員として勤務するようになってからも、同僚や顧客と目立ったトラブルはなく勤務態度に問題はなかったらしい。

刑事施設へ収容となった罪名は、殺人と銃刀法違反。二年前に、勤務先の責任者の下へ給料の前借りを相談しに向かった際に口論となり、持参したナイフで相手を刺殺。刺し傷は複数あり、裁判では強い殺意に基づく残忍な犯行とされ、懲役十九年（求刑懲役二十年）の実刑判決を言い渡される。それ以外に犯罪歴はない。収容された一般刑務所で自殺企図や不穏行動を繰り返し、精神面の薬物療法目的で夜去に移送されていた。

僕は滝沢のカルテを隅々まで読み込んでから、再び棚に戻した。眼鏡を外し目元を擦りながら、自嘲《じちょう》するような笑みを浮かべてしまう。

滝沢の印象は十二歳で止まっている。そんな過去のイメージなんて、遭難者が砂漠で見るオアシスの虚像みたいなものだ。あいつは法に触れた。それだけが事実で、他の受刑者となんら変わらない。

「神崎先生、ちょっといいですか」

滝沢の情報収集をしている間、ずっと脳裏にあの傷跡がチラついていた。このイメージをどうしても掻き消したい。

「どうした？」

「受刑者の下に行ってもいいでしょうか？」

「気になる患者でもいたのか」

「いえ……正確に言うと、受刑者が収容されている房の扉をもう一度観察したいんです」

「登庁初日に見たじゃん」

「廊下を少し歩くだけですから、すぐ戻ります」

僕はそれだけ言い放つと、詰め所のドアを開けた。廊下にいた刑務官の視線を無視しながら、一人で歩みを進める。革靴が一定のリズムでリノリウムの廊下を鳴らす音が、いつの間にか鼓動と重なり合う。

何食わぬ顔で、滝沢が収容されている房の前に立った。モニターをチェックしている刑務官の目を盗み、観察窓の強化ガラスを一度小さくノックした。

「朝の回診は、さっき終わったぜ」

房内から、くぐもった声が聞こえた。僕は咳払いをカモフラージュに、声のトーンを落としながら奥歯を噛み締める。

「僕とお前は見ず知らずの他人だ。いいか、知り合いでもなんでもないからな。今後診察に関すること以外を口にしたら許さない」

観察窓には、虚ろな視線で僕を見つめる二つの瞳が映っていた。

「まだ眼鏡のことを根に持ってんのか？　俺の知ってる守は、もっと冗談の通じる人間だったんだけどな」

「僕とお前はここで初めて会った。過去のことは忘れろ」

滝沢に上手く届いたか不安になった時、長い舌がささくれた唇を舐《な》める姿が見えた。

「守がそうしたいんならさ、それでいいよ」

「気安く呼ぶな。自分の立場を考えろ。この房内で自分の犯した罪を、心の底から反省するんだ」

「反省？」

「お前に殺された人間の気持ちを考えろ。まずはそこからだ」

観察窓から歪んだ口元が透けて見えた。すぐに奥歯まで見えるほどの大口を開け、笑い始める表情が二つのレンズに映る。

「何を笑っているんだ」

「悪りぃ悪りぃ。守が随分と的外れなことを言ってるから、可笑《おか》しくて」

滝沢は房内を二度ぐるりと徘徊すると、再び観察窓の前に立った。

「そんなこと無理に決まってんだろ」

滝沢がワザとらしく息を吐き、強化ガラスがうっすらと曇る。数秒後、クリアになった観察窓には、閉じた右目の瞼《まぶた》に人差し指を押し当てている姿が映った。

「何をやってるんだ……」

「俺の姿を見て、守は目が痛むか？」

押し当てた人差し指が徐々に眼窩《がんか》に沈んでいく。滝沢の目尻からは、感情とは関係ない涙が滲み始めていた。

「俺がこんなことをやっても、守は痛みを感じない。それだけが重要なんじゃないのか？」

「今すぐ、止めるんだ……」

「そんな薄っぺらな言葉を吐くなよ。守は痛くも痒くもないんだから」

「止めろ!!」

僕の叫び声を聞いて、廊下にいた刑務官の疾走する靴音が、雷鳴のように鼓膜を震わせた。

詰め所に戻ると、真っ先に消毒用アルコールのポンプを押した。冷たい霧が掌《てのひら》に散布され、数秒で乾いていく。椅子に座り直した神崎先生が、呆《あき》れた表情を向けながら言った。

「滝沢くんは、本当に無茶なことばっかかするな」

「僕の眼鏡を奪い取った時のように、ふざけた行為の一種ですから。最初から切迫した雰囲気は、ありませんでしたので」

僕の吐き出した言葉には、自分自身を無理やり納得させる響きが滲んでいた。何かを誤魔化すように、声帯を震わせる。

「あいつと話していると、他者に対する共感性の欠如や、自分自身さえも欺瞞《ぎまん》する形で罪を正当化しようとする歪んだ思考を痛いほど感じます」

それから神崎先生に雑務を教えてもらっているうちに、いつの間にか時間は過ぎていった。夜去では薬の処方一つとっても、手書きで処方箋《しょほうせん》に記載しないといけない。カルテには神崎先生の汚い字が並ぶ処方箋の写しが、数多くファイルされていた。

「工藤ちゃん、そろそろ飯でも行くか」

時計を見ると、十三時を過ぎていた。確かに少し休憩を挟みたい頃合いだ。

「俺は食堂で食うけど、一緒に行く？」

「いえ、昼食は持参していますｶ。コンビニで買ったものですが」

「そ、じゃあさ注文しなくていいから、食堂で一緒に食べようや」

正直、一人で休憩したい気分であったが、断る明確な理由もない。一度更衣室に戻り、ビニール袋を手に取ってから神崎先生と並んで食堂へ向かう。

「今の食堂の飯は美味いよ。なんたって、シェフが有名なレストラン出身だからさ」

「へえ、なかなか凝っているんですね」

「でも、いついなくなるかわからないし、寂しいよ」

そんなに頻繁に料理人が替わるのだろうか。やはり食堂とはいえ、矯正施設という異質な空間では長続きしない人が多いんだろう。

食堂の扉を開けると、食欲をそそる香りが鼻先をくすぐった。視界には長机とパイプ椅子が数多く並び、脱帽した刑務官たちが昼食を頬張っている姿が映る。一見すると、二十代前半のような若い刑務官が多いような気がした。声を張り上げながら敬礼をする厳しい表情は影を潜め、この時間だけは皆それなりにリラックスしているように見える。

出入り口付近に展示された実物のメニューを見ると、Aランチと Bランチ、カレーに麺類。さほど多くはないが、どれも美味そうだ。

「俺はAランチにすっかな。工藤ちゃんも、何か頼めば」

「遠慮しときます。昼食はいつも同じ物を食べるように決めているので」

僕は片手に持っていたビニール袋を掲げた。

「毎日同じなの？」

「はい。チョコレートを五粒と、カロリーメイトを一箱。学生の頃から続けています」

「すげー変わってんね、たまには普通の食事にすればいいのに」

「これでも意外と腹持ちは良いんですよ」

神崎先生が呆れたような表情を向けてから、カウンターに続く列に並んだ。辺りを見回すと窓際に設置された二人掛けのテーブルが空いていて、僕は先に腰を下ろした。すぐに湯気の上がった盆を持って、神崎先生が笑顔で近づいてくる。

「美味そうだろ？　工藤ちゃんも一度食ってみりゃいいのにさ」

Ａランチのメインは白身魚のムニエルだった。トロッとかけられたホワイトソースが絶妙で、それ以外にも三種類の小鉢や味噌汁、粒の立った大盛りの白米が茶碗に盛られていた。

「機会があったら、一度食べてみます」

「早めにその機会を作った方がいいぜ。さっき話してたシェフ、あと数週間で仮釈放だって。あぁ、寂しくなるな」

「仮釈放？　どういうことですか？」

「この職員用の料理や、患者に出す食事は炊場担当の受刑者が作ってんだよ。まぁ、一般刑務所から派遣された模範囚だけどな」

「知らなかった……」

「もちろん、栄養士や刑務官の指導は入ってると思うけど」

受刑者が作る料理を平気で食べる人々を、異様に感じた。僕は今後、食堂を利用することはないだろう。

「刃物を、受刑者に扱わせて大丈夫なんですか？」

「そういう物品の管理は、しっかりしているみたいよ。それに包丁使わないと、料理できないじゃん」

包丁を使っていない目の前の昼食を、無言で飲み込む。神崎先生が全て料理を食べ終えると、気になっていたことを質問した。

「基本的な質問なんですが、いいですか？」

楊枝を咥《くわ》えた神崎先生が、ゆっくりと頷いた姿を見て続ける。

「刑法三十九条に、心神喪失者の行為は罰しない、とありますよね？　ではどうして、精神疾患を有している者たちが刑務所に収容されるのでしょうか？　法令通りなら、罪に問われることはないと思いますが」

「それは精神疾患イコール無罪ではないからなんだよ。要は、犯行時に責任能力があったのかが重要なんだ。事件が起こって加害者に精神疾患が疑われると、精神鑑定が入るだろ。そこで犯行時の加害者の精神状態を、様々な角度から鑑定されるわけ。行動観察はもちろん、カウンセリングや心理テスト、その他にも脳波調べたりＭＲＩ撮ったりな。果たして犯行は、病的体験に左右された結果なのか？　善悪の判断、自分の行動をコントロールできる状態にあったのか？　それを知りたいわけ」

　神崎先生の話を聞きながら、最後に残っていたチョコレートを口に入れた。何故か味を感じない。

「裁判官が精神鑑定のデータを加味して、犯行時に全く責任能力がないと判断されれば『心神喪失』で無罪、責任能力が著《いちじる》しく減退していた状態という判断なら『心神耗弱《こうじやく》』で刑が減軽されるんだわな」

「それじゃ、南病舎に収容されている受刑者全員は、刑を減軽されているんですね」

　神崎先生は使っていた楊枝を真っ二つに折ると、空になった茶碗の中に放った。窓からは鬱陶《うっとう》しいほどの陽光が、横顔に熱を帯びさせる。

「そういうわけでもねーんだわ。本当は精神疾患を有しているのに見逃されて収容された人間、刑務所の中で発症してしまう人間、事情は様々よ。一般刑務所でも精神疾患を有している人間はそれなりにいるんだぜ。軽犯罪じゃ、精神鑑定自体実施されることも少ないしな」

「一般刑務所でも精神障害者が収容されているなら、夜去にわざわざ移送される理由がわかりませんね」

「話は簡単だよ、一般刑務所じゃ不適合を起こした受刑者が送られてくるんだ。暴力行為や自殺企図を繰り返し起こしたりな。後は違法薬物に起因した後遺症の治療が必要な人間なんかも多いな。比較的落ち着いている精神障害者だったら、そのまま一般刑務所で面倒を見てくれるわけよ」

治療目的の他にも一般刑務所で何か問題を起こしたり、適切な懲役生活を送れない精神症状の人間が南病舎には収容されているわけか。神崎先生の話を聞いて、喉に小骨が刺さったような感覚が消えていく。盆を持って返却口に向かう神崎先生の姿を見据えながら、今頃になってチョコレートの味が舌に広がっていくのを感じた。

食堂を出てから一階に降りるため、エレベーターに乗り込んだ。特別興味があったわけではないが、沈黙を埋めるために一つ質問してみる。

「神崎先生はどうして、夜去に勤めるようになったんですか?」

「うーん、そうだな」

すぐに答えが返ってくると予想していたが、エレベーターの扉が再び開くまで唸る声が聞こえていた。

「俺たち医師が退院日を決めなくていいからかな。ここって刑期が終わるか、元の刑務所に還送してもいいって判断されて初めて退院だろ。だから気楽なんだ」

「確かに一般病院では、医師が入院から退院までを決定しますからね」

相槌を打っている最中も、神崎先生が本心を言っているようには思えなかった。

ふと見えた横顔が、妙に冴えなかったからだ。

「あれ、凜ちゃんじゃない？」

顔を上げると、庁舎の入り口付近で愛内先生と刑務官が立ち話をしていた。愛内先生の両手には、白木位牌と正方形の箱が大切そうに乗せられていた。

「おーい、凜ちゃん」

神崎先生が子どものような声を出す。僕は隣で黙ったまま、軽く頭を下げるだけにした。

「ああ、神崎先生。先日は美味《おい》しい焼き鳥ご馳走さまでした」

「あん時は、いつもより早く酔いがまわっちまったよ。やっぱり美人の隣で飲むと酒が進むな」

セクハラとも取れるような発言を、愛内先生は柔和な笑顔でやり過ごしながら言った。

「ちょうど、茶毘《だび》に付された遺骨が戻ってきたところなんです」

愛内先生が抱えている箱に視線を落とす。すでに、この受刑者の名前は忘れていた。思い出されるのは、棺に横たわる血の気のない黄ばんだ皮膚だけだ。

「引き取り手がない人なんだ？」

「ええ、家族が受け取りを拒否してまして……午前中に工藤先生と献香式に参加した人の遺骨なんです」

「へえ、工藤ちゃんは珍しい蝶を追っていただけじゃないんだね」

「いや……その、たまたま通りかかって」

急に受刑者の弔いに参加したことが、恥ずかしく思えた。何か上手い言い訳を付け加えようとした時、神崎先生が遺骨の入った箱に手を伸ばした。

「骨になっても、ここに戻って来なくていいんだぜ」

どこからか草木が揺れる音が聞こえる。その音は、遺骨が何かしらの相槌を打つように思えた。

「工藤ちゃんも持ってみる？」

「僕は結構です」

即答だった。哀れみなんて全く感じない。罪を犯した者の当たり前の最期。僕の返事を聞いて、神崎先生が静かに言った。

「彼の体温が、まだこの箱の中には残ってるんだよ」

「冗談にしては笑えませんね」

「工藤ちゃんも献香式に参加したんだろ？」

神崎先生が遺骨が入った箱を差し出した。また草木が騒《ざわ》めく音が聞こえる。それは潮騒のように響き、何故か軽く眩暈《めまい》を感じた。

「オカルト的な話は、好きではないんですがね」

皮肉交じりの返事をしてから、差し出された箱に触れた。その瞬間、僕の両手に柔らかな温もりが広がった。熱くはなく、思わず脈が拍動するような自然な温もり。生命の残骸《ざんがい》が最後に残したものが、僕の冷たい皮膚と馴染んでいく。

「火葬されたばかりだから、まだ温かいんだ」

神崎先生の声を聞いて、ふと我に返る。すぐに、持っていた箱を愛内先生に手渡した。

「あと数分もすれば、冷たくなりますよ」

なんだか気まずくなって、視線を二人から逸らした。何かを誤魔化すように辺りを見渡すが、期待した美しい羽は見当たらない。また風が吹いて、僕の前髪を揺らす。四月の風は日向の匂いがした。

自宅から一番近くの公衆電話は、歩いて十五分の場所にある。携帯電話の普及で数は少なくなったが、街中から一つ残らず消えることは当面ないだろう。

僕は財布にテレフォンカードが入っていることを確認してから、ガラス張りのボックスの中に入り、迷いなく番号を押した。この電話番号を押すのは初めてだが、何度も脳裏で繰り返したせいで完全に暗記している。間違うことは絶対にない。

番号を押し終わると、すぐに呼び出し音が聞こえ始める。意味もなくその回数を脳裏で数えた。四コール目で、平淡な声が鼓膜を震わせた。

「はい、清水《しみず》です」

背中に一筋の汗が流れ落ちる。僕は息を殺して、痛いぐらいに受話器を耳に当てた。

「もしもし、清水ですが」

何か返事をしなければと思いながらも、喉に石膏《せっこう》でも流し込まれたように言葉が出て来ない。想像以上に絡まってしまった脳内回路では、声帯を震わせるという簡単な行為すらできなかった。

意味もない時間が回線の中を行き来し、しばらくすると電話を切る音が聞こえた。

ようやく受話器を置き顔を上げた。深い夜の闇《やみ》が透けて見え、僕の姿がガラスに反射している。目は虚ろで、貧血患者のような顔色をしていた。こんな時、どんな表情をすればいいんだろう。答えが見つからないまま、しばらく他人のような、もう一人の自分自身を見つめていた。

◇◇◇

教室の少し開いた窓から風が入り込み、カーテンが膨らんでいる。僕は授業中、黒板を見る振りをしながら、ずっとその動きに見とれていた。

「守くん、この問題わかる？」

先生の声が聞こえて、白いチョークで書かれた数式に目をやる。二桁の簡単な掛け算だ。すぐに頭の中にある電卓を叩《たた》いた。

「二千四百です」

僕が正解しても、周りのクラスメイトからは何の反応もない。いつものことだ。もう慣れている。答え終わってから、また風に揺れるカーテンを見つめる。机の端には、誰かがコンパスの針で開けた穴があった。指先でその穴をなぞりながら、つまらない授業を何とかやりすごす。

帰りの会が終わると、一斉にクラスメイトたちの声が雑音となって聞こえた。どのクラスでも放課後になると、ドッジボールをやるのが流行《はや》っている。すでに教室内で、チームを分けるジャンケンが始まっていた。僕はそんな輪から外れて、図書室に行くためにランドセルを背負った。

「おい、ガリ猿、どこ行くんだよ？」

そそくさと教室から立ち去ろうとする僕を、尖った声が呼び止める。振り返ると山崎《やまざき》が机に座りながら口元だけで笑っていた。

「どこって……図書室に行くんだよ」

「ガリ猿もドッジボールしようぜ。今日は特別に仲間に入れてやっからさ」

「僕はいいよ……」

「ガリ猿の分際で、俺の誘いを断んのかよ。んじゃ、また眼鏡飛行機を発射するか？」

僕は眼鏡を無理やり放り投げられるのと、ボールを顔面にぶつけられるのを天秤にかけた。いつからこんな下らない選択に悩むようになったんだろう。掃除当番をさぼる山崎を注意した時からだろうか。田辺《たなべ》のカンニングを指摘した時からだろうか。今となってはもうわからない。

「ちょっとだけなら……」

「決まり！　それじゃ、ガリ猿は俺とは違うチームね」

周りの連中が、薄笑いを浮かべる。もうそんな表情を向けられることも慣れた。要は見なかったことにすればいい。僕はまた、風に膨らんだカーテンに向けて目を細めた。

予想通り、山崎は僕の顔面を必要以上に狙った。硬いボールが頬にぶつかるのを必死に躱《かわ》す。どうにか眼鏡だけは死守しなきゃならない。壊れた言い訳を考えるのも一苦労なのだ。

「おい、ガリ猿。逃げてばっかいるんじゃねえよ。ちゃんと受け止めろって」

山崎が校庭に唾を吐く。こんなに顔面ばかり狙われたら、キャッチすることなんかできやしない。僕が白線の中で飛び交うボールを躱すたびに、山崎がつまらなそうに地団駄を踏んだ。

「みんな、タイムタイム。ガリ猿が逃げてるだけだから、ルールを変更します」

山崎の叫び声を聞いて、周りの連中が動きを止めた。

「ガリ猿だけ中に入って、俺たちは全員外野。逃げてばっかりの卑怯《ひきょう》な猿には、ボールをキャッチする訓練が必要だからな」

山崎の声を聞いて、白線の外側に数人のクラスメイトが素早く移動した。どうすれば、この状況を切り抜けるのに一番ダメージが少ないかを考える。僕たちがいる校庭から少し離れた場所に、職員室の窓が見えた。ずり落ちた眼鏡を直しながら、室内に誰か先生がいないか淡い期待を込める。二つのレンズに映るのは、積み重なった書類や並んだ灰色の机だけだ。

「ガリ猿の弱点は眼鏡だからさ、みんなそこを狙えよ」

四角い白線の内側はまるで檻《おり》だ。その中で一匹の猿が出鱈目《でたらめ》なダンスを踊っている。徐々に外野のボール回しは早くなっていき、逃げ回っているうちに膝に当たった。

「おい！　眼鏡を狙えって言っただろ」

山崎のイラついた声を聞きながら、足がもつれてしまう。その声に怖気づいたのか、誰かが投げたボールが職員室の窓の方へ転がっていく。

「ったく、みんな真剣に狙えよ。今度外した奴は、内野に入れっからな」

弾んだボールが遠ざかっていく光景を、まるで他人事のように見ていた。徐々に緩やかに転がり始めたボールが、ちょうど通りかかった色黒の短パンの足元で止まった。

「おーい、滝沢。こっちまで投げてくれよ」

山崎の叫ぶ声を聞いて、離れた場所に立つ色黒のボサボサ頭に目をやった。滝沢くんの顔はなんとなく見たことはあったけど、話したことはない。

「滝沢も交ざるか？　すばしっこい猿がいるんだよ」

滝沢くんは返事をせずに、足元に転がったボールを拾い上げた。数回、地面にバウンドさせる音が土煙が舞う校庭に広がった。

「交ざらないなら、早く返せって」

焦《じ》れた山崎の叫び声と同時の出来事だった。滝沢くんはゆっくりと僕たちに背を向けると、職員室の方に向けて大きく右手を振りかぶった。すぐに、空気を切り裂《さ》くような鋭い音が耳に届く。窓枠に残ったガラスの破片が、時間差で落下する光景が妙にゆっくりと見えた。

「あいつ何やってんだよ……」

山崎が息を飲みながら呟く。滝沢くんが何事もなかったかのように、校門に向けて再び歩き出す姿が映った。

「先生来たらヤバくね？　とにかく逃げるべ！」

山崎の声を合図に、ランドセルを揺らしながら駆け出す幾つもの足音が地面に響いた。校門とは逆方向に消え去っていく後ろ姿を見送ると、僕は小さくなり始めたボサボサ頭を目指して、いつの間にか走り出していた。

　滝沢くんの背中に触れられそうな距離に辿り着くと、僕は呼吸を整えながら言った。

「ありがとう、助けてくれて」

　僕の掠れた声を聞いて、滝沢くんが振り返る。二つの瞳は太陽の光に照らされ、透き通るような薄い茶色をしていた。

「何、勘違いしてんの？」

「……え？」

「さっきまで担任に、授業中の居眠りについてずっとキレられてたんだよ」

　戸惑う僕を尻目に、滝沢くんは鼻先を掻きながら続ける。

「コーヒー臭い息でネチネチと。だから、ぶっ壊してやったんだ」

「そうだったんだ……」

「ってかさ、お前、小暮《こぐれ》守だろ？」

「そうだけど……」

「お前、みんなに虐《いじ》められてるんだってな？」

　ストレートな質問を聞いて、何も言葉が続かなかった。僕は黙って、ズレた眼鏡のブリッジを押し上げる。

「とにかく、滝沢くんのお陰で助かったんだ。ありがとう」

「そんなことよりさ、腹減んない？　ちょっと行った所に、スイカを育ててる畑があるんだよ。盗りに行こうぜ」

突然の提案に僕は目を丸くした。そして、激しく首を振る。

「ダメだよ……それって泥棒じゃん」

「いっぱいあるから、一つぐらい盗っても良いんだよ。行くぞ」

スイカを盗みに行くなんていけないことだ。結果的に助けてくれたのはありがたいけど、それとこれとは話が違う。僕はランドセルを背負い直し、帰り道の方向へ歩き出した。

「おーい、守。行こうぜ、ほんと甘いスイカなんだって」

少し離れた場所から間延びした声が聞こえる。滝沢くんは変なあだ名ではなく、ちゃんと僕の名前を呼んだ。お腹の辺りに、温かいスープを飲んだような感覚が広がる。

「……見に行くだけだよ」

僕は小走りで、ボサボサ頭の方に向かった。五時を告げる町内放送が、まだ陽の高い空に響いている。

連れてこられた畑は広かったが、見た限り人気《ひとけ》はない。スイカ以外にもトウモロコシやトマトが多く実っていた。

「いいか、守。皮の黒い筋が濃いのを見つけろよ。それが甘い証拠なんだ」

滝沢くんは慣れた様子で、口笛を吹きながら畑に踏み込んでいく。

「これでいいか」

滝沢くんは小ぶりなスイカをもぎ取ると、いきなりすごい速さで走り出した。とにかく置いて行かれないように、必死に後を追う。額には汗が噴き出し、口の中は砂漠のように乾いていく。そんな身体を感じたことのない風が吹き抜け、悪いことをしているのに僕の口元は微かに緩んでいた。もっともっと速く走れるように、地面を蹴る力を強める。このまま、どこまでも行けそうな気がしていた。

滝沢くんは大きな象のオブジェがある公園に辿り着くと、足を止めた。もたれるようにベンチに倒れ込むと、Tシャツの中に隠したスイカがコロリと転がった。

「守って、眼鏡かけてる割には足が速いな」

「足の速さは、眼鏡に関係ないと思うけど……」

僕の返事を聞いて、滝沢くんが初めて笑った。まだ肩で息をしているせいか、ひきつるような変な笑い声だ。

「食おうぜ」

「でも、包丁ないよ」

「そんなもんいらねえよ」

滝沢くんがベンチの角に何度かスイカをぶつけると、いびつな亀裂が入った。

「特別、守に大きい方をやるよ」

受け取ったスイカは半球状だった。僕は三角形に切り揃えられたスイカしか食べたことがない。どうやって口をつけようか戸惑っていると、隣から乱暴にスイカの汁を吸う音が聞こえた。

「思った通り、アタリのスイカだ」

滝沢くんは器用に種を飛ばしながら、食べ進めていく。僕はその姿を横目に、ゆっくりとかぶり付いた。上手く食べることができず、口元から垂れたスイカの汁がTシャツに滲んだ。


家の玄関からは、カレーの香りが漏れ出している。無意識に唇を舌で舐めると、微かに甘い味がした。

「ただいま」

居間に入ると、父さんが台所でカレーの鍋《なべ》を掻き混ぜていた。見たこともないほど大きな鍋だった。流しには、幾つかのビールの空き缶が放置されている。

「門限ギリギリじゃないか。常に五分前行動を心掛けろと言ってるだろ」

「ごめんなさい……」

「同じことを何度も言わせるな」

父さんは一度も顔を上げず、ずっと鍋を掻き混ぜていた。僕が洗面所で手を洗ってから急いで居間に戻ると、ダイニングテーブルの上ではカレーが湯気を立ち上らせていた。

「新しい鍋を買って作ったんだ。冷めないうちに食べなさい」

「やった、お腹減ってるんだよね」

まだ胃に残っているスイカの感触を覚えながら、小さな嘘《うそ》をつく。台所を覗き見ると、大鍋の中に大量のカレーが放置されていた。

「すごくいっぱい作ったんだね」

「守は少食だから、無理してでもお代わりをしないとダメだぞ」

「……はい」

手を合わせてから、スプーンを口に運ぶ。慣れ親しんだ母さんのカレーより、かなり辛口だ。とにかく最低でも一回はお代わりをしないと、また大声で怒鳴る父さんに変身してしまう。

「母さんはまだ仕事から帰ってきてないの？」

「定時を過ぎても連絡一つよこさん。結局、あいつは仕事をしている人間の方が偉いと思ってるんだ」

「……単純に忙しいだけじゃないの？」

「遅くなる連絡なんてすぐできるだろ。こっちは夕飯を作ってやってるのに」

尖り始めた声に相槌を打ちながら、素早くスプーンを運ぶ。たまに固まったカレールーが混じっていて、口の中に痺れるような辛さを感じた。

「まあ、でも今日だけは許してやるか。こんな生活は、もう終わりだからな」

僕が半分以上カレーが残っている皿から顔を上げると、そこには久しぶりに微笑む父さんの表情があった。

「新しい仕事が決まったんだよ。前の職場より給料は安いが、とりあえず守や母さんのご飯代を稼がなきゃならないからな」

スプーンを持つ手を止めた。またスーツを着て、颯爽と仕事に行く父さんが見られそうで嬉《うれ》しかった。

「今度は何の仕事?」

「まあ、守に言っても難しくてわからないかもしれないが、保険に関する仕事だ」

「前の食品会社とは、全然違うんだね」

「あの会社は大手で給料は良かったが、腐ってる人間が多い。悪い会社だ」

父さんの返事を聞いて、いつもの悪口が聞こえてくる予感がした。それは、ここ数ヶ月間繰り返し聞かされ続けた話だ。

「前の会社の人間は陰で悪いことをしてたんだ。父さんがその悪いことを見つけて、上司に報告したんだが、のらりくらりと誤魔化されてしまった。悪に屈するぐらいなら、辞めた方がマシだ。後悔はない」

最近父さんは、一方的に喋り出すことが多くなっていた。話している最中、目を見開き、絶対に瞬きしない。興奮していると、たまに何を言っているのかわからない時もあった。

「いいか、ルールを守れない人間には絶対になるなよ。父さんのように悪を許さない気持ちがなければ、いつか手に負えない過ちを犯すことになるからな」

「はい」

「ルールを守り、正義の心を持つ。父さんが守に教えたいのはそれだけだよ」

ちょうど玄関のドアノブが回る音がして、母さんの「ただいま」が聞こえてきた。母さんは居間に入ってくるなり、笑顔で僕を抱きしめた。カレーに負けない甘くていい香りを、鼻の奥に感じる。

「今聞いたんだけど、父さん、新しいお仕事決まったんだって」

「ねえ、だから気合い入れてカレーなんて作っちゃって。でもいい匂い。パパも良かったね」

「俺ぐらいのキャリアがあれば、どこも引く手数多《あまた》だ。選ぶのに時間が掛かっただけだからな」

母さんが戯《おど》けた表情で、肩をすくめた。天井に吊るされた室内灯がいつもより明るく感じる。僕はなんだか急に嬉しくなって、色々話したくなった。

「今日ね、新しい友達ができたんだ」

「守が友達の話をするなんて珍しいね。何して遊んだの？」

「えっと……ドッジボール……」

「へえ、良かったじゃない。喧嘩《けんか》しないようにね。うちに遊びに連れてきていいわよ」

「うん！」

母さんが台所に向かうと、大鍋で作られたカレーに驚く声が聞こえた。缶ビールのプルタブを引きながら、父さんが口元だけで微かに笑う姿が見えた。

第二章　動物たちの咆哮

　朝食のコーヒーとシリアルを口に運んでいると、ベッドサイドに置かれた目覚まし時計が鳴った。夜去に登庁するようになって一週間が過ぎていたが、最近はやけに早く目が覚めてしまう。窓辺から外を見ると、新聞配達の原付バイクがけたたましい音を撒《ま》き散らしながら走り去っていく姿が見えた。

「お前は僕と違って、まだ寝てるんだな」

　ベタ・ハーフムーンは、水槽の中部で停止するように浮かんでいた。週末に水換えを行ったためか、透明度の高い水がその身体《からだ》を包み込んでいる。水中で見る夢はどんな内容なんだろう。多分、悪夢ではないような気がした。

　テレビのチャンネルを、天気予報が流れているニュース番組に合わせた。女性気象予報士が満面の笑みで天気図を指差している。彼女の解説が正しければ、今日は午後から雨が降るらしい。僕は一度水槽の表面に優しく指を這《は》わせると、歯を磨《みが》くため洗面所に向かった。

南病舎に辿り着くと、一階では朝食の配膳が始まろうとしていた。

「服装点検！」

野太い声が、静まりかえっていた廊下に響く。白い帽子とエプロンを纏《まと》った四名の男たちが、銀色の配膳カート付近でお互いの服装を指差し確認していた。彼等は経理係と呼ばれるA級受刑者だ。矯正施設では、食事の配膳役も受刑者が担う。

「配膳始め！」

見守る刑務官の声を合図に、男たちが俊敏に動き始める。もちろん私語はない。食器が触れ合い、配膳カートが動く車輪の音だけが廊下に漂った。

ステンドグラスのシールが貼り付けられているドアを開けると、詰め所内でカルテにペンを走らせていた看護師が顔を上げた。

「工藤先生は登庁が早いですね。まだ日勤者は誰も来ていませんよ」

看護師がマスク越しに小さく欠伸《あくび》をしたのがわかった。夜勤明けなのか、目元に生気はない。

「まだ新人ですから。早く登庁して、担当受刑者の情報収集をしないと」

「工藤先生は真面目ですね。ま、神崎先生の字は汚いからカルテの解読に時間が掛かるか」

派手に同意はせずに、数冊のカルテを手にした。登庁して日が経っていないということもあり、神崎先生のフォロー付きで五名しか担当受刑者はいない。その中に滝沢の名前もあった。

「夜間帯に何か変わったことはありましたか？」

僕の問い掛けを聞いて、彼女はワザとらしく眉間にシワを寄せた。

「大島さんが叫びながら壁に額を打ち付けて、出血しちゃったんですよ。傷は浅くて消毒とガーゼ保護をしただけで大事には至ってないんですけど……幸か不幸か、額を打ち付けている最中に既往の喘息《ぜんそく》発作が起きちゃって、静かになったんです」

大島も僕の担当の一人だ。登庁初日に西川刑務官に唾を吐いたような刺々しさは変わらず、未だにまともな診察はできていない。

「不穏になるきっかけは、何かあったんですか？」

「夕食の味噌汁に、誰かの髪の毛が一本入っていたみたいなんですよ。それを発見してから、この毛を使ってウイルスを混入しようとしているって、いつもの妄想が始まっちゃって」

話が終わり、改めて大島のカルテに目を通した。大島隆《たかし》、五十二歳、群馬県で出生。診断名は妄想性障害。福島県の大学を卒業後、不動産業に従事。五十歳頃より自宅を監視されている等の妄想が出現し、特定の同僚に対して一方的に罵倒《ばとう》するトラブルが頻発。上司に心療内科の受診を勧められたが頑《かたく》なに拒否し、収容前の精神科通院歴はなし。

今回の服役の契機となった罪名は、傷害罪。本人が職場のデスクでコーヒーを飲んでいる際、近くで同僚が咳をしたことに激高。飲みかけていたコーヒーに新種のウイルスを混入されたと思い込み、後日同僚の自宅へ押しかけ金属バットで数回殴打。被害者は多発外傷を負っている。大島は収容された刑務所内でもウイルスに関連した妄想様の発言が続き、夜去に移送された。検査の結果、脳の器質的な異常や違法薬物の使用はなし。妄想以外で社会的機能や人格水準の著しい低下はないが、性格は偏屈で警戒心があり、何かにつけて猜疑《さいぎ》心が強い。話す妄想内容はウイルスに関連したテーマが多く、病的体験が出現した年齢が比較的遅いことも加味し、統合失調症の除外診断で妄想性障害と診断されたのだろう。

僕はある程度カルテを読み終えると、再び看護師に話しかけた。

「あいつが暴れた時、妄想以外の症状はありましたか？」

「あいつって、大島さんのことですか？」

それ以外に誰がいるのだ。僕は一度頷いた。

「誰かの声が……とか、変なものが見えてるとかは言っていなかったかな。興奮はしていたけど、会話は成立したし。とにかく、喘息発作が辛そうでした。最近夜間も眠れていないみたいで」

「処方されている抗精神病薬や睡眠薬は、ちゃんと飲んでいるんですよね？」

「はい、その他にも喘息をフォローするテオフィリンが処方されているので、ちゃんと薬は飲むんですよ」

南病舎の受刑者に対する治療は、向精神薬を投与する薬物療法が中心となっている。現在、大島が内服している薬剤を確認していると、先ほどとは違うトーンの声が聞こえた。

「近々、工藤先生の歓迎会を開こうと思うんですけど、都合の良い日ってありますか？」

「……歓迎会ですか？」

「やだー、何びっくりしてるんですか。工藤先生はお酒は飲める方？」

マスクから覗く楽しそうな目元を見るに、彼女はかなり酒が好きなんだろう。

「実は、一滴も飲まないんです」

「えっ、まさかアルコールアレルギーとか？」

「いや、単純に酒が好きではないので。実は今まで、一度も飲んだことがないんですよ。だから、強いか弱いかもわからないんです」

僕の返事を聞いて、彼女は目を丸くした。

「一度もですか？　先生ってお幾つでしたっけ？」

「今年で三十二です」

「お酒を飲んだことないなんてもったいないですよ。じゃあ一度、私と飲みに行きません？　美味しいクラフトビールが飲めるお店を知ってるんで」

「結構です」

僕はそれだけ返事をすると、再びカルテに目を落とした。今日こそは大島と何か心理的交流を持たなければ。ページを捲《めく》る指先に、焦りが滲む。

神崎先生は、日勤開始数秒前に詰め所に現れた。まともな挨拶ができないまま、夜勤看護師の申し送りが始まる。メモを取りながら聞いていたが、大島以外はそれなりに落ち着いて過ごしていたようだ。

「最後に、滝沢真也さん」

僕はメモ帳から顔を上げ、夜勤看護師の申し送り内容に耳を澄ませた。

「滝沢さんは、概ね落ち着いて過ごしていました。薬もちゃんと内服していますし、食事も全量摂取で経過しています。今夜勤帯は希死念慮や危険行動はなく、静穏経過です。そうそう、工藤先生が来たら大事な話をしたいって、何度か言っていました」

僕は無表情で、メモに万年筆を走らせる振りをした。滝沢とは二度目の登庁以来、鉄扉を挟んでいるとはいえ二人きりで言葉を交わしていない。今後もあんな風に会話するつもりはない。

「以上です」

申し送りが終わると、観察室だけ簡単な回診に向かうことになっている。神崎先生から聞いたことだが、この風習は医療刑務所独自のものらしい。一般刑務所では医師から受刑者の下に向かうことは少ない。何か不調を訴える受刑者がいるとまず刑務官が緊急性や真偽を検討し、必要があれば矯正医官に報告する。刑務官の中には、准看護師の資格を取得する者もいると聞いていた。

リノリウムの廊下に出ると、神崎先生が無精髭を撫でながら言った。

「滝沢くんから大事な話があるんだって？」

「多分、また僕を弄ぶような行動をしたいだけだと思います」

「でも、常勤医より外勤医を指名するっていうのが不思議だな」

「一応、担当ですし、それに僕が戸惑う表情を見たいだけではないでしょうか」

滝沢が口元を歪めながら、自分自身の右目に人差し指を突き立てる姿が脳裏を過る。被害者に対する自責の念もない、他人を嘲笑《あざわら》う傲慢《ごうまん》な態度だ。そんな姿を思い出していると、いつの間にか固く拳を握っていた。

刑務官が、一番近くの観察室の鉄扉を開錠した。いつものように、神崎先生が病状とは関係のない世間話を受刑者と話し始める。そんな姿を、僕は冷たい視線で追う。

２０２と表示された観察室の前に立つと、刑務官が声を張り上げた。

「大島、診察だ」

返事はない。刑務官が観察窓から房内を覗きこむ。

「おいっ！　大島！　布団で顔を隠すな！　いつも注意しているだろ！　すぐ止めないと懲罰行為にするぞ」

一般刑務所では寝る姿勢一つ取っても、禁止事項が定められていると聞いた。医療刑務所では一般刑務所と比較すると、そのあたりの懲罰は緩めだ。

鉄扉が開錠されると、僕は先頭を切って房内に足を踏み入れた。大島はあれほど注意されたにも拘《かかわ》らず、頭まで布団をすっぽりと被りながら、ベッドに横になっている。

「九十三番、こっちを見ろ」

僕の声を聞いてから、もぞもぞと人型に膨れ上がった布団が寝返りを打つ。とことん無視を決め込んだ態度だ。怪我《けが》をした被害者が、こんな姿を見たらどう思うだろう。一気に頭に血が上り、気づくと目の前の布団を引き剝がしていた。

「起きろ！　お前に聞きたいことがある」

大島の額には、少しだけ血液の滲んだガーゼが貼り付けられていた。その下には鋭い眼差しが浮かんでいる。

「うるせーな、新人ヤブ医者の分際で」

「昨夜は何故、自分を傷つけるようなことをした？」

大島は口元を歪ませると、呆れたように笑って言った。

「俺の額に傷がついたのも、全部お前らのせいだ」

「どういうことだ？」

「ウイルスが入ってきたから、早急に抗生剤をよこせって言ったのに無視しただろ」

「それがどう、額を壁に打ち付ける行為に繋がるんだ？」

「あんたとこれ以上話してると、ウイルスが部屋の中に拡散しちまうだろーが！　あとは自分で考えろ」

大島はもちろん冗談を言っている気配はない。全く筋が通らない発言を聞いて、怒りを通り越し呆れてしまう。

「僕が聞いているのは、どうして自傷行為をしたかってことだ。抗生剤云々の問題は論点がズレている」

「ズレてんのは、あんたの眼鏡だろ」

揚げ足を取られ、話が前に進まない。どう切り返そうか迷っていると、神崎先生の笑い声が聞こえた。

「大島さん、額大丈夫か？　なかなか痛かったんじゃないのかな」

僕は思わず振り返り、神崎先生を睨みつけてしまった。自業自得の傷だ。そんな心配はしなくていい。

「痛いに決まってんだろ。ちゃんとした病院に行かせろよ」

「夜去だって、ちゃんとした病院だよ。それよりさ、その傷口を見せてくれよ」

大島は表情を歪めながらも、意外と素直に従った。神崎先生がガーゼを剝がすと額には乾いた血液が凝固している。見たところ傷口は軽傷だ。

「ふんふん、大丈夫そうだね」

「おいっ、そんな適当な診察すんじゃねえよ、化膿したらどうすんだ！　抗生剤出せ！」

神崎先生はすぐに返事をせずに、房内を無言でうろつき始めた。そして便器を見つめた後、振り返って静かに言った。

「大島さんは最近、既往にある喘息発作が続いているようだね。俺もガキの頃は喘息持ちだったんだよ、あれ、ほんと苦しいよな」

「そんな同情いらねえんだよ、俺が欲しいのはウイルスに効く強力な抗生剤だ」

「そうだったね、まずは採血をしてからかな」

「絶対、強力な抗生剤出せよ！　そうじゃないと、わかってんだろうな」

興奮し始めた大島の態度を見て、近くにいた刑務官が前に出ようとした。神崎先生はゆっくりとそれを手で制し、言った。

「その額の傷は、大島さんの声の代わりにはなりませんよ」

「ヤブ医者が何言ってんだよ……」

「大島さんは様々な悪口も知っているんだから、ちゃんと口を使って、声を出しましょうよ。今度は、ヤブ医者以外のあだ名をつけて欲しいな」

神崎先生は笑みを浮かべている。大島は少しの間黙り込んだ後、口元を歪ませた。

「自分の身は自分で守るんだよ。ヤブ医者の分際で、ウイルスを撒き散らしながら偉そうに喋るな！」

吐き出された唾が、神崎先生のドクターコートにべっとりと付着した。近くにいた刑務官の怒号がすぐに房内に響き渡り、鉄扉が再び固く閉ざされた。

廊下に出ると、神崎先生が唾の付着したドクターコートをポケットティッシュで拭き始めた。

「この前、洗濯したばかりなんだけどな」

そんな姿を見ても同情はできなかった。完全に自業自得だ。それにあんな擦り傷一つで採血の約束までするなんて、大島の要求を鵜呑《うの》みにしているとしか思えない。僕は汚れたドクターコートのことは無視して、神崎先生に質問する。

「あいつは何故、壁に額を打ち付けたんでしょうか？」

「根底にあるのは、あのウイルスに関する妄想だろう」

「どういうことですか？」

「それより、採血を至急でやらなきゃな」

神崎先生が、近くにいた看護師に採血の指示を出す。結局、大島が壁に額を打ち付けた理由はわからなかった。

「神崎先生は、九十三番が犯した罪を反省していると思いますか？」

「今はまだ、そこには至っていないと思うね」

「僕もそう思います。被害者のことを考えると、受刑者たちのあのような態度が許せないんです」

いつの間にか大きな声を出していた。周りにいたスタッフの何人かが、僕の尖った声を聞いて戸惑っている。

「工藤ちゃんの気持ちもわかるよ」

「だったら何故、あんな擦り傷や喘息の心配なんてしたんですか？　あいつの思考は歪んでいます。心配されることに味をしめて、行動がエスカレートするかもしれないじゃないですか。正直、適切な関わりとは思えません。毅然とした態度で接するべきだったと思います」

一応、担当受刑者のこととはいえ、生意気な発言をしていることはわかっていた。しかし反省する様子もなく、国民の税金でのうのうと療養生活を送っている受刑者の姿を目の当たりにすると、自然と口調には力が入る。塀外には貧困に喘ぎ、上手く治療に繋がれない人々もいるのだ。

神崎先生は少しの間視線を宙に向けた後、無精髭を摩りながら言った。

「不良医師から一つアドバイスするとだな、診察の時だけは彼らが罪を犯したことを忘れた方がいい」

「何を言っているんですか？　そんなことできるわけないじゃないですか。危機管理の面からしても、容認できない考えです」

神崎先生から返事はなく、すでに次の観察室に向けて歩き出していた。納得できない思いは、胃の奥で不快に広がっていく。そんな最中、耳元で西川刑務官の声が聞こえた。

「神崎先生は変わってますから。私は工藤先生の意見が正しいと思います」

西川刑務官は僕のすぐ隣で、険しい表情を浮かべている。

「受刑者は欲求の赴くままに物を盗み、時には人を殺す。そこに深い葛藤はありません。まるで動物です」

「動物ですか……？」

「経験上の感想です。私は十五年以上、彼らと接していますから」

西川刑務官が優しく僕の背中を押し、ようやく歩き出すことができた。動物という言葉を脳裏に繰り返していると、騒めいていた胸が不思議と凪《な》いでいく。


朝の回診が終わると、深い溜息が漏れた。滝沢は大事な話があると言っていた割には、薬が効いて眠気が強いのか当たり障りのない内容を面倒くさそうに返し、すぐに診察は終わった。

詰め所の隅の方で、再び大島のカルテを開く。現在処方されている薬剤の写しを見ながら頭を悩ませていると、ゴツゴツした掌が僕の肩に触れた。

「工藤ちゃん、ちょっと頼まれてくれる？」

「……なんでしょうか？」

「工場で刑務作業をしている、Ａ級受刑者が腰痛を訴えているんだって。普通そういう時は内科の先生が診てくれるんだけど、今忙しいらしくてさ。ちょっと診察してくれないかな」

「Ａ級ということは、経理係として夜去に来た受刑者ですか？」

「そ、治療目的じゃないから、普段彼らは各々の持ち場で刑務作業をしているんだよ」

今朝、機敏な動きで配膳をしていた受刑者が思い出される。滝沢や大島のような人間と比較すると、少しはまともに思えた。

「わかりました、どこに行けばいいのでしょうか？」

「診察室に西川ちゃんが連れて来てくれるらしい。それじゃ、よろしく」

診察室は出入り口のすぐ右手にあった。すでにその前には、西川刑務官が待機していた。

「工藤先生、お手数おかけします」

「いえ、腰痛を訴えている受刑者がいるようで」

「今朝《けさ》から急に、痛みを訴えだしたらしいんです」

西川刑務官は何故か呆れたような笑みを浮かべた。歯並びのいい歯が口元から覗く。年齢は僕より上だと思うが、二十代前半のように肌には張りがある。

「本人はどこに？」

「まだ連れて来てはいないんです。とりあえず中へどうぞ」

西川刑務官が診察室のドアを開けた。六畳程度の室内は煤《すす》けたクリーム色の壁紙に包まれ、窓がないせいか薄暗い。壁際には、人間一人が横になれる程度の処置ベッドが置かれていた。他には、救命用品が入ったカートと医師が使用する長机しかない。

「そんなに酷い腰痛なんですか？」

「本人曰《いわ》く、激痛だと」

僕は長机の近くにある背もたれの付いた椅子に座った。受刑者が座るであろう丸椅子はやけに離れており、普通の診察では考えられない距離感だ。それに何故か、床には太い紐が一本放置されている。受刑者の手に渡って、縊首《いしゅ》でもされたら大変だ。拾い上げようと手を伸ばすと、西川刑務官が首を振った。

「それは一応、診察時に受刑者が暴れた場合の予防策です」

目で追うと、受刑者が座る丸椅子と処置ベッドの脚が紐で繋がれていた。僕は苦笑いを浮かべながら手を引っ込めた。

「これから診察をして頂く受刑者ですが、詐病《さびょう》の疑いがあります」

「詐病ですか？」

「ええ、要は病を偽っています。刑務所ではよくあることなんです。刑務作業に出たくないために嘘をついて、横臥《おうが》許可を願い出るんです。療養的処遇が許可されれば、自室で寝ているだけでいいですから」

先ほど、西川刑務官が呆れたような笑みを浮かべた理由が理解できた。

「発熱や外傷等と違って、客観的にわかりにくい腰痛が詐病によく使われるんです」

「しかし、腰痛一つとっても膵炎《すいえん》や腎疾患の重大な初期症状かもしれませんし、それを否定する情報がなければ……」

「裏は取ってあります。昨日まで当人は運動時間に野球をしておりました。それに最近、担当刑務官と折り合いが悪いこともあり、刑務作業に出たくないのが理由で腰痛を訴え始めたのだと」

それだけ言うと、西川刑務官は処置台に繋がれた丸椅子に視線を向けた。酷く冷たい眼差しだ。

「わかりました。詐病のことも念頭に置いて診察します」

西川刑務官が診察室から出て行くのを見送った後、僕は椅子の背もたれに深く身を預けた。簡単な診察一つとっても気は抜けない。黄ばんだ天井を見つめながら、この状況でどう詐病を証明するか頭を悩ませた。

数分後、西川刑務官に付き添われ現れた男は、腰を押さえながら苦痛で顔を歪めていた。四十代ぐらいだろうか。名前と受刑者番号を口にする際も、掠れた声しか出ていない。

「ここまで来るのもやっとです」

丸椅子に腰掛ける時も苦悶《くもん》の表情は変わらず、しきりに「痛《いて》え痛え」と悲痛な声を上げている。僕はそんな過剰な姿を無言で見つめた。

「で、腰痛はいつから？」

男の薄い唇は乾燥してささくれ立っている。口元から見える歯は黄ばみ、前歯が欠損していた。坊主頭にはフケが見え、清潔とはほど遠い。

「昨日の朝からなんすよ、我慢していたんですけど急に酷くなって」

「何か腰に負担をかけることはした？」

「多分、工場での作業がたたったんだと。長時間の座り仕事ですから」

一応、痛みを訴えている腰回りを診察したが著明な外傷や腫脹《しゅちょう》、熱感はない。それよりも所々色の入っていない昇り竜が、背中で睨みを利かせているのが気になった。

「特に問題はないね」

「えー、そんな。すごく痛いんですよ。イテ、イテ、イテテテ」

「動悸《どうき》や血尿があったり、他に痛むところは？」

「ないっす。とにかく腰が痛えんすよ」

このままではラチがあかない。受刑者の真横に立っている西川刑務官と目配せをしてから、話題を変えた。

「野球が好きなんだって？」

「はい、でもこんな腰が痛いんじゃ、当分お預けですわ」

「どこのチームが好きなんだ？」

「やっぱ楽天ですな。一度宮城球場にも行ったことがあるんで。間近で田尾《たお》監督が観れた時は痺れたなあ」

男は贔屓《ひいき》にしているチームに対しての意見を饒舌《じようぜつ》に語り出した。僕は万年筆でペン回しをしながら適当に頷く。

「最近は外国人の選手に頼りすぎなんですわ。もう、王《おう》とか長嶋《ながしま》みたいな選手は出て来んでしょうな」

野球の話をしている間、痛みの訴えはない。血色の悪い歯茎を剝き出しにしながら男は笑っている。僕はそんな姿を見据えながら、ペン回しをしている指からワザと力を抜いた。青い万年筆が床に落下し、男の前に転がる音が響く。

「高そうな万年筆ですな」

男は目の前に転がった万年筆を、何の苦もなく拾い上げた。差し出された万年筆を受け取ると、礼の代わりに静かな声で言った。

「腰、大丈夫そうだね」

「へ？」

「今、普通に屈めたじゃない。問題なし」

すぐに西川刑務官が男を立たせ、出入り口の方へ誘導していく。僕は男を見送ることもせず、深い溜息をついた。

「先生」

呼ぶ声が聞こえ顔を上げた。出入り口の方では野球の話をしている時とは別人のような、虚ろな瞳が僕を見つめていた。

「最近、荒い運転をする奴らが多いと聞きます。突っ込まれないように、気をつけてください」

男は平淡な声でそう告げると、廊下に消えた。遠回しに脅されたことに気づいたのは、診察室の引き戸を閉めた時だった。

詰め所に戻ると、神崎先生の姿は消えていた。近くにいた年配の看護師に声を掛ける。

「神崎先生がどこに行かれたか知ってます？」

「多分、中庭じゃないかしら。ちょうど作業療法をやっている時間だから。そのうち戻ってくると思うけど」

釈然としない気分が広がる。腰痛の診察を押し付け、自分は呑気に作業療法に参加しているなんて。

「そういえば、さっき大島さんが工藤先生に謝りたいって言ってましたよ」

「あいつが？」

「できればもう一度話がしたいって。やけに萎《しお》れた様子だったわね」

どういう風の吹きまわしだろう。それに唾を吐いた神崎先生にではなく、僕に対して謝りたいなんて。

「わかりました。薬剤調節をしようと思っていたので、もう一度話を聞いてみます」

悪い気はしなかった。神崎先生のヘラヘラした態度より、僕の毅然とした姿勢に何か響くものがあったのだろう。今日をきっかけとして、スムーズに治療が進むかもしれない。大島のような人間を短い期間で還送できれば、僕の株も上がる。

若い刑務官に付き添われ観察室の鉄扉を開錠すると、半身を起こし毛布で口元を覆った大島の姿が見えた。多分、ウイルスを気にしてマスクの代わりにでもしているんだろう。

「おい大島、先生がいらっしゃったぞ。ちゃんと顔を見せろ」

若い刑務官の注意を手で制した。謝りたいと言っているんだから、これぐらい譲歩してやってもいい。

「何か僕に話があるようだけど」

「あんたは、俺の担当医だよな？」

「引き継いだばかりだし、ずっと診察拒否のような状態だったから、まだわからないことも多いけどな」

「……一つ頼みがあるんだ」

大島は機敏な動作でベッドの上に正座をし、突然頭を下げ始めた。

「俺を無菌室に移動させてくれ。ここじゃ、ウイルスの攻撃が酷くて身体がもたない」

その姿を見て、うんざりした気分が広がる。結局は度重なる粗暴さを反省したわけではなく、自分の要求を通そうと今だけ萎れた態度を示しているだけだ。

「それは無理だ。南病舎に無菌室はない」

「そんな……普通の総合病院には無菌の場所があるだろ」

「まあ、手術は無菌でやることが多いよ」

「それじゃ、塀外の病院に行かせてくれ」

「九十三番の今の状態では無理だ。それに受刑者を受け入れてくれる一般病院は少ないし、外部受診は数名の刑務官が終日付き添わなければいけないんだ。よほどの緊急性がなければ不可能だ」

冷たく言い放ち、奥歯を嚙み締めた。多発外傷を負った被害者は、一歩間違えば死んでいたかもしれない。そこまでいかなくても、重大な後遺症が残るかもしれない。身体のどこかに風穴が開き、突風が吹き抜けていく。

「九十三番に質問するよ。被害者のことはどう思っている？」

「被害者？」

「お前が金属バットで殴りつけた人間のことだ」

鉄格子が嵌め込まれた窓から、一筋の光が床に伸びていた。次の瞬間、空模様が変わったのか、それは消えてしまった。

「あいつが俺のコーヒーにウイルスを入れなかったら、こんな部屋にぶち込まれることはなかった」

耳を疑う返事が聞こえ、言葉に詰まってしまった。大島は得意げに続ける。

「出所したらさ、あいつを訴えようと思うんだ。あんた腕の良い弁護士知らない？」

「お前、何を言ってるんだ……」

「別に普通のことだろ。あいつさえいなかったら、俺は今もあの会社で仕事をしていたんだから」

掌に爪が食い込むほど、固く拳を握っていた。その痛みは、細胞一つ一つにまで浸透していく。

「ふざけるな！」

僕の怒号を聞いて、隣に立つ若い刑務官が「先生」とたしなめた。でも、この喉に張り付いた不快感を吐き出したくて仕方がない。

「何が訴えるだ！　冗談もいい加減にしろ！　今やるべきなのは自分の犯した罪を反省することだろ！」

肩で息をしながら一気に捲し立てる。二つのレンズに映るのは、どこまでも自己中心的な動物だった。

「俺がこんなに頼んでいるのに、あんたは何も聞いちゃくれねえんだな」

「当たり前だ！　まずは自分自身の態度を改めろ」

「もういいよ。ヤブ医者に期待した俺が馬鹿だった」

大島は不貞腐《ふてくさ》れながらそう吐き捨てると、朝の回診時と同じように頭まですっぽりと布団を被った。握り続けた掌には不快な汗が滲んでいる。不意にいつかの潮騒が鼓膜に響き渡り、固く握った拳から何かが零れ落ちていくような感覚を覚えた。それは、乾いた砂がサラサラと落下するような感触に似ていた。

「九十三番に良いことを教えてやるよ」

ベッドの上で、人型に盛り上がった輪郭は微動だにしない。透明な砂が、掌から零れ落ちていく。

「強力なウイルスは、百度以上の煮沸消毒をしても死滅しない奴がいるんだ。逆に氷点下でも生き続ける奴もいる。せいぜい気をつけた方がいいな」

布団が勢いよく捲れ上がり、大島が真剣な表情で僕を凝視してきた。

「おいっ、それ本当か？」

「……また診察に来るよ」

背後から大島のわめき声が聞こえたが、振り返らずに鉄扉を閉めた。もうあの掌に感じた不思議な感覚は消えていた。

更衣室でチョコレートを一人で口に放り込んだ時も、濡れた靴下をずっと履いているような不快感を覚えていた。乱暴にカロリーメイトを一本齧《かじ》る。そのカスが膝の上に落下し、何の躊躇もせず床に払い落とした。

瞬きをするたびに、大島の歪んだ表情が浮かぶ。あいつは今後、贖罪《しょくざい》の念を抱くことはあるんだろうか。今の状況だけ見れば、限りなくゼロに近い。便器とベッドしかない殺風景な部屋とはいえ、三食飯を食べ、怪我をすればガーゼを当ててもらえる。喘息発作を予防するために、税金を使い薬まで内服しながら。

勢いよくカロリーメイトの空箱をゴミ箱に放った後、更衣室の扉を開けた。

「ふざけるな……」

隣にある女子更衣室の扉が開く音から遅れて、聞き覚えのある声が耳に届いた。

「あれ、工藤先生」

振り返ると、微笑みを浮かべている愛内先生の姿があった。

「ああ……どうも」

真っ直ぐに切り揃えられた前髪に乱れはなく、毎日定規でチェックしているとしか思えない。ドクターコートの下に着込んでいる薄ピンクのオックスフォードシャツは、一番上までボタンが閉められている。あまり魅力的な着こなしには、見えなかった。

「工藤先生とは、あの献香式の日以来ですよね。やはり病舎が違うと、顔を合わせることが少ないですね」

「南病舎に緩和ケアを必要とする受刑者はいませんから、仕方ありませんよ」

全ての受刑者に必要ないと言いたいところだったが、皮肉を匂わす程度の返答に抑えた。愛内先生は、もちろんそんなことに気づいている様子はない。

「南病舎は忙しいですか？」

「ええ、まあ……まだ慣れていないということもありますが」

「私も日々、力不足を痛感してます。専科は違いますが、お互いに頑張りましょうね」

愛内先生は自分自身に言い聞かせるように呟くと、少しだけ俯いた。僕の専科は精神科ということもあり、患者を看取った経験は少ない。微かに愛内先生の経験に嫉妬《しっと》する気持ちが沸き起こり、ある考えが浮かんだ。

「確認ですが、夜去で緩和ケアを提供している人間は全て受刑者ですよね？」

「ええ、もちろんそうですけど」

「愛内先生が担当している受刑者の一人と、話をすることは可能でしょうか？　ほんの少しでいいんです。五分……いや三分でも構いませんので」

大島が布団で口元を隠す姿や、詐病を訴える男の血色の悪い歯茎が交互に浮かんでは消える。愛内先生は僕の返事を聞くと、祈るように胸の前で両手を組んだ。

「まさか、緩和ケアプロジェクトチームに参加してくださるんですか？　嬉しい！　大歓迎です！」

「いや……後学のために話をしたいだけです」

受刑者が命の終わりを自覚した状態で、犯した罪を反省しているのか知りたいとは言えなかった。

「残念……でも、精神科の先生がお話を聞いてくれるだけで、患者さんたちは喜ぶと思いますよ」

愛内先生の大きな瞳は、冬の日差しのように澄んでいる。何故か後ろめたさを感じて、視線をリノリウムの廊下に逸らした。

見慣れ始めた二重扉を抜け、普段とは逆方向に足を進めた。身体疾患を有する受刑者が収容されている北病舎には、まだ一度も足を踏み入れたことはない。少し先を歩くドクターコートを見つめながら、気づかれないように何度か深呼吸をした。

「鍵を取ってきますね」

愛内先生が鍵保管庫に入る。北病舎の出入り口の鉄扉には、南病舎と同じように『施錠確認』と記載されたシールが貼られていた。鉄扉の造りも同じで、所々ベージュの塗装が剝げている。

「お待たせしました」

出入り口の鉄扉が、愛内先生によって開錠された。昼食後だからなのか味噌汁やおかずの匂いが漂い、微かに排泄《はいせつ》物の臭いも混ざっている。内科病舎ということもあり、オムツ交換等の身体介助を必要とする受刑者が多いのだろう。

「構造は南病舎と同じなんですか？」

「確か、個室の数は南病舎より少ないと聞いています」

壁は喫煙所のように、くすんだクリーム色をしていた。所々細い亀裂も入っていて、南病舎よりも老朽化が進んでいるように見える。

「改装はしていますが、元々は百年前に建てられた施設ですので、不自由が多いんです」

「例えばどんなところが？」

「段差があって完全なバリアフリーではないですし、酸素等の医療配管も限られた病室にしかありません。扉の幅も狭くて、ストレッチャーの出入りは一苦労なんです」

視界には長い廊下が伸びている。その両側には南病舎と同じように、幾つもの鉄扉が閉ざされていた。違う点は「点滴実施中」と表記された札がぶら下がっていたり、廊下にも車椅子が数台置かれていたりすることだった。

「担当の一人に、胃癌の患者がいます。夜去に移送してきた時にはリンパ節や肺に転移が多発しており、外科的な手術では除去できない状態でした」

「抗ガン剤の使用は？」

「それが……効果はあまり」

「余命はどの程度なのでしょうか？」

「肺のリンパ管に癌細胞が浸潤する、癌性リンパ管症を併発していますので予後不良です。私の見立てですと、残り二、三ヶ月の命だと……来週から緩和ケアに切り替えようと思っていたところです」

「その受刑者と話をさせてください」

愛内先生は小さく頷き、廊下を歩き出した。ある房に到着すると、ゆっくりと足を止めた。僕は鉄格子が嵌め込まれた窓から中を覗き込んだ。そこには柵が設置されたベッドが四つ並び、受刑者たちが天井を仰ぎ見ながら横たわっていた。

「終末期なのに、単独室での生活ではないんですね？」

「もちろん使用する場合もありますが、何か問題行動を起こした患者が懲罰として入居していたり、感染症のため個室管理が必要な患者がいると、なかなか空きが出ないことが多いんです。実際は一般治療患者と余命を宣告された患者が、同室しているのが現状です」

先ほど更衣室の前で「力不足を痛感する」と言っていたのを思い出した。医療刑務所では、部屋一つとっても思い通りにいかないことが多いんだろう。僕は眼鏡のブリッジを押し上げてから、素直な感想を漏らした。

「罪を犯した者たちが、不自由になるのは周知の事実ですから。仕方がないですよ」

微かに寄せては返す波の音が聞こえる。また乾いた砂が零れ落ちる感触が蘇りそうな予感がして、掌に爪をつき立てた。

刑務官が鉄扉を開錠すると、房内から幾つかの視線が僕たちに向けられるのを感じた。しかし、誰も声を出す者はいない。扉の近くで横になる受刑者の咳き込む声が、やけに虚しく響いた。

「一番奥の窓際です。名前は佐久間博《さくまひろし》さん。今は寝ているかな？」

愛内先生が、ベッドに横になる受刑者たちに微笑みながら歩き出す。消毒液や排泄物が混じった臭いが鼻先を噛み、真っ白なドクターコートに染み込んでいくのが見えるような気がした。

目的の受刑者のベッドサイドに着くと、愛内先生は自然な動作で腰を屈めた。

「佐久間さん、調子はいかがですか？」

仰向けに横たわっている男は、声を掛けても瞼を閉じたままだった。ベッド柵には尿道カテーテルが繋がれており、やけに濃い混濁した尿が半分程度溜まっている。掛け布団から少しだけはみ出した足先は血色が悪く、針で一突きすれば簡単に破裂してしまいそうなほど浮腫《むく》んでいた。

「昨日よりかは、悪くないです」

佐久間と呼ばれた男が、薄く目を開けながら呟いた。鼻には酸素を供給する半透明の管が伸び、そこから風が遠くで鳴るような小さな音が聞こえる。

「精神科の先生が、様子を見に来てくれましたよ。佐久間さんと、少し話したいんですって。お辛いようなら、日を改めますが」

「……いいですよ。天井ばっかり見つめてても、面白くはないですから」

愛内先生が目配せをし、僕は一歩前に出た。腰を屈めるようなことはせずに、ベッドに横たわっている痩身の男を見下ろした。抗ガン剤の影響なのか髪の毛はまばらにしか残っていないが、白髪ではない。目は落ち窪《くぼ》み頬もこけてはいたが、予想していたよりも若そうに見えた。多分、五十代前半ぐらいだろう。

「夜去に登庁している精神科医です。幾つか質問をさせてください」

「どうぞ」

「まず一つ目は、今このような状態になって何を思いますか?」

天気や体調等の日常会話はせずに、単刀直入に質問した。佐久間は、再び天井に視線を移してから言った。

「多分、死ぬんだろうなって」

妙に淡々とした返答だった。認知機能の低下はなさそうだが、現状感じている痛みや息苦しさで思考の抑制でもあるのだろうか。抽象的な質問は避け、具体的な質問を続ける。

「あなたの罪名は?」

「放火です。見ず知らずの子どもと、その祖父母を殺してしまいました」

「……その家族に、何か恨みでもあったんですか？」

「いいや。火をつけたのは、むしゃくしゃして何となくです」

佐久間の表情に変化はない。ささくれた唇を動かしながら、痰の絡んだ声を発している。

「刑務所に収監されたのは、今回が初めてですか？」

「恥ずかしいことに……窃盗《せっとう》で三回ほど」

身につけている白い病衣の生地は、固く目の詰まった綿製で着心地は悪そうだ。左の袖口には、黒く変色した小さな血痕《けっこん》が見える。採血でもした時に、付着したのだろう。白い病衣の表面で悪目立ちする黒点を見つめながら、一番聞きたかった質問を口にした。

「亡くなった被害者に対して、今思うことはありますか？」

佐久間の目頭には乾いた眼脂《めやに》がこびり付いており、瞳の表面は膜が張ったように乾いていた。虚ろな視線が僕を見据える。

「悪かったと。毎日心の中で念仏を唱えております」

視界の隅で、愛内先生が大げさに何度か頷く姿が見えた。佐久間の空洞のような瞳を見ていると、贖罪の意識があるとは思えなかった。そんな思いは氷柱《つらら》のように尖り、僕の胸に冷たく突き刺さる。

「今、一番の願いは？」

「被害者の墓参りです。沢山の綺麗な花を供えたいんです」

妙な沈黙が流れた後、他の受刑者が激しく咳き込む声が響いた。愛内先生が心配そうな表情を浮かべ、その受刑者のベッドへ足早に向かう。同伴していた刑務官も僕と愛内先生の両方が見える中間地点に移動した。佐久間の本音を聞き出すには、今しかないような気がした。

「あなたは芥川龍之介《あくたがわりゅうのすけ》の『蜘蛛《くも》の糸』という小説を知っていますか？」

僕の突然の質問に、佐久間は先ほどより目を開けて、小さく首を振った。

「簡単に要約すると、地獄に落ちた男が生前助けた蜘蛛の慈悲にすがる話です。男は地獄の底に垂れ下がった蜘蛛の糸をよじ登り、極楽を目指すんです」

「初めて聞きました」

「教科書にも載っているような、有名な小説なんですがね」

先ほどの無表情が少しだけ崩れ去り、定まり始めた視線が僕を捉えた。

「僕は文学に詳しいわけではないので、その小説に込められた本当のテーマや作者の意図はよくわかりません。しかし、どんな悪事を働いても何か一つ良いことをすれば、救われる可能性があるかもしれないという示唆《しさ》が含まれていると思います」

「先生は何を言いたいんでしょうか？」

「あなたの現在の状況を考えると、現実的に被害者の墓参りなんてできませんよね？　身体を動かすこと自体辛そうだ。第一、あの高い塀がそれを許さないでしょう。それでは、今どんな良いことができるか。僕が思うに嘘を言わず、残りの時間を全うすることだと思います」

「嘘はついてはおらんです、本当にあのことは……」

「それでは、毎日胸の中で唱えているという念仏を、声に出して聞かせてくれませんか？」

少し離れた場所から、愛内先生が呟き込んだ受刑者に対して優しく接する声が聞こえる。そんな雑音に混じって、佐久間が小さく欠伸をしたのが見えた。

「ほいじゃ……はらこ飯と焼酎」

佐久間は緩慢な動作で枕元に置いてあった丸まったティッシュを取ると、痰を吐き出した。泡立った唾が、ささくれた唇を濡らす。

「どういう意味ですか？」

「さっき、先生が質問したじゃないですか、今一番の願いは？　って。だから、はらこ飯と焼酎」

佐久間は口元を歪めてから、続けた。

「鮭の切り身をですね、醬油《しょうゆ》やみりんで煮るんですよ。その汁で飯を炊いて、ちょっとだけ湯がいたイクラを載せてから一緒に食うんです。イクラは塩気が強いですから、薄口の醬油で煮た切り身の方が具合がいいですな」

「……それを食べたいと？」

「はい、喉が焼けるほど強い焼酎と一緒に。隣に裸の姉ちゃんでもいれば、言うことないんですがね」

卑屈に笑う姿を見ていると、鼻腔に伸びる酸素の管を引き抜きたい衝動に駆られた。それほど一瞬で不快になる表情だった。

「被害者に対する贖罪の気持ちは、嘘なんですか？」

「そりゃ、ありますけど……でも、火が回るまで幾分時間があったわけですし、普通は逃げられると思いますけどね」

口の中に苦い唾液が溢れ出してくる。カテーテル内を混濁した尿がゆっくりと滑る様子を、ただ黙って見つめた。

「先生だけに正直に言いますがね、実は夜去《こ》医療刑務《こ》所に来たくて火をつけたんです」

「どういうことですか？」

「シャバにいた頃、血を吐いて病院に行ったんですよ。そしたら入院が必要だって言うじゃないですか。そんな金はもちろんないもんですから、一度家に帰ったんです。煙草吸いながらあれこれ考えてたら、ムショに入ればタダで医療が受けられることに気づいたんです。翌日にはライターと灯油持って街を彷徨《さまよ》ってましたな」

確かに矯正医療は無料だ。一度塀の中に入れば、手術だろうが検査だろうが、国費を使用することになる。しかし、無料で医療を受けられるからといって、罪を簡単に犯す人間が存在することが信じられない。

「そんな理由で、全然関係のない人を……」

「庭先に古新聞が積み重ねてあったんです。それを見た瞬間、これはこの家に火をつけろという仏さんの啓示だと思ってしまいまして」

薄い眉を上下に動かしながら、自分が正しいとでも言うように佐久間は話した。僕の中で言うべき言葉が枯れていく。

「食いもんの話をしていたら、シャバが恋しくなりましたよ。やっぱり塀の中で死ぬのは、無念です」

佐久間は何度か咳き込んでから、再び黙り込み天井を見つめた。少し口を開け、間が抜けた表情を浮かべる姿は得体の知れない動物のように見える。不意にいつかの潮風の匂いが漂い、脳裏に響く波の音が大きくなっていく。

「庭先に古新聞を置いていただけで、業火に焼かれて亡くなった人々の方がよほど無念だと思います」

「先生、こんな弱っている人間を虐《いじ》めんとってください」

佐久間が話すたびに、酷い口臭が辺りに漂った。一度眼鏡のブリッジを押し上げてから、胸の中に沈殿する黒い澱《おり》を吐き出すように言った。

「残念ながら、あなたの本当の願いは絶対に叶わないでしょうね」

返事を待たずに踵を返す。無駄な時間を過ごしてしまった。一瞬でも、受刑者に期待したことへの自責の念に駆られた。

「先生、一つだけ」

振り返ると、佐久間がベッド柵を摑《つか》みながら半身を起こそうとしている。その緩慢な動作は、命が死に侵食されていることを如実に物語っていた。

「先ほど話していた小説は、最後どうなるんですか?」

佐久間の質問を聞いて、極楽の風景が描写されていた文章が蘇る。確か美しい蓮《はす》の花が幾つも咲いていていたはずだ。そんな場所に、汚れた人間が辿り着けるはずがない。

「もう忘れてしまいました」

僕はそれだけ言い放つと、さっさと鉄扉の方に向かった。佐久間があの小説を読む機会はもうないだろう。結末を知らないまま死に向かう姿を思い描いていると、思わず口元が歪んだ。

刑務官が鉄扉を施錠すると、廊下には看護師が配薬する姿が見えた。腕時計を見ると、昼休憩が終わりそうな時刻だ。急いで南病舎に戻らなければいけない。仄《ほの》かな焦りを感じていると、背後から足音が聞こえた。

「佐久間さん、昨日より体調が良さそうで安心しました。二人で何を話したんですか?」

「別に、たわいもない話です」

「でも、工藤先生がお話を聞きに来てくれて嬉しかったと思いますよ。会話って、心の栄養ですから」

あの会話が栄養になるわけがない。むしろ死期を早めるような毒だ。

「期待していた結果は得られませんでしたが、お時間を頂いて良かったです」

「期待していた結果？」

「ええ、死の淵に立たされた受刑者は、被害者に対して贖罪の念を強く感じていると思ったんですが、そういうわけではないようです」

「一人一人感じ方には差異がありますから……本当は反省していても、上手く伝えられない方もいますし」

「信用しているんですね、受刑者のこと」

僕の返事を聞いて、大きな瞳に戸惑いの色が見えた。すぐにそれを隠すように、愛内先生が不自然な笑みを浮かべた。

「私は、彼らの担当医ですから」

改めて自分と愛内先生との違いに気づく。担当患者といえども、奴らは受刑者だ。窓から、佐久間のベッドの方をチラリと窺《うかが》う。凍えるような冷たい風が胸の奥を吹き抜けた。

北病舎を出て真っ直ぐに伸びた廊下を歩いていると、少し先で神崎先生が外の景色を眺めていた。

近寄ると、ドクターコートから甘辛い昼食の残り香を微かに感じた。

「予報通り、一雨来そうだな」

神崎先生は窓外に、また視線を向けた。確かに、頭上の空は灰色に濁り始めている。帰宅する頃には、路上に無数の水溜まりができているかもしれない。

「今、愛内先生と北病舎に行って来ました」

「へえ、何かあったの？」

「ただの見学です。そこで末期癌の受刑者と話をしましたが、失望しましたね」

「だから浮かない顔してんのか」

「別にそんなわけでは。落胆するのも想定の範囲内ですから」

無理やり笑顔を作ると、顔の皮膚が妙に強張っているのを感じた。そんな自分に嫌悪感が沸き上がり、誤魔化すように話を続ける。

「刑務官の一人から、受刑者は動物と同じだと聞きました。行動に善悪の判断はなく、ただ自分の欲求に従うだけ。僕もさっきそう確信しました」

外を眺めることに飽きたのか、神崎先生の視線が僕に向けられた。

「動物だって、善悪の判断や欲求を自制したりするだろ。俺が実家で飼ってた犬は、餌を前にして『待て』って言うと、大人しく涎を垂らして待ってたぜ」

「それとこれとは話が違います」

「そうか？　俺たちだって、結局はホモ・サピエンスっていう動物じゃねえか」

「しかし……あいつらは」

「確かに彼らは、法を破り罪を犯している。その客観的事実は、俺や工藤ちゃんとは違う点だ」

神崎先生は無精髭を撫でながら一呼吸置くと、すぐにまた口を開いた。

「でもな、彼等が有している疾患は塀外の患者と同じだ。確かに特異な人格傾向を持つ患者もいるが、短絡的に受刑者だからとラベリングしちまうと、医者として大切なサインを見逃すことになるぞ」

「別にそんなつもりでは……」

「誰だって被害者のことを考えると、胸が痛むし憤りを感じるよ。でもな、俺たちはなんでこんな真っ白いコートを着て塀の中にいるんだ。受刑者を蔑《さげす》んで嘲笑するためか？　自分とこいつらは違うと安心するためか？　そうじゃねえだろ」

頭ではわかっているが、実際はそう簡単にはいかない。神崎先生の話していることは所詮《しょせん》、綺麗事だ。傷つけられた被害者のことを思うと、平熱であっても血液が沸騰するような感覚を覚える。

「この際ですから言いますが、誰かの人権を踏みにじった者に医療を提供したくはありません。僕は法を犯さず塀外で苦しんでいる方々にだけ、医療を提供したいんです」

「それじゃ、何で工藤ちゃんは登庁しているんだ？」

「愚問ですね。ただ単にトップダウンの医局人事に逆らえないだけです」

悪意を滲ませた返答の後、謝ることもせず窓越しに曇天を仰いだ。ホモ・サピエンスなんて詭弁《きべん》を弄して、煙《けむ》に巻こうとしたって通用しない。医療を無料で受けるために、罪を簡単に犯す者たちを相手にしているんだ。塀外の患者とは、明らかに違う。

気まずい沈黙の後、煙草の臭いを強いミントで隠すような息が鼻先に漂った。

「俺が思うに、生きる上で多くの人間が求めることは健康だ。法律でも謳《うた》ってるだろ？　みんな健康な生活を送れよって」

「……狡《ずる》いですね、こんな場所で基本的人権を持ち出すなんて。そんな話をされたら、何も言えなくなります」

「別にそうじゃねえよ。医師を名乗る限り、単純に健康な人間が増えて欲しいだけさ」

「たとえそうだとしても、実際診察したくない人間はいます。医師法には患者に対する応召義務が規定されていますが、ドイツやアメリカなんかじゃ、医師の方から診察を拒否することができますから」

「工藤ちゃん、ここはジャパンだぜ」

反論する言葉が思い浮かばず、僕は窓の外に視線を向けた。空模様を見ているはずなのに、ガラスに反射するドクターコートに何故かピントが合ってしまう。

「俺たち精神科医が扱ってんのは、人間の精神現象だよな？　明確な数値で測定できるものじゃない。どうしても主観が入っちまう」

「ええ、ですから精神科医によって診断名が異なることも多々あります。やはり、精神疾患は客観性の評価という部分で難しい面があるのは事実です。採血データのように一目見て、異常所見がわかるものではありませんから」

「客観性ねえ……なら工藤ちゃんは、大島さんの採血データを見たか？」

「いえ、まだです。でもあんな擦り傷じゃ、炎症反応に乱れはないと思いますが」

「見るべきところは、そこじゃないんだよ」

　窓から雨粒が木々を揺らす音が聞こえた。その音は簡単に鉄格子を通り抜け、鼓膜に侵入し始める。

「今日の採血で、大島さんのテオフィリンの血中濃度が明らかに低かったんだ。すぐに血中濃度を測定できる薬を内服していて良かったよ」

「まさか……」

　大島の喘息発作が続いているという情報を思い出す。そして、一つの疑惑が導き出された。

「それじゃ、薬を吐き出しているということですか？」

「吐薬の可能性は高いんじゃないかな。元々飲んでいた喘息の薬を吐いているということは、向精神薬なんて飲んじゃいないだろう」

「でも、看護師が薬はちゃんと内服しているって……監視カメラでもチェックしてますし」

「吐薬が上手い患者は飲んだと見せかけて、喉に薬を溜めて後で吐き出す奴もいるからな。それに今日の回診時に便器を覗き込んだら、表面がほんのり青みがかってたんだ。睡眠薬の中には、水に溶けると青色に変化する薬もある。隠れて便器に薬を吐いてたんじゃないかな」

一瞬、頭の中が真っ白になった。大島はよく布団を頭まで被り注意されていた。その際に薬を吐き出せば、監視カメラには映らない。

「客観的データと、患者の苦痛を冷静に見つめようぜ。無駄話の中にだって、ヒントはあるんだから」

神崎先生の平淡な声を聞いて、思わず俯いてしまう。内服薬の反応性が悪ければ、吐薬の可能性も頭の隅に入れておかなければならなかった。

「工藤ちゃんに基本的な質問。妄想とは？」

顔を上げると、先ほどとは違う神崎先生の表情があった。

「明らかな反証があっても、訂正できない誤った信念です……」

「つまり？」

「僕たちには非現実に見えても、彼らの世界では揺るぎない現実です」

神崎先生は小さく頷き、雨粒が張り付き始めた窓ガラスを見つめながら言った。

「大島さんは、本当に抗生剤が欲しくて、頭を壁に打ち付けたんじゃないのかな」

「どういうことですか？」

「新しい傷ができれば、抗生剤が貰《もら》えると思ったんだよ。彼の現実はウイルスにまみれているからね。ま、それも外れてるかもな。ただ単純にストレスが溜まっていたのかもしれん。結局、どれも個人的な憶測でしかない」

「そんな……」

「とにかく早急に手を打たないと」

神崎先生が話し終わった瞬間、天井から鼓膜を破壊するような非常ベルが鳴った。その振動は周りに漂う空気を激しく揺らし、地鳴りのように辺りを跳ね回る。

神崎先生の顔色が一瞬で変わった。

「うちのホモ・サピエンスたちが、何かやらかしたか」

南病舎の鉄扉に向けて、雪駄で疾走する音が聞こえた。僕もずり落ちた眼鏡を気にする暇もなく、後に続く。刑務所では異常事態が起こった時の合図として、非常ベルが至る所に設置してある。実際に鳴らされた瞬間に遭遇したのは、今日が初めてだった。天井からはまだ、鋭いベルの音が鳴り響いている。腸をえぐられるような鋭い痛みの感覚と共に、額には脂汗が噴き出した。

南病舎の出入り口を開錠すると「２０２！」と刑務官が叫ぶ声が聞こえた。

「大島さんか」

少し先で神崎先生が呟く声が聞こえ、心臓が早鐘のように鳴る。視界には今まで見たこともないような数の刑務官が集まり、廊下に溢れかえっていた。大島の観察室の鉄扉は開け放たれ、何人かの刑務官が呼び掛ける声が鼓膜に突き刺さる。僕は廊下に溢れる刑務官を掻き分け、肩で息をしながら観察室の前に立った。

「九十三番！」

全身にまとわりつくような、血の臭いを感じた。房内では複数の刑務官が、床の上で大島の身体を押さえ込んでいた。その周囲には、鮮やかな赤い雫《しずく》が点々と落下している。

「バイトブロック！」

神崎先生が開口器の名前を叫んだ。大島の口元を見ると泡立った血が滴り、白い病衣を不気味に染めていた。二人の刑務官が両手で大島の口を無理やり開けているせいで、汚い歯が剝き出しになっている。

「咬舌《こうぜつ》……」

呟いた声は、辺りの喧騒にすぐに紛れて消えた。

「工藤先生！」

看護師の一人が、開口器と止血用のガーゼを僕の掌に乗せた。それを握ろうとするが、指が震えて上手く動かない。

「貸すんだ！」

神崎先生がそれらを奪い取り、大島に駆け寄った。顔を背ける大島を、刑務官が怒声を浴びせながら押さえ込む。目前で起こっていることが、現実とは思えなかった。

「大島さん、舌を噛み切るなんて良くないぜ、それにすげー痛いだろ」

大島の口腔内に、神崎先生が開口器を挿入した。観念したのか激しい抵抗が止み、僕たちの荒い呼吸だけが房内に漂い始める。

「こりゃ、口腔外科医に縫合を依頼しないとダメそうだな」

肩で息をする神崎先生の後ろ姿を見つめながら、僕は一歩も動けなかった。大島の口腔内に詰め込まれたガーゼが、すぐに赤く染まっていく。

「ひゅるふひつ」

不意にくぐもった声が聞こえた。

「ふれへへ」

大島の頬には涙が伝っていたが、潤んだ瞳には確かな意志が感じられた。その視線は針のように尖り、僕を真っ直ぐに突き刺す。

「ひゅるふひつ、ふれへへ」

喉から絞り取るような声が聞こえた後、大島の瞳がゆっくりと上転した。素早く神崎先生が血圧を測定する。

「血圧が下がってる……救急カート！」

再び喧騒《けんそう》が場を支配した。そんな状況でも、僕の両足は魔法にかかったように動かない。徐々に周りの音が意識から遠のき、大島の声だけが脳裏に何度も再生された。

僕だけは、大島が何を言っていたのか理解できる。

手術室、連れてけ。

僕が今日言い放った言葉も、同時に思い出す。

手術は無菌でやることが多いよ。

看護師たちによって、大島の口元に開口器がテープで固定される。濃密に漂う血液の臭いが鼻の粘膜を焦がし、不快な眩暈を覚えた。

僕はウイルスを恐れ無菌を求めた男の姿を、黙って見つめることしかできなかった。


窓から外を見ると、雨はまだ降り続いていた。陽が落ちたせいで、もう空の色は濃い闇に覆われている。窓ガラスに張り付いた雨粒が、滑りながら他の雨粒に吸収され形を変える。その光景は、透明な虫が意味もなく蠢《うごめ》いているように見えた。

あれほど天気予報では雨が降ると告げていたのに、僕は傘を忘れていた。途中のコンビニでビニール傘を買おうか。それとも、今日は濡れて帰ってもいいかもしれない。

日勤看護師が、夜勤者に申し送る声を聞きながら一人詰め所を出た。数時間前の騒ぎは影を潜め、ひんやりとした空気が廊下に漂っている。そんな静謐な空間に、僕の足音が異物として存在していた。

自然と足は、大島の房に向かっていた。ベージュ色をした鉄扉の表面には、小傷や色の剝げた箇所が目立つ。それは歴史というには大げさで、劣化というには安っぽい感じがした。とにかく、数時間前に漂っていた血の臭いは消えている。

観察窓越しに房内を覗き見た。ベッド上で拘束具を両手両足に装着し、目を閉じている大島の姿が映る。口角には咬舌予防で開口器が固定され、右腕には点滴チューブが伸びている。酷い自傷行為だったが、たまたま往診に来ていた口腔外科医によって、傷ついた舌は縫合された。細かく針を進めたとはいえ、結果的には十三針も縫う創傷だったと聞いた。

顔を背けると、ドクターコートのポケットに手を突っ込みながら、ゆらゆらと歩き出した。他の観察室には脇目も振らず、一番最後の鉄扉を目指す。何故、滝沢の房へ向かっているのか自分でもわからなかった。

房内を覗くと、滝沢は腕を組みながらベッドで胡座をかいていた。真剣な表情で天井を見つめ、固く口元を結んでいる。僕に気づく気配はない。こんな狭い部屋の中にいると、空想の世界に逃避するしかないのだろう。

指先で強化ガラスを一度叩くと、滝沢はゆっくりと僕の方に顔を向けた。

「まだペーペーの医者のくせに、随分と患者を待たせるんだな」

房内からくぐもった声が聞こえる。僕は鋭い視線を滝沢に向け、小さく舌打ちした。

「今朝の回診時に一度来ただろう。でも、お前は適当な返事しかしなかった」

「薬が効いて眠かったし、守に一人で来て欲しかったんだよ」

「……何度も言うが、名前を呼ぶな」

僕はそれだけ告げると、鉄扉に背を向けた。離れた場所でモニターをチェックする刑務官を横目で確認しながら、静かに質問する。

「僕に何か大事な話があるようだが」

「そうそう、そうなんだよ。すごく大事な話があるんだ」

「何だ？」

「守って『ドラゴン・フレイム』って読んでる？」

予想外の質問を聞いて、一瞬戸惑った。確か『ドラゴン・フレイム』は最近ヒットしている漫画のタイトルだ。僕は読んだことはないが、テレビや街中でも登場キャラクターの姿はよく目にする。

「読んだことはない」

「あんだけ面白いのに、もったいねえな」

「……その漫画がどうしたんだ？」

「逮捕された時に十二巻まで出てたんだけど、その続きが気になってな。守が読んでるなら、教えてもらおうと思って」

場違いな明るい声が聞こえる。胃が痙攣《けいれん》するような感覚が、瞬時に身体を支配していた。

「ふざけるのもいい加減にしろ。そんなことより、お前は自分が犯した罪をどう感じているんだ？」

伏し目がちに足元へ視線を落とす。視界は僕の革靴を捉えているが、脳裏では床に落下した大島の血痕が浮かんでは消えていた。

「なんだよ、急に。今更、俺がぶっ刺した人間のことを話してもどうしようもないだろ」

「いいから言うんだ」

「ご愁傷様って感じかな。毎朝、太陽が昇ったら正座をして祈ってるよ。どうか俺を天国に導いてください。そのためだったら、また誰かをぶっ刺しますってな」

冷たい氷を、頬に押し付けられたような感触を覚えた。昔の知り合いが、一匹の動物に成り下がっているのを実感する。

「お前も、他人が傷つく痛みなんて想像しないんだな。他の受刑者と同じだ。改めて失望したよ」

「誰かを傷つけることが、そんなに間違っていることか？　守はもっと自分の頭で考えろよ。それができないなら、歴史の教科書でも読めばいい。人間の身勝手さを否が応でも教えてくれる」

「お前は尊い命を身勝手に奪い、生きる権利を剝奪したんだ。その事実をしっかりと内省するべきだ」

「それは、守も同じだろ？」

ずっと、背を向けていた鉄扉の方を思わず振り返った。滝沢は額を強化ガラスに押し当て、目を見開いている。

「二度と、そんなことを口にするな」

目の前の人間を握り潰したい衝動が、全身の血液に乗って循環する。滝沢の額が強化ガラスから離れると、汚れた皮脂が観察窓の一部を曇らせた。

「守は、この世に存在する全ての法律を把握しているか？」

「そんなこと……普通の人間ができるわけないだろ」

「だったら、守の正義はどっから来てるんだよ？」

「一般社会で生きる上で必要な、倫理や道徳だ」

「そんな大ざっぱなこと言われても、ムショの中じゃ寝言と同じだよ」

滝沢が口元に笑みを張り付ける。その表情は素直なようにも、歪んでいるようにも見えた。

「結局な、正しいも間違ってるも本能が選択するんだ。俺たちは所詮、動物だからさ」

身勝手で根拠のない言い分を聞きながら思う。暴力や破壊衝動が本能だとしたら、他者を愛することもまた本能の一部のはずだ。滝沢は、誰かを大切に思った経験があるのだろうか。生育歴に記載された無機質な文字の羅列と幼い日々の記憶だけじゃ、何もわからない。

「受刑者の身勝手な論理に、僕が耳を傾けると思っているのか？」

「俺は工藤守先生の患者だろ？」

滝沢が揚げ足を取るように卑屈に笑う。

「多くの治療関係は、患者と医師双方の同意で成立する。だから塀外の医療では問題行動を繰り返したり、治療を途中から拒否する者は、やむをえず強制退院になる場合もある」

「そんな話より『ドラゴン・フレイム』を読んでみろって、絶対面白いから」

滝沢の戯言を無視しながら、声帯に力を入れる。

「矯正施設じゃ、そんなわけにもいかない。お前が僕のことを僅かでも医師という認識があるなら、粛々と治療に乗るべきだ。その方が、お互いにメリットがあると思う」

「粛々って、政治家の答弁みたいだな」

僕は、強化ガラス越しに見える大きな瞳を真っ直ぐに捉えて言った。

「それとも本能とやらが、拒否でもしているのか？」

滝沢の表情から一瞬で笑みが消えた。そろそろ切り上げる頃合いかもしれない。廊下で戒護している刑務官が、不審そうに僕の方を見ている。

「俺の質問に今日中に答えられたら、これから粛々と治療に乗ってやるよ」

滝沢の平淡な声が聞こえた。僕はこれで最後と思いながら、無言で観察窓に視線を向ける。すると、薄い唇が僅かに動くのが見えた。

「海の匂いについて」

「……どういうことだ？」

「俺だって、ずっとこんな部屋にはいたくないからさ、ちゃんと正解してくれよな」

滝沢が放った言葉に、全く心当たりはない。もっと詳細を聞き出そうとしたが、房内からはベッドが軋む音が聞こえ、僕は仕方なく踵を返した。


正門を抜けると、思わず小走りになった。車道からは、水溜まりをタイヤで弾く軽快な音が聞こえる。やはり途中で傘を買った方が、いいかもしれない。自宅に到着する頃には、びしょ濡れだろう。

前方で水玉の傘が揺れていた。顔をしかめながら追い越すと、すぐに聞き慣れた声が聞こえた。

「工藤先生？」

振り返ると、愛内先生の大きな瞳がヘッドライトに照らされ輝いていた。

「傘、忘れたんですか？」

「ええ、うっかりしていて」

「それじゃ、駅まで一緒に帰りましょうよ。そんなに濡れたら、風邪ひきますよ」

「いや、大丈夫です。コンビニでビニール傘を買いますから」

「確か駅まで、コンビニはなかったと思いますが」

愛内先生が頭上に差している傘を傾けた。水玉の折りたたみ傘は、大人二人には狭すぎる。

「本当に大丈夫です。それに僕が入ったら、愛内先生も濡れてしまいますから」

「そんな遠慮せずに」

傘に雨粒が落下する音が反響した。結局礼を言って、愛内先生と同じ歩幅で歩き出した。

「本当、すみません」

「気になさらず。一人の帰り道って、あまり好きではないんです。妙に寂しくなるんで」

同意も反対もしなかった。滴る雫を手の甲で払いながら、車道を流れ去る幾つものテールランプを見送った。

「なんだか工藤先生、浮かない表情をしていますね。何かあったんですか？」

「いえ、別に」

泡立った血液が滴る光景が脳裏を過る。大島の自傷行為について、語る気はない。僕はわざと明るい口調で、話題を変えた。

「この水玉の傘、素敵ですね。僕が持っている傘なんて黒一色で味気ないですから」

「水玉？」

何故か愛内先生が首をかしげる。すぐに、隣から笑い声が漏れた。

「この模様、水玉じゃないんです。よく見てください」

僕は頭上を仰ぎ、内側に透けている模様を見つめた。

「これ、水玉じゃなくてコロッケなんです」

まさかの答えに、目を細めた。確かに傘の表面に描かれているイラストは、衣を纏ったコロッケだった。中には二つに割れ、湯気が上がっているコロッケもある。何故こんな雨と何の関連性もないイラストを、傘にプリントしようと思ったのだろう。

「珍しいデザインですね」

「コロッケを食べたいなと思った時に、この傘を見つけて、思わず買っちゃいました」

無邪気な返答を聞いた後、ささくれた気分が少しだけ凪いでいるのに気づく。会話は心の栄養という言葉を思い出していると、つい数秒前とは正反対の気持ちが沸き起こってきた。急き立てるように、タイヤが濡れた路面を滑る音が耳元で聞こえた。

「今日、南病舎で咬舌の自傷行為があったんです。発見が遅れていれば、その受刑者は死んでいたかもしれません」

我ながらコロッケと緩急がありすぎる話題だと思いながらも、話し始めると止まらない。

「担当受刑者でした。しかも、自傷行為へ駆り立てたのは、僕の一言が原因だと思います。妄想を煽《あお》るような言葉を投げ掛けてしまったので」

前方に小さな水溜まりが見えたが、避けることはしなかった。すぐに冷たい泥水が革靴に浸入する。

「口腔内から血を流す姿を見て、僕は何もできませんでした。それに彼の吐薬も見抜けなかった。でも正直、悔しくも自責の念もあまりないんです。多分、相手が受刑者だからでしょうか」

濡れた路面が街灯を反射して輝いている。自分でも知らないうちに感傷的になっているのか、星の破片が散らばっているように感じた。

「受刑者をどうしても患者と思えないんです。僕は、矯正医官として失格です」

本音を吐き出したら楽になるなんて、誰が言い始めたのだろうか。現実は、喉の奥が苦しくなるだけだ。無言で隣を歩く愛内先生が急に足を止めたせいで、傘の外に出た僕の髪を再び雨が濡らした。

「失格だとしても、南病舎には工藤先生と神崎先生しかいないじゃないですか」

呟くような声は、すぐに車が流れ去る音に掻き消される。愛内先生は微笑を浮かべると、続けて言った。

「矯正医療は塀外の医療と違って、患者が医師を選べません。逆に言うと、それは私たちも同じです」

「確かにそうですが……」

「今日は失格でも、明日合格なら良いじゃないですか。私はそう思います。あの塀の中では、患者から逃げることはできませんから」

再び僕の頭上に傘が傾けられた。すでに全身は濡れているのに、無意識のうちにまた傘の内側に足を踏み入れる。すぐに愛内先生が、戯けた口調で言った。

「気分が落ち込んでる時って、大声で叫ぶといいですよ」

「今時、ステレオタイプなストレス発散法ですね」

「そうですか？　私はいつもそうですけど。工藤先生も是非試してください」

「機会があれば」

駅に近づくにつれ、人通りは多くなっていく。背中に張り付く濡れた下着の感触を覚えながら、何度も滴る雫を手で払った。

玄関の扉を開けると、窓辺の水槽に直行した。ライトに照らされた青い尾ひれが、揺らめきながら水中を漂っている。

「傘を忘れちゃったんだよ」

もちろん、僕に同情する返事は聞こえてこない。一方通行の会話は、もう慣れきっている。

「お前はいつも濡れてるから、僕の気持ちなんてわからないだろうな」

水温計を確認してから、浴室に向かい湯を張るスイッチを押した。バスタオルで濡れた髪の毛を拭きながら、ソファーに横になる。

「海の匂いについてねえ……」

水中で漂う尾ひれを目に映すと、胸の奥に温かい感情が滲み出していく。

「お前は海水域では生息できないから、あいつの問題には答えられないだろうね」

少しだけ休憩するつもりが、一度欠伸をすると瞼が重くなっていく。風呂に入らなければと思う反面、睡魔の誘惑は酷く魅力的だ。

『プランクトンが死んだ匂いなんだぜ』

微睡《まどろ》みの中で、誰かの声が聞こえた。その声は僕の意識の奥深くから気泡のように沸き上がる。

『知ってるか、守。海の匂いって、プランクトンが死んだ匂いなんだぜ』

いつの間にか天井を見つめていた。もう先ほどの泥が張り付くような睡魔は消え失せ、濾過フィルターが気泡を発生させる音だけが鼓膜に馴染んでいた。

僕はソファーから起き上がると、ポケットからスマートフォンを取り出した。夜去医療刑務所の文字が目に映ると、発信ボタンをタッチする。南病舎に電話を回してもらい、夜勤看護師に向けて告げた。

「夜分遅くにすみません。208号の受刑者に、伝言を伝えてもらってもよろしいでしょうか？」

受話器からは、夜勤看護師の戸惑った「わかりました」の返事が聞こえた。部屋の掛け時計を確認すると、まだ日をまたいではいない。

「プランクトンが死んだ匂い、とだけ伝えてください」

僕が放った言葉を復唱する看護師の声を聞いてから、電話を切った。スマートフォンを握っていた手には汗が滲んでいる。

「ちょっと、うるさいかも。ごめんな」

青い尾ひれが返事をするように、水中で優雅に方向転換をした。僕はソファーに置いてあったバスタオルを口に詰め込むと、腹の底から大声を出した。

◇◇◇

いつの間にか図書室から足は遠のいていたから、最後に借りた本を随分と延滞してしまった。芥川龍之介の『蜘蛛の糸』をカウンターに返却すると、僕は急いで下駄箱へ向かった。時間を潰すだけだった放課後が、嘘のように待ちどおしい。山崎に眼鏡飛行機をやられた後だって、真ちゃんと会うとそんな嫌なことはすぐに忘れてしまう。

「駄菓子屋の婆《ばあ》さんが飼ってる猫が、赤ちゃん産んだんだって。早速見に行くべーよ」

下駄箱を挟んでいるせいか、必要以上に大きな声が聞こえた。真ちゃんの提案は全部魅力的だ。この前は裏山に登って伝説のツチノコを探しに行ったし、その前はゲームセンターで拾ったコイン一枚を四十枚まで増やした。門限の十八時までの時間が、あっという間に過ぎてしまう。

「どんな猫？　可愛《かわい》いの？」

「ほとんど三毛で、六匹生まれたらしいぜ。ニャーじゃなくてニョワーって、鳴くんだって」

真ちゃんは右手の人差し指で長い睫毛を弾きながら、大げさな声を出した。

「嘘だあ」

並んで歩きながら校庭に出ると、すぐに嫌な視線を感じた。辺りを探ると、山崎と取り巻きたちが、ドッジボールをする手を止め僕たちを睨んでいる。

「そういえば守って、まだ山崎から叩かれたりしてんの？」

「……前よりは減ったけど、たまに」

「あいつ身体はでかいけど、そんなに喧嘩は強くねえよ。今度タイマン張ってみたら」

「嫌だよ……絶対負けるって」

「それでもいいじゃない。人間だもの」

学校のトイレに貼ってある、有名な詩を真似《まね》る声が聞こえた。真ちゃんの隣を歩いていると、なんだか僕まで少しだけ強くなったような気がするから不思議だ。

駄菓子屋のおばちゃんから見せてもらった子猫は、予想通りミャーと鳴いた。両手に収まるほどの大きさで、顔を近づけると微かにミルクの匂いがする。桃色の鼻先を濡らしながら、柔らかそうなひげを揺らしていた。

「うわー、小せえ」

真ちゃんは売り物のチョコバットを手に取ると、子猫の頭上で左右に振った。でも、どの子猫からも反応はない。

「本当に生まれてすぐなんだね」

「一昨日《おととい》生まれたらしいぜ」

「ふーん。こんな小さかったら、お母さん猫がいないと生きていけないね」

タオルが敷かれた段ボールの中で、子猫たちは競い合うように母猫の乳首に群がっていた。その中の一匹が輪から外れ、見当違いの方向へ這いずっていく。両目は閉じたままだから、まだなにも見えていないのかもしれない。

「母親がいなくたって、どうにかなるさ」

妙に低い声が聞こえた。真ちゃんは輪から外れた子猫の首根っこを摑むと、母猫の空いていた乳首の側にゆっくりと近づけた。

「こいつら、おっぱい吸ってるだけだから面白くねえな。おばちゃん、クジ引かせて。今日は一等のラジコンが当たりそうな気がする」

真ちゃんはクジの入った箱を受け取ると、鼻歌を口ずさみながらその中の一枚を引いた。

「また、ハズレだ。本当に一等なんて入ってんのかよ」

駄菓子屋のおばちゃんは引いたクジを受け取ると、冷蔵庫の中からパックのミルクコーヒーを真ちゃんに差し出した。

「おばちゃん、何度も言ってんじゃん。俺はコーヒーが嫌いなんだって。ラジコンか板チョコにしてよ」

真ちゃんは文句を言いながら、換えてもらった板チョコを口に放った。よほどハズレが悔しかったのか、その表情はしばらく曇っていた。

予想以上に早く駄菓子屋から出ると、やることがなくなってしまった。門限まであと一時間ちょっと。残念だけど、今日は少し早めのサヨナラが頭にちらつき始めた。

「守って、まだ門限大丈夫だよな？」

「うん、でもあと一時間ぐらいでタイムリミット」

真ちゃんは表情を変えずに、前を向いたまま言った。

「海、行こうぜ」

「海？」

「一時間もあれば、行って帰ってこられるよ」

「でも……何するの？」

「ただ眺めるんだよ」

真ちゃんはそれだけ言うと、急に走り出した。珍しく気乗りしない提案だったけど、僕も反射的にランドセルを揺らしながらその後を追う。赤信号で止まるまで、真ちゃんは一度も振り返らなかった。


駅前の中心街を過ぎると、すぐに見通しの良い田んぼが広がる。近くにスーパーやコンビニもなければ、人通りも少ない。視界にはただ緑の稲が風に揺れていて、ここから見上げる空はいつもより広く感じる。

「ここら辺って、本当に何もないよね」

歩いているアスファルトは凸凹で、所々ひび割れていた。市街地と海沿いの風景は、線を引いたようにはっきりと違っている。以前父さんが「駅前だけ栄えさせて、どうするんだ」と嘆いていたのを思い出した。

「守って、よく海とか行く？」

潮風が鼻先を撫で始めた頃、真ちゃんが質問した。僕はゆっくりと首を振る。

「わざわざ行かないよ」

「なんで？　こんなに近いのにさ」

「だって遊べる砂浜だってないし、ずっとコンクリートの塀が続いてるだけじゃん」

真ちゃんは返事をせずに「海岸通り」と書かれた看板を見つめている。僕は独り言のように続けた。

「夜去の海は深緑で汚くて濁ってるけど、前にテレビで見た南国の海はもっと透き通ってるんだよ。本当に綺麗な青色をしてたな」

「夜去の海も綺麗じゃん。守の眼鏡が曇ってるだけじゃねえの」

棘《とげ》のある返事が聞こえて、僕は閉口した。そんな微妙な空気を蹴散らすような、妙に戯けた声が響く。

「おっ、波の音が聞こえてきたぞ。守、ダッシュ、ダッシュ」

眼鏡のブリッジを押し上げてから、海岸通りに続く松の木の群生に向けて走り出す。確かに波の音が、潮風に混じりながら聞こえ始めていた。

久しぶりに見た海は、想像以上に僕を興奮させた。やっぱり透き通った青色とは言えないけれど、遠くの方が滲んで見えるほど果てしなく広がっている。浮かんでいる漁船が、ここからだと小さな点みたいに見える。

僕たちは海沿いに続く低いコンクリートの塀によじ登って、潮風を顔面に受けた。すぐ下には消波ブロックが波を弾いている。

「守は、さっき夜去の海には砂浜がないって言ってただろ？」

「うん、ずっと塀が続いているだけでしょ」

「短い砂浜なんだけど、一ヶ所だけあるんだよ」

真ちゃんは猫のように、軽快に塀の上を歩いていく。僕は途中で怖くなってしまい、下に降りて舗装された道路を進んだ。今日の海は凪いでいる。一定のリズムで波が寄せては返し、炭酸の泡が弾けるように白くなっているのが見えた。

数分ほど歩いて海岸通りの緩いカーブを曲がると、少し先に短い砂浜が見えた。あまり海の方には来ないとはいえ、こんな場所があるなんて知らなかった。

「本当だ」

「だろ、しょぼいブランコもあるし」

砂浜の手前は隆起した丘のようになっていて、車の停まっていない小さな駐車場が見えた。その脇にポツンと二つのブランコと、丸太のベンチが設置してある。

「うわー、すごい。海のブランコだ。真ちゃん一緒に乗ろうよ」

お互い駆け出していた。息を切らしながら、小さな駐車場を横切る。ブランコは近くで見ると、毎日潮風を浴びているせいか所々錆《さ》びついていた。

「ブランコなんて、どこでも乗れるだろ。防波堤まで行こうぜ」

真ちゃんが波打ち際を指差した。そこには砂浜から長方形のコンクリートが突き出ていて、周りには消波ブロックが積み重なっている。

「俺、一人でたまにあの防波堤で釣りをするんだよ。デカい魚がいるんだ」

「えっ、本当？」

「もしかしたら、魚の影が見えるかもな」

その言葉を合図に、僕たちは丘を下りて砂浜に足を踏み入れた。スニーカーの底が歩くたびに沈み、乾いた砂が入り込んでくる。やけに表面がつるりとした白い流木やラベルの剝げたペットボトルが、足元に転がっていた。真ちゃんは、意味もなくそれらを蹴り飛ばす。波打ち際では、小さな波が何度も何度も砂浜の色を濃く濡らしている。

防波堤の長さは学校のプールぐらいで、岩を継ぎ足したような粗いコンクリートが海に向かって伸びている。先端には名前も知らない白い鳥が、羽を休めるように蹲《うずくま》っていた。

「ここに立つと、海の中にいるみたいだろ？」

真ちゃんはそう呟くと、迷いもなく先端の方に歩いていく。足元には乾ききった海藻の残骸や小さな茶色の蟹《かに》が横切っていくのが見えた。

「確かにここから落ちたら、溺《おぼ》れて死んじゃうかもね」

「守がもし落ちたら、釣り針で引っ掛けてやるよ」

「嫌だよ、そんなの」

防波堤から見える海の色も、やはり深緑だった。濁っているせいか、魚影一つ映らない。

「知ってるか、守。海の匂いって、プランクトンが死んだ匂いなんだぜ」

波の音に掻き消されてしまうほど小さな声だった。真ちゃんはそれだけ言うと、ジッと遠くを見つめた。小さく見えていた漁船は消え、空と海がはっきりと二つに分かれている。

「それって、本当？」

「うん、母ちゃんから聞いたんだ」

「へえ、知らなかった」

「俺と母ちゃんと守だけが知ってる秘密だ。他の奴らには教えるなよ」

「どうして？」

「他の奴らが知ったら、秘密じゃなくなるからさ」

よくわからない返答だったが、それ以上聞かないことにした。何となく砂浜を振り返ると、二つの足跡が波に消されずに残っているのが見えた。

　居間のカーテンの隙間から漏れ出す明かりを見て、ドキンと心臓が鳴った。息を切らしながら玄関に入ると、僕は呼吸を整えることも忘れ大きな声を出す。

「ただいま」

　明かりはついていたが、返事はない。異常に大きいテレビの音が、玄関まで漏れ出している。居間の扉を開けると、スーツ姿のままの父さんが缶ビールを口に運んでいた。

「五分前だな」

　テレビの音量が大きくて、父さんの声がはっきりと聞こえなかった。ダイニングテーブルの上には、すでにビールの空き缶が二本転がっている。

「今日は、父さん帰ってくるのが早いね」

　僕の言葉を聞いて、父さんの眼差しが鋭くなるのがわかった。

「守は、俺が仕事をさぼって早く帰ってきたと思っているのか？」

「別にそんなつもりじゃ……」

　さっきまでテレビの音がうるさかったのに、父さんの声がはっきりと聞こえる。背負っていたランドセルが、いつも以上に重くなっていく。

「お前まで、俺のことを馬鹿にしやがって」

　飲み干した缶を、父さんは勢いよく潰した。テレビからは、遊園地の楽しげなCMが流れている。

「守、缶ビール買ってこい」

「え……でも、子どもには売ってくれないよ」

「コンビニやスーパーじゃなくて、石田《いしだ》商店なら売ってくれるだろ。何か言われたらおつかいって、言い返せばいいじゃないか。頼むからそれぐらい自分の頭で考えてくれよ」

「……お金は？」

「守の小遣いから出してくれ。今、手持ちがない」

僕はランドセルを背負ったまま、再び玄関の扉を開けた。空には夕暮れの橙《だいだい》が広がっている。首筋から汗と潮風が混じったような臭いを感じ、一瞬顔をしかめた。

石田商店の店内は、全てが埃《ほこり》っぽい。レジ前の蛍光灯は切れかかっていて、不規則な点滅を繰り返している。見切り品の籠の中には、幾つもの菓子パンや饅頭《まんじゆう》が乱雑に放置されていた。

父さんが飲んでいた同じ缶ビールをレジに差し出すと、石田商店のおじさんは何も言わずにバーコードを読み取った。その音を聞きながらレジ奥を見ると、煙草が並んだ棚の隣に小さな水槽が置いてあった。その中には、一匹の青い魚が静かに漂っている。

「あの魚、綺麗だね」

僕の声を聞いて、おじさんは缶ビールをビニール袋に入れる手を止めた。

「ベタって言う名前の熱帯魚だ。孫のために買ったんだが、結局店に置いちまった」

「熱帯魚ってことは、南国から来たの？」

「確かタイだったかな。遠い国からこんな辺鄙《へんぴ》な田舎《いなか》まで、ご苦労なこった」

ビニール袋を受け取った後も、レジ前から足が動かなかった。優雅に泳ぐ青い尾ひれを見ていると、胸の中で広がっていたモヤモヤがゆっくりと消えていく。

「一匹だけじゃ、可哀想だね」

「喧嘩っ早い魚で、一匹じゃないと飼えないんだってよ」

「そうは見えないけどな」

「人間と同じで見てくれが良いだけじゃ、ダメだってことだな。坊主ぐらいだよ、この魚をじっくりと眺める奴なんて。酔っ払い相手じゃ、客寄せにもなりやしねえ」

おじさんは煙草に火をつけると、面倒くさそうに白い煙を吐き出した。苦い香りが鼻先に漂う。

「早く帰ってやりな。父ちゃんが喉を涸《か》らしてるぞ」

「……うん」

僕は水槽を何度か振り返りながら、店を出た。あの魚を飼いたいと強く思ったけど、虫や動物が苦手な父さんは絶対に反対するだろう。

玄関を開けると、先ほどまでうるさかったテレビの音は消えていた。ビニール袋を揺らしながら居間に入ると、父さんの笑顔が見えた。

「ありがとう、守。わざわざ悪かったな」

先ほどとは違う優しい態度に、頭の中が混乱する。テーブルの上には乱暴に破かれた包装紙が見えた。

「この腕時計、格好いいと思わないか？　この前、東京の店から通販で買ったのがさっき届いたんだ」

上機嫌の理由がわかった。父さんの腕には、銀色で重たそうな腕時計が嵌められている。新品でキラキラしていたけど、僕にはさっきの青い熱帯魚の方が魅力的に思えた。

「すごい、格好いいね」

「だろ、五十八万もしたんだ。こんな田舎で、同じ物を身につけている奴はいないだろうな」

父さんが腕時計を自慢気に眺めていると、玄関から母さんの「ただいま」の声が聞こえた。

居間に現れた母さんは、ダイニングテーブルの上に転がった空き缶や破られた包装紙を見ると、はっきりと顔をしかめた。

「ねえ、これは何？」

「何って、注文していた腕時計が届いたんだ。どうだ格好いいだろ？」

「それいくらしたの？」

「五十八万だよ」

母さんが絶句する表情が見えた。

「そんな高価な腕時計を注文していたなんて、私は知らないけど」

「何、怒ってるんだよ？」

「少しは家計のことも考えてよ。貯金を取り崩しながら、必死でやり繰りしているんだから」

母さんの一言を聞いて、父さんの目つきが変わった。数十分前に僕に向けた眼差しと同じだ。

「そうかそうか、俺が悪かったよ」

父さんが慣れた動作で腕時計を外すと、すぐに硬くて大きな音が室内に響いた。

「ちょっと、あなた何してるの？　止めてよ！」

「この腕時計がいけないんだよな」

ダイニングテーブルの角にすごい勢いで打ちつけられた文字盤には、ひびが入り始めている。母さんが僕の手を引いて、自分の身体に近づけた。その手は微かに震えている。

「守、自分の部屋へ行ってなさい……。夕飯はあとで作るから」

母さんが無理やり笑顔を作ったのがわかった。返事をせずに頷いて、僕は居間の扉を開けた。

「あなた、最近おかしいわ。夜も全然眠ってないじゃない」

扉が完全に閉まる前に、母さんの冷たい声が聞こえた。買ったばかりの腕時計を破壊する音が、まだ響いている。

第三章　下を向いて

梅雨《つゆ》明けの青空が視界に広がり、夏の気配を孕んだ日差しが瞳を白く染める。駅でも、開襟シャツ姿のサラリーマンを多く見かけた。僕はどんなに暑くても、職場にはスーツで向かうと決めている。そろそろ、リネン生地の物を新調してもいいかもしれない。そんなことを思いながら歩いていると、民家の庭先で咲き遅れた紫陽花《あじさい》が日差しを受けているのが見えた。

正門に立つ守衛に会釈をし、夜去医療刑務所の敷地内に足を踏み入れた。四月頃とは違って、足どりが重い。そんな僕とは対照的に、頭上に掲げられた国旗は軽やかにはためいている。

南病舎の詰め所に辿り着くと、両手を消毒用アルコールで濡らしてから夜勤スタッフに会釈をした。看護師たちからは軽く微笑みを返されただけで、特別声が掛かることはない。それは、昨夜が平穏に過ぎたことを証明していた。

いつも通り日勤の始業時間直前になって、神崎先生が姿を現した。挨拶もそこそこに、夜勤看護師の申し送りが始まる。

「一般室の患者さんから申し送りますね。まずは大島隆さん。昨夜は中途覚醒なく良眠されてます。与薬時は口腔内確認もしていますが、拒薬や吐薬はないですね。ウイルスに関する妄想の表出はなく、日中は作業療法にも参加されています。咬舌の傷は、抜糸をしてから出血や感染兆候はないです。本人は山椒《さんしょう》の効いた麻婆豆腐《マーボーどうふ》が食べたいと話していましたから、痛みはないようです」

三ヶ月前に漂った、血液の臭いが不意に鼻腔の奥に過る。向精神薬を混注した点滴を実施してから、大島のウイルスに関する妄想は徐々に軽減していった。与薬後は再び吐薬がないように刑務官が数分間側に付き添い、目を光らせていた功績も大きい。現在は、一般室に収容されている。

「次に滝沢真也さんです。一般室に移室後も環境に適応できていますね。自殺企図や自傷行為等の危険行動はなく、夜間は良眠です。園芸療法で育てている向日葵《ひまわり》が花を咲かせたようで、珍しく笑顔が見られました」

滝沢も、観察室から一般室へ移室していた。僕が海の匂いについて答えてから、移送当初の粗暴な態度は影を潜めている。彼のように独特な思考がある人間は、納得さえしてくれれば治療に乗りやすいのかもしれない。このまま落ち着いて過ごすことができれば、元いた一般刑務所に還送される日も遠くないだろう。

観察室の回診が終わり詰め所に戻ると、神崎先生が無精髭を摩りながら言った。

「今日の入院患者は、工藤ちゃんが担当ね」

「わかりました。病名は統合失調症ですよね？」

「ああ、詳しくは来てからだが、二十代半ばの若い患者だってよ」

午前中に新たな受刑者が移送されてくると聞いていた。統合失調症は思春期から青年期にかけて発症することが多く、百人に一人が罹患《りかん》しているとのデータもある。この人物も刑務所という異質な場所が刺激となって、症状が再燃したのだろう。

「……そういえば、まだ罪名は聞いていませんでしたね？」

「罪名は殺人で、現場は夜去市。高齢者二名が犠牲になったらしいね。一時期ニュースでも流れていたってさ」

神崎先生の額には汗が滲んでいた。夜去医療刑務所では、簡単に冷暖房を点けることはない。明確な理由はわからないが、受刑者に戻りたくない場所と思わせるためかもしれない。詰め所内には冷暖房機器が設置されていたが、効きは悪く生ぬるい空気が漂っていた。


午前十時ちょうどに、腰縄と手錠をかけられた青年が現れた。口元を固く結んだ数人の刑務官が、彼を囲むように続く。つるりとした皮膚と髭剃り跡がない色白の口元は、十代にも見える幼さが滲んでいた。

観察室の２０５号室に到着し、刑務官が目配せをしてから手錠と腰縄を解除した。痩身の青年が、怠そうに首を回しながらベッドの端に座った。

「呼称番号！」

「二百二十番、世良拓海《せらたくみ》」

視線の揺れはないが、ぼんやりとドアの方を見つめる瞳は、まるで空洞のように見える。坊主頭には若白髪が所々生えており、幼い表情とは不釣り合いだ。一瞬の沈黙が漂い、僕が担当医であることを思い出す。

「二百二十番を担当する精神科医だ。今日からここが居室となる。治療には協力するように」

世良は僕の方に視線を向けると、呆れたように口元を歪ませた。

「ここも、スパイが地面に電流を流しているんだな」

「どういうことだ？」

「俺を狙っている奴らは、すでに透明人間になる薬を開発しているからな。どこにだって、電極を仕掛けられる」

突拍子もない返答を聞いて、現在も酷く妄想に左右されている状態であると感じた。一先《ひとま》ず、否定も肯定もせずに話を続ける。

「二百二十番は、誰かに狙われていると感じているのか？」

「俺は世界の秘密を知っているから、常に産業スパイに見張られてるんだよ。奴らは俺の脳にイヤホンをぶっ刺して、世界の秘密を聞き出すことを計画しているはずだ。ネット上に流せば、百億の価値があるからな」

「先ほど地面に電流が流れていると言っていたが、そのスパイに嫌がらせでもされているのか？」

「俺は奴らの暗号を、蛍光灯の点滅から解読したんだよ。その腹いせに地面から電流をいつも流されてる。結局、どこの次元もまだ弱肉強食を採用してるって、町内放送で言ってるだろ？　あんた、ちゃんとわかってる？　焼肉定食はラーメンとセット価格なんだよ」

僕は頷きもせずに、世良の話を聞いた。統合失調症の発症原因に関しては、脳内の神経伝達物質が関係していると仮説が唱えられてはいるが、現在も明確な答えは導き出されていない。統合失調症の症状は多様で、幻覚や妄想を中心とした陽性症状や、意欲の減退や外界との交流を断つ自閉等の陰性症状がある。世良の発言から考えると、陽性症状が幾つか該当する。非現実的なスパイから狙われていると思い込む被害妄想、内容の荒唐無稽さから町内放送というのは幻声の一種かもしれない。話を聞いていると理論的な思考が緩んだ状態である、連合弛緩《しかん》を推測させた。

「二百二十番の訴えはわかったよ。とにかくちゃんと薬を飲むことだ。そうすればスパイはいなくなる」

荒唐無稽な内容を、一方的に話す世良の姿に嫌悪感が沸き上がる。こいつは人を殺した。それも二人も。世良がまだ何か話をしているが、もう僕の耳には雑音としか聞こえなかった。

「二百二十番は、加害者に対して贖罪の意識はあるのか？」

夜去に来てから何度も受刑者に対して問い掛けてきた台詞《せりふ》が、自然と口から滑り落ちる。病的体験の真っ只中にいる男に、こんな質問をしても期待した返事がないことはわかっている。それでも、聞かずにはいられない。

「贖罪？」

僕が無言で頷くと、世良は急に自分の背後を振り返った。もちろんそこには、特別変わったことは何もない。年季の入った黄ばんだ壁があるだけだ。

「スパイが近くにいるな」

世良のこけた輪郭を見ながら、僕はあえて大げさな溜息をついた。すると今まで黙っていた神崎先生が、柔和な声で言った。

「幾つか世良くんに質問があるんだけど、いいかな？　俺も精神科医なんだ。被害者の二人も、スパイだと思ったの？」

「あのジジイたちのことか？　あいつらは違うよ。ただの老害だ。あんなヨボヨボだったら、スパイなんか務まらないからな」

「老害？」

「同じアパートに住んでる奴なんだよ。毎回、毎回、ゴミの出し方に口挟んできやがって、こっちはスパイに監視されてるっていうのに」

「その人たちに、注意されることが多かったんだ？」

「ゴミ出しだけじゃねえよ、テレビの音を下げろとか、煙草の吸殻がどうだとか、大人なんだから挨拶しろとかさ。いちいちうるさかったんだ」

「そうなんだ。で、犯行を決意する時は頭の中で『殺せ』と操られたり、自分が自分じゃないような現実感が失われていく感覚はなかった？」

神崎先生は、統合失調症に見られる自我障害について質問したのだろう。作為体《さくい》験や離人症《りじんしょう》の有無を確認しているようだ。

「それはねえな。あの日も燃えるゴミにペットボトルが入ってるって言われてさ、頭の血が逆流したんだよ。もういい加減うるさい蠅《はえ》どもは潰すしかないなって。世界の秘密をスパイから死守している功績を考えれば、俺のやったことなんてお釣りがくるさ。正当防衛みたいなもんだよ」

「そっか。今日は環境が変わって落ち着かない気分になるかもしれないが、そういう時はスタッフに声を掛けてくれ」

簡単な診察が終わると、看護師がバイタルサインを測定しに来た。世良はベッドから立ち上がり、少しの間房内を徘徊してから、ようやく体温計を腋に挟んだ。

詰め所に戻ってから、前医から送られた書類に目を通した。世良は今回刑務所に収監される前にも、数々の問題行動を起こしていた。自傷他害が懸念される場合に、都道府県《と　ざ》知事の権限で精神科病院に強制入院となる『措置入院』が計三回。全て暴力沙汰《ざた》だ。入院した病院内でも問題行動を繰り返し、措置要件が消退すると強制的に退院となっていることも多い。継続的な治療を受けていないことが、容易に予測できた。過去に違法薬物や覚醒剤の使用はなし。脳波や明らかな脳内の器質的異常もないと記載されている。

「二百二十番は、病識が乏しそうですね」

青い万年筆を必要書類に走らせる。インクの匂いが仄かに香った。

「病的体験は著明だな」

「著明どころじゃないですよ。犯した殺人行為を正当化しているし……犠牲になった人たちに心の底から同情します。でも、あれだけ妄想が活発なのに、三十九条が適用となって心神喪失にはならなかったんですね」

隣から唸り声が聞こえて顔を上げると、神崎先生は立ったまま腕を組んで宙を仰いでいた。眉間にはシワが寄り表情は冴えない。

「確かに妄想や幻声は活発だ。だが、被害者に対しては妄想に関連した行為というよりは、現実的な生活に関する不快感や恨みが犯行の原点となったと言っていいんじゃないかな」

「住人とのトラブルは多そうでしたね。それに、被害者を侮辱するような発言もありましたし」

「心身喪失にならなかったのも、精神症状に左右されたというよりは、彼が元々有している性格に問題があったと判断されて責任能力が認められたのかもしれない」

神崎先生はポケットから飴玉を一つ取り出して口に入れると、近くの椅子に腰を下ろして言った。

「彼は衝動性が高そうだし、感情のコントロールも苦手そうだ。元いたムショでも途中から向精神薬を多く加剤されているようだな」

神崎先生が手にしている書類を覗く。前医の処方では、多くの向精神薬が処方箋に並んでいた。そこには、夜去ではほとんど処方されない抗不安薬も幾つか目に入る。

「抗不安薬も処方されていますね？　夜去では久しぶりに見ましたよ」

「俺はムショ用の処方に慣れ親しんじゃって、もう一般精神科病院に再就職は難しいかもな」

処方箋を見ながら神崎先生が苦笑する。夜去医療刑務所では、簡単に抗不安薬を処方しない方針になっている。安易に処方すると抗不安薬のリラックスする感覚に味をしめた受刑者が、またあの薬を処方しろとトラブルになりやすいからだ。

「前医の処方を参考にしつつ、あの幻声や妄想をできるだけ早く鎮静化できるような薬を選びます」

万年筆を処方箋に滑らすと、形の整った文字が並び始めた。

世良の入院が一段落してから、僕は西川刑務官に付き添われ担当受刑者の下へ向かった。

夜去では受刑者の処遇が治療班、リハビリ班、作業班に三分類されている。観察室に収容されている受刑者は治療班と呼ばれ、薬物療法と動静観察が主となる。ある程度精神症状が落ち着いた受刑者たちはリハビリ班と呼ばれ、デイルームや中庭で作業療法等に参加できる。最後に作業班に分類された受刑者たちは、精神症状の程度に応じて生産的刑務作業に従事する。詰め所から離れた房には、比較的症状が落ち着きリハビリ班と作業班に分類された受刑者たちが収容されていた。

「工藤先生、最近顔色が悪いですね。お疲れなんじゃないですか？」

僕はとっさに何度か瞬きをし、取り繕うように首を振った。

「いえ、そんなことはないです」

「工藤先生が登庁されて、三ヶ月が過ぎましたかね。そろそろ疲労が溜まってくる時期かと」

「食欲もありますし、睡眠もそれなりに取れていますから」

そうは言いつつも、足取りは重い。贖罪の意識がない受刑者と接するたびに、自分の中心にある芯《しん》が徐々に擦り減っていくような感覚を覚えていた。

「西川刑務官は、疲れることはないんですか？」

「受刑者と接しているからという意味での、心理的な疲労感はありませんね」

「そうですか……」

「工藤先生、受刑者に期待しない方がいいですよ」

一般室の大きい窓が、幾つか並んでいるのが見えた。観察室の細長い窓とは、だいぶ違う。僕はそんな風景を眺めながら、西川刑務官が話を続けるのを黙って待った。

「最近は一般刑務所でも、反省を促す取り組みが積極的になされていると聞きますが、個人的に効果は薄いと思っています」

「何故ですか？」

「彼らに期待しても失望するだけですから」

西川刑務官は、何かを誤魔化すように場違いな笑みを浮かべた。

一般室の担当受刑者たちの病状には、特段大きな変化はなかった。一人だけ便秘が酷いと話す受刑者がいて、緩下剤《かんげざい》の処方を約束した。

最後に、滝沢が収容されている房に向かった。朝の申し送りでもあったように、最近の病状は安定している。薬剤調整をする必要はないだろう。

「顔を上げろ、診察だ」

滝沢は、移室後も単独室に収容されている。

「どうして、こうも暑いかね。一応ここは病院なんだろ？」

ベッドの端に座る滝沢の額には、玉の汗が浮かんでいた。窓からは線のような陽光が差し込み、これから夏場に向けては日当たりの良さが不運になりそうだ。

「調子はどうだ？」

「工藤先生には、悪そうに見えるかい？」

滝沢は『工藤先生』と呼ぶ時だけ、微かに口元に笑みを浮かべた。そんな含みのある表情は、いつものことだ。だが、僕との関係は誰にも話していないようだった。

「こっちが質問してるんだ」

「はいはい、元気でやってますよ」

「夜間は眠れているのか？」

「夢を見る暇もないほど、ぐっすりね」

「何か他に話しておきたいことや、気になることはあるか？」

滝沢の診察は、すぐに切り上げたくなってしまう。衝動性や希死念慮が強かった時期は、もう脱している。

「うーん、腰が痛いし、生まれて初めての夏バテだな。こんな蒸し暑い房に入れられたら、当たり前だろうけどな」

僕は頷きもせずに、適当に話を聞き流した。腰痛と倦怠感は、刑務所では口癖のように他の受刑者も話している症状だ。

「あと、向日葵が咲いたんだ」

「作業療法のプログラムで植えたものか？」

「ああ、ガキの頃に自由研究をサボっていたツケが回ってきた気分だよ」

幼い頃の滝沢は、花になど興味がなかった。環境による心理的変化なのだろうか。それともただの退屈しのぎか。

「グラウンドの隅にある花壇で咲いたんだ。立派だから見てくれよ」

滝沢の頬を一筋の汗が流れ落ちた。しなやかな筋肉で覆われた体軀を見ると、代謝は悪くないいんだろう。どう見たって、夏バテの人間には見えない。

「悪いが、僕は花に興味がないんだ」

「工藤先生は冷たい人間だねえ」

「他人の命を奪った人間にだけは、言われたくない」

会話を遮断するような一言を放ってから、踵を返した。すぐに鉄扉が施錠される音が聞こえる。酷く耳障りだ。

「これで診察は終わりですよね？　工藤先生は、詰め所に戻りますか？」

「ええ、カルテに記録をしなければならないので」

不意に潮風に揺れる向日葵が、脳裏を過った。黄色の花弁は太陽を見据えながら、鮮やかに発色している。

「西川刑務官」

僕の両足はいつの間にか止まっていた。

「何でしょうか？」

「刑務官という仕事を通して、やりがいを感じる瞬間はありますか？」

「何故、そのような質問を？」
「先ほど、受刑者には期待をするなとおっしゃっていたので……率直に言います
と、そんな人間をずっと相手にすることは虚しく感じます」
暑さとは関係ない汗が、腋下に滲む。西川刑務官の白く濁った右目が、何度か瞬
きをした。
「何事もなく仕事が終わって正門を出た瞬間に、ある種のやりがいを感じますね」
「難しい受刑者の対応が上手くいった時では、ないんですね？」
「私たちは塀の中の平穏を常に求めます。それが当たり前であり、最重要事項で
す。何事もなく一日が過ぎるよう努めることが大切であり、私がここにいる理由で
す」
「受刑者の病状の変化は、二の次だと？」
「……どんな理由であれ、ここの秩序や保安を乱すような受刑者がいれば、迷わず
制圧するでしょうね。それが私の考えです」
「西川刑務官にとって、彼らは治療が必要な患者なんでしょうか？　それとも受刑
者なんでしょうか？」
西川刑務官が鼻で笑うと、突き出した喉仏が小さく動いた。
「もちろん、受刑者です」
どこからか潮騒が聞こえた。プランクトンが死んだ匂いが漂い、リノリウムの廊

下は僕だけの海辺に変化し始める。しかし、今日だけは向日葵の映像がそれらを塗り潰した。

「あの……やはり外の空気を吸ってから、詰め所に戻ります」

「滝沢の向日葵を見に行くんですか？」

「いえ、外の空気を吸いたいだけです。先ほども言いましたが、花には興味ないので」

できるだけ無表情を装った。そんな見え透いた嘘は、西川刑務官には通用しないのだろう。


外に出ると、ぬるい風が首筋を撫でた。頭上からは目を細めたくなるような陽光が降り注いでいる。思わず手をかざし目元に影を作った。

渡り廊下を外れ、グラウンドに続く道を一人歩いていく。地面には青々とした芝生が生えた場所があり、手入れも行き届いていた。敷地内の除草は、リハビリ班の受刑者が実施しているらしい。

途中から羽織っていたドクターコートを片手に掛けた。身につけている薄手の綿のシャツには、汗が滲んでいる。ボディソープの香りが首元から仄かに漂ったのと同時に、グラウンドが見えた。

そこはグラウンドというより、持て余した空間と言った方が良いかもしれない。

一応、白線で円形のトラックが引かれているが、遊具やサッカーゴール等は置かれていない。乾いた土の上には、複数の靴跡が刻まれている。それは塀内で生を刻みつけようとする、受刑者たちの形を変えたメッセージに思えた。

早速花壇を探し始めると、グラウンドの端で刑務官に付き添われた愛内先生と車椅子に乗った丸坊主の後ろ姿が見えた。僕の視線を感じ取ったのか、切り揃えられた前髪が少し先で振り返った。

「工藤先生、こんにちは」

愛内先生は無邪気に、手を振っていた。僕はドクターコートを羽織り直してから、軽く頭を下げた。

「綺麗な向日葵が咲いていますよ。工藤先生も見てみませんか？」

視線を花壇に向けると、子どもの背丈ほどの向日葵が濃い黄を発色している。僕はゆっくりと花壇の方へ向かいながら、声を掛ける。

「散歩ですか？」

「ええ、看護師の一人から向日葵が咲いてるって聞いて。榊《さかき》さんも見てみたいっておっしゃったので」

車椅子に乗っている榊という受刑者の顔を見ると、目元には汚れのような染みが点在していた。丸刈りの白髪は硬そうで、風が吹いても揺れることはない。車椅子に設置された酸素ボンベから伸びる管は鼻腔に続き、病衣からは細い腕が覗いていた。

榊は僕の方を一瞥すると、無言で向日葵を見始めた。

「私、昔ハムスターを飼っていた時期があって、その時は餌として向日葵の種をよくあげてたんです。その子はハム太って名前だったんですけど、本当食いしん坊で可愛かったな」

何も話さない榊に気を使っているのか、妙に戯けた愛内先生の声が聞こえた。

「工藤先生はどうしてグラウンドに？」

「……気分転換です。病舎にいると息が詰まる時があって」

「確かに、表情が冴えませんね。疲れが溜まっているんじゃないんですか？」

「いえ、体調は万全です。あくまで気分の問題なので」

突然、押し黙っていた榊が緩慢な動作で向日葵に手を伸ばした。しかし、指先は虚空を摑む。再び車椅子の背もたれに寄りかかると、伏し目がちに口を開いた。

「戦時中は、向日葵の種をお袋と集めてた。潰したら油っこになるって、言われてさ」

だらりと垂れる酸素の管に、太陽の光が反射している。それは何故か見とれてしまうほどに美しかった。

「ドングリも拾ったな。粉にして小麦粉に混ぜて焼くと、黒いパンになってな。あれは不味《まず》かったよ」

榊は軽く呟き込んでから、短い坊主頭を一度撫でた。

「あの世に行ったら、もうお袋は手繋いでくんねえだろうな」

榊が受刑者であることを思い出した。僕は何も言葉を掛けることができずに、向日葵を見つめる。

「榊さん、そろそろ戻りましょうか。また見に来ましょうね」

愛内先生の問い掛けに榊は反応せず、名残惜《なごり》しそうに向日葵を見つめていた。

「工藤先生、また北病舎に来てくださいよ。皆喜びますから。榊さんもそうですよね？」

榊が無表情で微かに頷く。無理やり頷かせたようなものだが、この高齢者が何の罪を犯したのか気になった。

「……時間があれば」

「約束ですよ。それじゃ」

遠ざかっていく後ろ姿を見送った後、もう一度向日葵に目を向けた。滝沢が世話をしたのはどれだろう。皆、太い茎を伸ばし大輪の花を咲かせているせいで、見分けがつかなかった。

南病舎の詰め所に戻ると、神崎先生が真剣な顔つきでカルテを読み込んでいた。背表紙を覗き見ると、世良のカルテだ。

「どうかしたんですか？　そんな難しい顔をして」

「世良くんの生育歴を眺めてたんだよ。彼は若いけど、なかなか悲惨な人生を送っているようだな」

「悲惨……ですか？」

「幼少期は酷い虐待を受けていたみたいだ。九歳で児童相談所に保護されているんだが、その時対応が遅れていれば、彼は今存在していないかもしれない」

「そうだとしても同情はできませんね。過去に虐待を受けていたとしても、殺人を肯定する理由にはなりませんよ」

「確かに、そうだがな」

神崎先生の気のない返事が聞こえた直後、廊下から大きな音が連続して響いた。

「なんだ？」

僕たちは素早く椅子から立ち上がり、詰め所のドアを開けた。廊下に出ると刑務官が世良の房の前で、厳しい口調で注意をしていた。

「蹴るのを止めなさい！　懲罰行為だぞ！　扉から離れなさい！」

僕と神崎先生も駆け寄り、観察窓から房内を覗き込む。強化ガラス越しに世良がぶつぶつと独り言を発しながら、施錠された鉄扉を何度も蹴っている姿が見えた。

「止めなさい！」

刑務官が僕たちを一瞥する。その視線からは非常ベルを押そうか逡巡《しゅんじゅん》しているのが、手に取るようにわかった。

「電流がうるせえんだよ……正当防衛だろうが……俺の許可なく憲法改正しやがって……テレパシーはいつから合法化されたんだよ……」

世良の口元に涎が滲んでいた。無表情に近かったが、目元は鋭い。

「非常ベルを押しましょう。この状態が続くようであれば、スタッフが扉を開けることができません」

僕の提案を聞いても、神崎先生は首を縦に振らなかった。ただ真っ直ぐに、観察窓から世良の姿を見据えている。

「世良くん。扉を蹴るのは止めようぜ。この音で、君の声が聞こえないんだ」

「神崎先生、今はまともな会話なんて無理ですって。薬剤を使用し、鎮静化を図るべきです」

「あと三十秒待ってくれ。いや二十秒でいい」

神崎先生は一歩前に出ると、観察窓を何度かノックしながら言った。

「世良くん、話をしよう。扉を蹴るのは止めようぜ」

世良の琴線に触れることのない説得は、どうしようもなく無力だ。神崎先生の虚しい努力を見据えながら、僕は冷たく呟いた。

「二十秒も待てませんよ」

僕は刑務官を振り返り、深く頷いた。すぐに非常ベルの音が、土砂降りのように降り注いだ。

世良は大勢の刑務官によって取り囲まれた後、鉄扉を蹴るのを止めた。長時間の説得の末、妄想を軽減する向精神薬を渋々内服した。観察窓から房内を覗くと、今は薬が効いて眠っているのか掛け布団が静かに上下している。

「世良くんは、落ち着いた？」

声が聞こえて振り返ると、神崎先生が遠い目で鉄扉を見つめていた。勝手に非常ベルを鳴らしたことを咎《とが》める様子はない。

「今は寝ています」

「環境が変わって、ストレスだったのかな」

「多分、何らかの妄想に左右されたんでしょう」

勤務が終わる時刻が迫っていたが、廊下には明るい陽光が差し込んでいた。あと数分もすれば、夕食の匂いがこの空間を満たすだろう。

「神崎先生は、二百二十番のことを患者だと思いますか？」

「もちろん、患者だと思ってるよ」

何の戸惑いもない回答が羨《うらや》ましくもあり、不快でもあった。

「僕とは違いますね」

神崎先生は苦笑を浮かべ、ポケットからティッシュを取り出して豪快に鼻をかんだ。

「俺みたいなムショの医者もいて、工藤ちゃんみたいなムショの医者もいる。こればっかりは、どうにもならん。でもよ、できる限り最善の医療を提供しようや」

「それは頭ではわかっています。しかし本音で言えば、反省のない受刑者の姿を見るとどうしても……」

神崎先生はいつもそうしているのか、迷いもなく使用したティッシュを丸めてドクターコートのポケットに入れた。

「工藤ちゃんの気持ちもわかるよ。でもな、彼らは加害者であり病人でもあるんだ。適切な環境で保護をし、治療が必要な存在なんだよ。それを忘れちゃいけない」

「そうですが……」

「彼らは刑期が終われば、いずれ塀外に出て行く。刑務所の中とはいえ、医療を継続的に受ける環境に繋がったんだ。ここで適切な治療ができなければ、また病状に左右されて、出所してから誰かを傷つけてしまうかもしれない。夜去で病状を軽快させることは、彼らにとっても人権を回復する好機なんだ」

口調は落ち着いてはいたが『人権を回復する』という言葉を発した時だけは、熱が籠もっているような気がした。

「俺たちの治療一つで、未来の被害者が生まれないかもしれない」

「未来の被害者ですか……？」

「見知らぬ誰かを、ここで行った治療が救うことになるってことだよ。あくまで間接的にだけどな」

神崎先生はそれだけ言うと、ちらりと腕時計を確認した。見るからにプラスチック製の安物だ。そろそろ退庁時刻になる。

「あっ、そうそう。滝沢くんの還送が二週間後に決まったぜ。不穏になるとマズいから、本人には直前に告げる。担当お疲れ」

神崎先生は軽く僕の肩を叩いた後、足早に立ち去っていった。あの汚れたティッシュは、ちゃんとゴミ箱に捨てるのだろうか。そんなどうでもいいことばかりで、意識の隙間を潰した。

その後、僕は詰め所とは逆方向へ歩き出した。夕食の配膳が開始されるまで、あと少し時間がある。

観察窓から房内を覗くと、滝沢はベッドの上で胡座をかいていた。僕の姿を見つけるなり姿勢を崩す。

「守が一人で来るなんて久しぶりだな。刑務官と喧嘩でもしたのか？」

僕は無言のまま、観察窓に映る色黒の男を見つめた。いつの間にか鼓膜のずっと奥の方で、潮騒が聞こえ始める。

「お前は、どうして人を殺したんだ？」

唐突な質問は僕の声帯を焦がし、表情のない顔が観察窓に反射していた。

「そんなこと聞いてどうするんだよ？」

「殺人を犯す人間の思考回路や衝動を、後学のために知りたいんだ」

「守の脳みそを取り出して、有名な学者にでも見てもらえよ。その方が早いだろ」

「僕は、お前とは違う」

鋭く否定しようとした声は、妙に上ずっていた。滝沢はしばらく僕を見つめてから口元を歪めた。

「守は、テーブルの上に唐揚げやハンバーグが差し出されたら、いちいち可哀想と思うか？」

「……急に何を言ってるんだ？　そんなわけないだろ」

「それじゃ、革製のソファーに座る時に胸が痛むか？」

「僕が聞きたいのは、お前の下らない戯言じゃない。一人の人間を簡単に殺すことができる歪んだ思考回路についてだ」

滝沢の大きな瞳から、色が失われていくのがわかった。初夏の陽光のせいで妙に白んでいた房内が、一気に陰り始める。

「要はさ、他人も自分も生きることも死ぬことも、全て記号にすればいいんだ。そうすれば、ナイフだって簡単にぶっ刺せる」

「どういうことだ？」

「人を殺す瞬間なんてさ、単純な運動をしていると思えばいい。ある種のスポーツの真っ最中。流れ落ちる血や汗や涙は、全く以《もっ》て健全なんだよ」

自己中心的で、他者への共感性を欠いた返事を聞いて息を飲む。

「そんな思考回路じゃ、塀外で生きていけるはずがない」

「だから俺は今、ここにいるんだろ」

滝沢の線のように刻まれた右手の傷を一瞥してから、目を逸らした。立ち去ろうとする僕の背中を、滝沢の声が呼び止める。

「俺って、そろそろ元いたムショに還送されるんだろ？」

予想していなかった質問を聞いて、返事に窮した。還送のことはまだ絶対に言えない。不安が強くなり、予期せぬ行動に走る受刑者もいるからだ。

「そんな話は、まだ出ていない」

「へえ、そう。じゃあ、なんで守は笑ってるんだよ」

「笑ってる？」

戸惑いながら、口元に手を当てた。確かに僕の口角は、引きつるように上がっている。

「俺みたいな人間が、病気という盾を奪われることが嬉しいんじゃないか？」

「……そんなことは思っていない」

「隠し事はするなって、友達だろ？」

心臓の鼓動が、痛みを伴うほど速く脈打っている。干し肉のように硬くなった口元が、言葉より正直に事実を伝えていた。

濾過フィルターの気泡を発生させる音が、微睡《まどろ》みの中で聞こえていた。上手く寝付けない。暗い部屋の中でライトに照らされた水槽を見つめながら、長い夜をやり過ごした。

ぬるいシャワーを浴びてから、いつも通り登庁する準備を始めた。ふと卓上カレンダーに目をやると、明日の日付が丸で囲まれている。寝汗を流したばかりの皮膚に、またじっとりとした汗が滲む。

水槽の中で優雅に漂う、青い尾ひれを見つめた。名前を付けていない熱帯魚は気まぐれに水草の陰に隠れ、また眠りについたようだ。

南病舎に着くと、朝から世良の房の前で何人かの刑務官が怒号を放っていた。僕は足早にその人だかりに駆け寄った。刑務官が僕に軽く頭を下げるのと同時に、味噌汁の匂いが鼻腔に広がった。

「世良が朝食をぶちまけましたわ。朝っぱらから勘弁してくれって、本当」

刑務官の呆れた表情を横目に房内を覗くと、茶色に染まった病衣を纏った世良が目を大きく見開いていた。頭頂部には白米が小さな帽子のように、こんもりと盛られている。

「どうしてここには、人間洗濯機がないんだよ。あんたもスパイたちに臭いがバレる前に、味噌汁をかぶれ！　早く！」

刑務官の一人が「人間洗濯機なんて聞いたことがねえよ」と、呆れた口調で溜息をつく。

「奴らはアインシュタインの相対性理論をベースに、最新の追跡装置を開発してるんだ……この国の地面は完全に電流で管理されている。もう逃げ場はない」

世良は頭に乗っている白米を手で摑むと、僕たちに向けて投げつけた。明らかに妄想に左右され、現実的な検討能力が欠如している。

「二百二十番！　米を投げるな！」

「奴らの電流を感じる……もう近くに迫ってる証拠だ……」

何度かそんなやり取りがあり、世良は肩で息をし始めた。すると突然、ベッドの下に潜り込んだ。

「二百二十番出てこい！」

「嫌だ！　なんで俺だけこんな目に遭うんだよ！」

呼びかけにも応じず、世良はベッドの脚を摑んで出てこようとしない。精神症状に左右された行動とはわかっているが、冷ややかな感情が胸を通り抜けていく。

患者だと思ってるよ。

神崎先生が、なんの迷いもなく呟いた言葉を思い出していた。やはり僕はどうしたって、歯切れ良くそうは言えない。誰かを傷つけ、税金で提供された食事をぶち撒ける。そんな人間を目の前にしていると、脳の奥が冷たくなっていく。

「ベッドを撤去して、マットレスだけ置いてください」

僕がそう告げた後、数人の刑務官によって、世良がベッドの下から引きずり出された。

午後になっても、世良は落ち着きがなかった。暇があるとウロウロと房内で徘徊を始め、気まぐれに扉を蹴った。その都度、刑務官が様子を見に行くが話す内容は荒唐無稽な妄想が主だった。

「世良くん、落ち着かないな」

神崎先生も病状が気になるのか、何度かモニターで世良の様子をチェックしたり、観察窓越しに声を掛けているようだ。

「今日処方を見直し、薬を増やしました」

「うーん……あの落ち着きのなさは、もしかすると拘禁反応もあるのかもな。前の刑務所でも長い間、懲罰房に収容されていたみたいだし」

拘禁反応とは、強制的に自由を制限された状況で起こる。拘禁が解除され自由になると軽快することが多いが、重症になると幻覚や妄想が出現したり、焦燥感や衝動性が亢進《こうしん》してしまう者もいる。

「刑務所で拘禁反応を改善するためには、刑期が終わるのを待つか、仮釈放でもない限り難しいですよ」

「大きい意味ではそうだが、外でリハビリに参加するだけでも気分は変わるんじゃないのかな。この季節の風は気持ちがいいし」

「そうは言っても、あの病状では観察室から出せません。危険です」

僕は一方的に言い切ると、他の受刑者のカルテを見始めた。その最中も、廊下からは扉を蹴る音が響いている。

「無駄だと思いますが、注意してきます」

椅子から立ち上がると、音が鳴っている鉄扉の方に向かった。神崎先生も後に続く気配を感じたが、何故か廊下のモニターの方へ駆け寄って行く。

「二百二十番！」

鉄扉の前に立つと、世良の虚ろな瞳が観察窓越しに映った。

「扉を蹴るのを止めろ！　何がそんなに不満なんだ！」

観察窓からは、世良の胸元までしか見えない。僕の声は徐々に大きくなっていく。

「お前が見ている世界は幻《まぼろし》だ。現実を見るんだ。刑期を全うするためにも、自分が病に冒されているのを知ることから始めろ」

叫んでいる最中、医師であることを忘れていた。自分の胸の底に沈殿しているヘドロのような気持ちを投げつけたって、余計世良を不穏にさせるだけかもしれない。でも、もうそれでいい。徐々に磨り減っていた身体の芯は、すぐにでも折れてしまいそうだった。

「地面に微弱な電波が流れてんだって……スパイが俺を狙ってるんだ……世界の秘

密が漏洩《ろうえい》される……」

予想通り、世良の鉄扉を蹴る音が大きくなっていく。耳を塞ぎたくなるような不快な音の中で、僕は近くにいた刑務官の方を向いた。

「看護スタッフに、鎮静剤の用意をするように伝えてください」

若い刑務官がすぐに駆け出していく。僕の鼓膜の奥では潮騒が響いていた。死んだプランクトンの匂いが、皮膚の表面や髪の毛一本一本に染み込んでいく。塀の中にいるのに、僕が立っているのはいつかの海辺だった。

「世良くんの苦しみに、やっと気づいたよ。遅くなってごめんな」

いつの間にか神崎先生が、隣に立っていた。その声を聞いた瞬間、視界にリノリウムの廊下が広がった。後方に注射器と鎮静剤のアンプルを容器に入れた看護スタッフと、先ほどの刑務官の姿も見えた。

「鎮静剤は必要ないよ。それより、この扉を開けてくれないか。世良くんと話がしたいんだ」

神崎先生の提案を聞いて、誰もが押し黙り無言の反対意見が漂う。そんな雰囲気の中で、白いドクターコートが緩慢に揺れた。

「世良くん、君は両足に違和感があるんじゃないのかな？」

「だから言ってるだろ、スパイの電流が地面に流れていて……」

「その症状は、スパイが発している地面からの電流なんかじゃない。アカシジア症状という向精神薬の副作用だ」

神崎先生の話を聞いて、視界の奥に雷光が走った。アカシジア症状のほとんどは、医薬品誘発性の錐体外路《すいたいがいろ》症状であり運動障害を伴う。別名、静座不能症状。言葉通り、ジッと座ることが困難になり意味のない徘徊や足踏み、頻回な姿勢の変更等が見られる。知覚している本人は「足がムズムズする」と話すことが多く、四六時中そんな状態だと精神症状が悪化する患者も多い。

「ついさっきまで、モニターで世良くんを観察してたんだけどさ、何度も足踏みしたり、足の動きを止めなかったもんな。扉を蹴ってたのも、両足の違和感を痛みで掻き消そうとしてたんじゃないのか？」

「違う！　これは密入国したスパイからの電流が地面を伝っているんだ！　お前が言うことは全部ハッタリだ！　さてはお前らもスパイの一味だろ！」

世良はあくまで否定し続けた。そんな攻撃的な言葉を受けながら、神崎先生が大きく息を吸い込むのが見えた。

「君の隣で話がしたいんだ。きっと、力になれるよ」

房内から、騒ぐ声が途絶えた。神崎先生が頷くと、刑務官が扉を開錠する。世良は部屋の隅の方で足踏みをしながら、強張った表情で頭皮を掻き毟《むし》っていた。どう見てもそれは、アカシジア症状を呈している者の姿だった。

「前の刑務所で頻繁に処方変更されていたから、アカシジア症状の副作用が出たのかもしれない」

「これは電流が……」

「副作用止めの薬を新たに処方しておくよ。きっとその足の違和感は、すぐに消えるさ」

神崎先生がアカシジア症状に気づかなければ、僕は鎮静剤を打っていた。薬効が切れた後、世良はますます不穏に陥っていたかもしれない。

「世良くんさ、扉を蹴ると痛いだろ？　足の違和感が消えるまでは、特別にマットレスを蹴ってもいいぜ」

世良の足の皮膚は、扉の蹴りすぎで酷く紅潮していた。

「それと世良くんに言っておくよ。俺たちはスパイじゃない。医者だ」

神崎先生は丁寧にマットレスをたたむと、壁際に置いた。そして、一度悪戯《いたずら》っぽい笑みを浮かべてから房を後にした。廊下に出ると、僕の肩に力強く両手が置かれた。

「工藤ちゃんも、ムショの医者だよな？」

思わず視線を逸らす。その一言で十分だった。

早速房内からは、マットレスを蹴る乾いた音が聞こえ始めた。

外に出ると、地面に長い影が伸びた。ネクタイが首元に食い込む感触が、いつもより不快だ。夕暮れにはまだ早いが、辺りに漂う空気は少しだけ冷たくなっている。ぼんやりとした頭を抱えながら、足元に伸びた影を引きずるように正門に向かった。

正門付近からは、何やら騒がしい声が聞こえてきた。目を凝らすと、拡声器がハウリングする音に混じって手作りの横断幕や旗が見えた。

「受刑者に専門的な医療は必要ない！　国民の税金を無駄にするな！」

「被害者の悲しみを考えろ！　罪を犯した人間が生き延びるなんて、間違ってるぞ！」

シュプレヒコールには、過激な怒りが滲んでいた。五、六人の男女が正門から少し離れた道路脇で、尖った声を張り上げている。デモとしては人数は少ないが、このまま平然と正門から出ることを少しだけ躊躇《ためら》った。

「犯罪被害者や遺族に支払われる給付金の平均受給額を知っているか！　約五百四十万だぞ！　加害者の治療費と変わらないなんておかしいじゃないか！」

初老の男性が声を張り上げる。僕は眼鏡のブリッジを押し上げると、顔を隠すように俯きながら歩き出した。

「ちょっと、あんた。ここの職員か」

正門を通り抜ける瞬間に呼び止められたが、俯いたまま無視を決め込む。デモから離れてひと息ついていると、シュプレヒコールの隙間から聞き慣れた声がした。

「北病舎の矯正医官です」

振り返ると、愛内先生が正門の前でデモ隊の人々に囲まれている姿が見えた。

「犯罪者の医者だと！　あんたは恥ずかしくないのか！」

愛内先生の登場で、デモ隊の声にも一層熱が入る。

「あなたは、この現実をどう思ってるんですか？　建設的な意見を聞きたいです。私たちが納得できるような」

一人の女性が切実な声を上げながら、愛内先生を睨んでいた。彼女は、もしかすると犯罪被害者の遺族なのかもしれない。

「もちろん戸惑うことはありますが、私にとって彼らは患者ですので……それ以上は……」

「説明になっていません！　あなたは間接的に犯罪者に加担しています。酷いですよ！」

僕はデモ隊の人々の間をすり抜け、無言で愛内先生の腕を握った。細くて柔らかい感触を掌に覚えながら、再び駅の方角に小走りで進む。

「逃げるんですか？」

誰かの叫ぶ声が背後から聞こえた。前だけを見つめながら、聞こえた声を掻き消すように足音を精一杯響かせる。

二ヶ所の信号機を通り過ぎた後、やっと愛内先生の腕から手を離した。

「工藤先生、ありがとうございました」

「いえ、周りの方々が興奮していたようなので、つい」

愛内先生の額にも汗が滲み、切り揃えられた前髪が湿っていた。呼吸を整えると、緩慢な足取りで駅を目指す。掌にはまだ熱が籠もっていた。

「実際、被害者の詳細を私たちはよく知らないですよね？」

「個人的には思いを馳せることは多いですが……」

「私に質問してきた女性は、涙ぐんでいました。多分、被害者遺族の方なんでしょうね」

「最近移送されてきた担当受刑者は、夜去市で殺人を犯した人物なんです。もしかしたら、遺族があの中にいたのかもしれません」

どこにでもありそうな町の風景を見ていると、先ほどの横断幕や旗のイメージが陰りながら遠のいていく。

「工藤先生は、明日ってお休みですか？」

「ええ、そうですが」

「予定がなかったら、ドライブに行きませんか？」

胸の鼓動が一気に速くなった。車にはもう二十年近く乗っていない。いつもなら絶対に断ってしまう提案だが、愛内先生の硬い表情を見ていると即答はできなかった。

「……因みにどこへ？」

「ドライブって言ったら、海じゃないですか？　私、夜去市の海を一度見てみたいんです。それと……」

愛内先生が言い淀んだ言葉の続きを、すぐに予想できた。僕は前を向いたままで、感情を殺しながら言った。

「担当受刑者が事件を起こした場所、調べておきます」

複雑な表情で、愛内先生が頷いた。


翌日、約束の十五分前に待ち合わせ場所の駅前ロータリーに到着した。近くのスーパーの窓ガラスに、紺のジャケットにベージュのコットンパンツを穿《は》いた自分の姿が映っている。すでに陶器のような青白い顔色をしていて、腋下に滲んだ汗がジャケットの生地の色を変えていた。

クラクションが鳴る音が聞こえて辺りを見回すと、青いセダンが近づいてくるのが見えた。

「おはようございます」

運転席の窓が下がり、普段より少しだけ化粧の濃い愛内先生が顔を覗かせた。

「ロックは解除してあります、どうぞ乗ってください」

愛内先生が笑みを浮かべながら、助手席を指差した。その瞬間、三半規管が破壊されたように眩暈を感じた。

「……後部座席でもいいですか？」

「別にいいですけど、話しにくくないですかね？」

後部座席に乗ると車酔いをしやすいので……すみません……」

助手席に乗り込むと、何度もシートベルトのロックを確認した。車内には微かに甘い芳香剤の香りが漂っていたが、今の僕にとっては不快でしかない。

「今日は天気が良いですね。新しく買った半袖を着てきちゃいました」

フロントガラスに跳ね返った声が、酷く遠い。愛内先生が空調を調節した後、青いセダンは走り出した。僕は座席のクッションを力任せに握りしめ、俯きながら言った。

「少し走ると……海浜公園があります……そこに行くのはどうでしょうか……」

「調べてくださったんですか？」

「十二歳まで夜去市に住んでいたんです……」

「それじゃ、夜去は工藤先生にとって思い出の町じゃないですか」

短い会話をするだけでも、舌が乾いていく。呼吸のリズムが乱れ、息を吐いて吸うという単純な行為さえ意識しないと忘れそうになる。

「あまり楽しかった記憶はありませんから……むしろ嫌いな町と言ってもいいかもしれません……登庁するようになってからも、実家があった場所には足を運んでいませんので……」

「え、それは残念。海も近いし、こんなにのどかな町なのに。引っ越したのは親御さんの転勤とかですか?」

「両親の離婚です……その後は、母親と埼玉に移り住みました……」

愛内先生は無駄にスピードを出すこともなければ、急停車も急発進もなく無難にハンドルを捌《さば》いていく。それでも僕の心臓は、収縮と拡張を異常な速さで繰り返している。

「なんだか、ズケズケと聞いてしまってすみません」

「離婚と聞くとネガティブなイメージを抱く人もいますが……僕の両親は正しい選択をしたと思っています」

フロントガラスに迫る景色が、悪意を孕みながら襲いかかってくる。長い一本道に差し掛かると、胃液が喉を焦がしながら口の中に広がった。

「すみません、停めてください」

僕の切迫した声を聞いて、愛内先生は徐行しながら車を路肩に停めた。僕は這うように外に出て、街路樹の根元めがけて思いきり嘔吐した。

滲んだ視界には、僕の吐瀉物《としゃぶつ》がだらしなく広がっている。再び胃が痙攣する気配を感じ、嗚咽《おえつ》が路上に広がった。

「工藤先生、大丈夫ですか? お水、買ってきます」

「自分で買いに行きますから……」

「でも……」

「ついでに車酔いの薬も買いますので。すみませんが、ここで少し待っていてください」

　僕はふらつきながら立ち上がると、近くのコンビニに向かって歩き出した。この不快感に、薬が効かないことはわかっている。ミネラルウォーターだけを買って、気持ちを落ち着かせてから戻るしかない。


　海岸通りの緩いカーブを曲がると、少し先に小さな駐車場が見えた。車窓からは、すでに開けた海が見えており、無数の消波ブロックが低い波を弾いていた。

「車酔いは大丈夫ですか？」

「ええ、なんとか……」

「無理しないでくださいね。さっきは病院を受診しようかって思うほど、顔色が良くなかったので」

　窓を開けると、潮の匂いを孕んだ風が車内の空気を攪拌《かくはん》した。今日の海は凪いでいる。降り注ぐ陽光が海面で乱反射し、光の結晶が煌《きら》めいていた。記憶の中の濁った深緑と違って、発色の良い青が空と繋がっている。

「あの駐車場がある場所を降りると、砂浜に出られます……」

「わかりました」

青いセダンが停車すると、安心したせいか深い溜息が漏れた。飲みすぎたミネラルウォーターが、胃の中で揺れる。

久しぶりに降り立った海浜公園は、二十年前とほとんど変わっていなかった。駐車場の横には二つ並んだブランコがあり、今立っている隆起した場所から下ると砂浜に繋がる。ブランコの横に丸太のベンチがあったはずだが、それは撤去されていた。

「よくこの公園に遊びに来てたんですか？」

愛内先生の質問を聞いて、僕は砂浜から突き出た防波堤を指差した。

「あそこで、よく釣りをしていたんです」

「すごいですね、釣り竿《ざお》を持って来れば良かったな」

どちらからともなく、砂浜を目指して歩き出す。海に近づくほどに、波が寄せては返す音が大きくなった。

「私は群馬県生まれなので、故郷に海はないんですよ。でも、波の音を聞いていると心が安らぎます。それに海の匂いも好きだな」

「海の匂いって、プランクトンが死んだのが原因なんです」

僕の話を聞いて、愛内先生が目を丸くした。

「知らなかった。そう聞くとなんだか少し嗅《か》ぐのを躊躇ってしまいますね。そういう知識って、学校で習ったんですか？」

「……誰かに教えてもらいました。もしかすると、根拠のない嘘かもしれません」

革靴で砂浜に入ると足を取られ、乾いた砂の感触を靴下越しに覚えた。あの頃はサンダルかスニーカーを履いて、この場所を歩いていた。そんなどうでもいいことで、長い月日が自分を変えたことを実感する。

「せっかくなんで、工藤先生の思い出が詰まった防波堤まで行きましょうよ」

「思い入れなんてありませんよ。ありふれた記憶です」

波打ち際を、お互いに短い距離を空けて歩く。海に向かって伸びる長方形のコンクリートは、まるで何かの舞台のように見えた。周りには海藻《かいそう》やビニール袋が絡んだ消波ブロックが乱雑に積み重なっており、小さな波がそれらを揺らしていた。

「防波堤の先端から針を投げるんです。餌はつけません。少し置いてからリールを巻くと、貝が引っかかってるんですよ」

「釣れた貝って食べるんですか？」

「食べた記憶はないですね。帰る時に海に返してましたから」

「楽しそうな思い出じゃないですか」

「ただの暇つぶしです。夜去から引っ越してからは、釣りもしていないので」

防波堤のコンクリートには、絡まったナイロン製の釣り糸や破損した擬似餌《ぎじえ》が幾つか放置されていた。そんな残骸の上を素早く小さな影が通り抜ける。頭上を見上げると、白い鳥が太陽を遮るように羽を広げていた。

「夜去に登庁するようになってから、すごく疲れるんです。それに医師としての自分自身の在り方が、わからなくなってきました」

僕の声は、すぐに波音に掻き消されていく。取り繕うように、冗談めいた口調で続けた。

「近い将来、自分自身で適応障害と診断してしまう日が来るかもしれません」

同情を乞うような言葉は、自分を余計惨《みじ》めにさせた。遠くの方に漁船が浮かんでいる。聞こえるはずのない荒々しいエンジン音が、脳裏に響く。その音はいつかの記憶が引き起こした幻と気づいてはいるが、消えることはない。

「工藤先生は、やはり真面目ですね」

愛内先生の着ている白いシャツが、潮風にはためいていた。その白は先ほど見た海面のように、降り注ぐ陽光を反射している。

「工藤先生は、患者さんときちんと向き合おうとしているから、疲れるんですよ」

「それは違うと思います。受刑者のことを患者と思いながら接しているかどうかも、疑問なんですから」

愛内先生は少し黙った後、砂浜の方に視線を向けた。

「私、思うんです。誰かと向き合う時って、愛情や優しさだけじゃダメだって。時には嫌悪やもどかしさも必要です。この波と同じように、時には近づいて、また離れて。その繰り返しの中で、相手を知っていくんです」

「……妙に感傷的ですね」

「個人的に、海には特別な思い入れがあるからでしょうか。それとも、緩和ケアに携わるようになったからかも」

　愛内先生は一瞬遠い目をしてから、またいつもの笑みを浮かべた。

「緩和ケアのゴールは患者の死です。通常の医療では、どうすれば患者を病気から回復させられるかが求められます。しかし、私のしていることの前提には、揺るぎない死があります。どうやったら安らかに最期を迎えられるのかが重要であり、そのための医療なんです」

「……確かに、一般的な医療とは毛色が違いますね」

「死を宣告された人々と関わるのは、容易ではありませんから。事実を受け止めきれず自暴自棄になる人や、ショックで終始泣いている人、行き場のない気持ちを怒りに任せて吐き出す人も多いです。でも、それが当たり前の反応です。何もおかしなことはありません。寄り添いながら、時には適度な距離で見守りながら、その人々に関わっていると、ふと思うことがあるんです」

　真っ直ぐな眼差しを見ていると、辺りに聞こえていた波の音が急に途絶えた。

「辛くて苦しい事実に打ちひしがれて、その人が立ち止まっているように見えても、実は前に進んでいるんです。心臓が停止するまで、私たちは決して止まることはありません。ちゃんと顔を上げていなくても、下を向きながらでも前に進んでいるんですよ」

先ほどの鳥が、また頭上を旋回している。コンクリートの上で立ちすくむ僕をあざ笑うかのように、広げた羽はどこまでも自由だ。

「だから工藤先生、今は下を向いて歩きましょう。それで、いいじゃないですか」

いつの間にか潮騒が耳に馴染んでいる。愛内先生は一度大きく背伸びをすると、砂浜の方へゆっくりと歩き出した。

途中で見つけた定食屋で、海鮮丼を注文した。彩り鮮やかな魚介が盛り付けられていたが、僕はほとんど残してしまった。

再び青いセダンの後部座席に乗り込むと、ナビを見つめて言った。

「そろそろ、向かいましょうか……」

キーを回しながら、愛内先生が頷くのが見える。エンジンが起動する音が聞こえてから、僕はまた汗が滲むほど座席を握った。必死に吐き気をやり過ごしている最中も、青いセダンは法定速度を守りながら進んで行く。

辿り着いた小さな商店街は、一見して寂《さび》れているのがわかった。シャッターを下ろしている店も多い。週末の午後であるのに、活気があるとは言えない風景が続いていた。

「人通りが少ないですね」

不安気な表情で、愛内先生が呟く。この商店街は、地方の過疎化を体現しているように思えた。

「担当受刑者が事件を起こしたのは、もう少し先らしいです」

お互い無言で歩き出した。商店街の中ほどにあった酒屋の軒先には、何種類かの酒瓶が陳列されている。酒瓶は全て埃を被っていて、売り物には見えなかった。

「どのように殺害されたのでしょうか……？」

「両者とも背後から、刃物で刺されたようです」

歩いている煉瓦《れんが》敷きの路面に、どす黒い液体が流れ出す光景が脳裏を過る。

「多分、現場はあそこですね」

愛内先生が、商店街の終わりの方を指差した。ガードレールの一角に、飲み物や菓子が供えられている場所が見えた。

その一角に近づくと、煙草や缶ビールが地面に置かれていた。燃え尽きた線香の跡もあり、ワンカップの空き瓶の中には萎れた一輪の花が添えられている。

「被害者は年配の方ですよね？」

「ええ、二人とも高齢者だと思います」

僕たちの会話はそこで途切れた。自然と、お互い無言で目を閉じて手を合わせる。世良を治療している僕がこうして手を合わせたって、彼らは喜ばないだろう。

むしろ空の上で、顔を歪めているかもしれない。

しばらくして目を開けると、愛内先生が路上に供えられた品々を見つめていた。

「お酒が好きだったんですかね？」

「供えられた品を見ると、多分そのようですね」

「私たち何も持ってきてないですね……ここまで来たからには、何かお供えをしましょうよ」

「先ほど酒屋を見かけましたので、何か買いに戻りましょうか」

愛内先生が頷いたのを合図に、僕たちは踵を返した。先ほどの酒屋が見え、店内に足を踏み入れる。

「僕はお酒を飲まないので、どれが美味しいとかわからないんです。愛内先生が選んでください」

愛内先生は少し逡巡してから、大型の冷蔵庫を開き銀色の缶ビールを二つ取り出した。会計は僕が済ませようと強引に受け取った瞬間、いつかの手触りが胸を満たした。思考が乱雑に千切れ、視界に映る全てが輪郭を失う。

「どうしました？　別の種類がいいですかね？」

「……いえ、これでいいです」

レジには禿頭《とくとう》の男が、スポーツ新聞を読みながら欠伸をしていた。後ろの煙草が並ぶ棚には、枯れ始めた観葉植物が葉を垂らしている。

「すみません、会計を」

僕の声を聞いて、男が読みかけのスポーツ新聞をたたんだ。

「こんな天気がいいと、真っ昼間からビールを飲みたくなりますな」

「僕が飲むんじゃないんです」

「それじゃ、彼女さんが二杯も？」

「いえ、この先のガードレールにお供え物として」

「あんたたち、加藤《かとう》さんの知り合いかい？　それじゃ、こっちより恵比寿《えびす》様の方がいいな」

店主は冷蔵庫に近づくと、金色の缶ビールを取り出した。

「加藤さんは、ずっとコレなんだよ」

「お知り合いだったんですか？」

「知り合いっていうか、すぐ近くに加藤さんが通っていた囲碁《いご》クラブがあってよ。それが終わったら、うちでビールを買ってたからさ」

男は少しだけ感慨深そうな表情をしてから、缶ビールのバーコードを読み取った。

「加藤さんもイカれた男に目つけられちまって、不運としか言えねえな。あんな奴は、一生ブタ箱の中に入れとくしかないんだよな」

「……でも刑期が終われば、いずれ出所します」

「本当、勘弁してもらいたいよ。そういうイカれた連中はさ、また社会に出たら同じこと繰り返すよ、きっと」

お釣りとビニール袋を受け取ると、僕は掌に乗った小銭を強く握った。

「そうならないように、頑張ります」

男の不思議そうな表情を横目に、足早に店を出た。小銭を握った拳の内側が、いつの間にか酷く熱くなっている。隣に並んだ愛内先生が、静かな声で言った。

「亡くなったお一人の方は、このビールが好きだったんですね」

「偶然とはいえ、故人の好きなビールを選べて良かったです」

「それに、工藤先生があの酒屋さんに言った決意も、伝わってると思いますよ」

返事をせずに、ガードレールを目指す。そこには、先ほどまでは存在しなかった菊の花束が立て掛けられていた。

「誰か来たんですね。もしかして遺族の方かも」

辺りを見回したが、それらしき人物は見当たらない。毛並みの良い三毛猫が、日陰で欠伸をしているだけだ。僕は二本の缶ビールを、菊の花束の隣に置いた。

週末が終わり、次の登庁日を迎えた。カルテの記録や夜勤者の申し送りを聞いている限り、世良は副作用止めを処方されてからアカシジア症状は軽減していた。僕が不在の間も、粗暴な行為はなかったようだ。朝の回診時も「スパイからの電流はなくなった」と話し、入院時より落ち着いているように見えた。

詰め所に戻ると、僕はずっと考えていたことを神崎先生に告げた。

「世良を外に出したいんです。できるならグラウンドまで」

脳裏に路上の花束が過る。スピーディーな治療を実施し、元いた刑務所にできるだけ早く還送できれば、一日でも多く罪と向き合う時間が増える。僕の提案を聞いて、神崎先生が眉間にシワを寄せながら宙を仰いだ。

「うーん、処遇の決定権は刑務官にあるしな。いくら状態が落ち着き始めたからといって、まだ刑務官様はその提案に賛成しないと思うぜ。でも、急にどうした？」

「世良の精神症状が悪化していたのは、アカシジア症状も原因の一つだと思いますが、神崎先生の見立て通り拘禁反応も影響していると思うんです。一度、外に連れ出し、外界の刺激を受けた世良がどんな反応をするか観察したいんです」

僕は一気に考えていたことを捲し立てた。世良は移送されてくる前から、刑務作業にすら参加できず、随分と長い時間独居の拘禁下に置かれている。塀の中とはいえ、夜去には自然も多い。神崎先生は口元に笑みを浮かべ、無精髭を撫でてから言った。

「名前、呼ぶようになったんだな」

「はい？」

「担当患者の名前だよ。前までは番号で呼んでいただろ」

自分では意識していなかったことを指摘され、言葉に詰まる。そんな僕の肩に、神崎先生の拳が優しくぶつけられた。

「散歩の件、西川ちゃんに頼んでみるよ。少し待っててくれ」

祈るような気持ちで、翻ったドクターコートを見つめた。

それから神崎先生は、西川刑務官と連れ立ってどこかに消えた。三十分ほどしてから再び詰め所に姿を現した二人は、対照的な表情をしていた。神崎先生は口元に笑みを浮かべ、西川刑務官は硬い表情で奥歯を嚙み締めている。

「工藤ちゃん、オッケーだってよ」

どんな話術で説得されたのかはわからないが、西川刑務官が本心では納得していないのは表情を見て伝わった。

「その代わり、時間は十五分程度。刑務官が二人付き添うって」

「本当ですか？　ありがとうございます」

僕は二人に深々と頭を下げた。散歩に付き添うのは、西川刑務官と体格の良い若い刑務官らしい。僕は早速、世良が収容されている観察室に向かった。十五分でも時間があれば、グラウンドに咲くあの向日葵を見せることができる。少し後ろを歩く、西川刑務官の平淡な声が聞こえた。

「意外でした、工藤先生がこんなことを提案するなんて」

「あくまで、治療的観点からの提案です」

観察室の前に着くと、若く体格の良い刑務官が鉄扉を開錠した。房内では世良がベッドの端に腰掛け、壁の方を凝視している姿が映った。

「短時間だが、この部屋から外に出てみよう。新鮮な空気だって吸えるぞ」

僕の声を聞いて、世良がのっそりと立ち上がる。入院時とは違って、空洞のような瞳の印象は消え去っている。

「ああ、そう」

短い返事だった。久しぶりに外に出られると聞けば、もう少し感情の発露があっていいものだが、色白の顔からは何も読み取れない。

「十五分程度だが、グラウンドまで行ってみようか」

世良は頷くこともせずに、ぼんやりとした足取りで観察室から出た。すぐに世良の前後を、西川刑務官と体格の良い刑務官が挟むような形に陣取る。世良は突然走り出すことも、妄想を口にすることもせずに、淡々とリノリウムの廊下を歩き続けた。

外に出ると、眩しい日差しが皮膚を焦がした。一気に毛穴が開き、汗がすぐに滲む。そんな陽光に混じって、生ぬるい風が辺りの木々を微かに揺らした。

外に出てから、世良の表情は明らかに変化した。しきりに瞬きを繰り返し、口元は微かに緩み始めている。瞳には柔らかな色が差し込み、張り付けた無表情が太陽の光で融解していくような気がした。物珍しそうに辺りを見回す姿に、一層幼さが際立つ。

「外に出るのは久しぶりだろ？」

僕の質問を聞いて、世良が小さく頷く。

「もう少し歩くとグラウンドがあるんだ。世良がこのまま落ち着いて過ごせれば、運動時間に野球もできるし、いずれ作業療法にも参加できると思う」

「そうか……」

「ああ、だから処方された薬をきちんと飲んで、危険な行動はしないことだ」

世良の横顔を見ていると、思い切った判断だったが外に連れ出して良かったと思えた。

グラウンドに辿り着くと、自然と花壇の方に世良を誘導した。約束の十五分まであと数分しか残っていないが、大輪の花を咲かせる向日葵を見せてやりたかった。

「あそこに、向日葵が咲いている花壇が見えるだろ。世良と同じ受刑者が、育てたものなんだ。近くに行ってみようか」

向日葵は、青空と夏の日差しによく似合っていた。少しだけ歩調を早め、花壇の前に辿り着くと足を止めた。

「もうすっかり、夏だな。世良も早く元いた刑務所に戻れれば……」

隣に立つ世良は、向日葵に向けていつの間にか手を合わせていた。目を閉じ、繰り返し頭を下げている。

「どうした？」

世良が独り言を口にしながら熱心に手を合わせる姿は、グラウンドの隅では異様に映る。近くで戒護する西川刑務官の表情が、曇り始めた。

「お仕置き……ベランダ……」

幾つかの断片的な言葉が聞き取れたが、ぬるい風の音が世良の声を掻き消した。

「おい、世良」

両腕がだらりと下がり、二つの空洞のような瞳が向日葵を見つめていた。

「ママが閉めたベランダの窓には、俺が叩いた手垢がいっぱい付いてる。とにかく暑くて、背中に張り付いたTシャツが気持ち悪いんだよ」

世良の声には抑揚がなかった。誰かに話しているというよりは、自分自身に言い聞かせているように思えた。

「ベランダから隣の家を覗くと、同じぐらいのガキが庭に咲いている向日葵に水をやってたんだ。片手に棒アイスを持って、何が楽しいのかケラケラ笑ってた。こっちは唾が出ないほど喉が渇いてるっていうのに」

「世良、何を言っている？」

「ずっとベランダから爪先立ちで、そのガキと濡れた向日葵を見てた。そして俺は神様に祈るんだ。何度も何度も」

世良は、はっきりと笑みを浮かべた。その表情を見た瞬間、僕の背中に一筋の汗が伝う。

「俺以外の全ての人間が、幸せになりませんようにって」

瞬きと瞬きの間に起きた出来事だった。世良は花壇に向けて突進すると、勢いよく向日葵を蹴散らした。太い茎と花弁が空中に舞う。世良の表情には、まだ笑みが浮かんでいた。

「制圧！」

西川刑務官の声が響いて、体格の良い刑務官が世良を羽交い締めにした。足元に散った向日葵が、争う二人にまた踏み潰される。

「なんで、俺ばっかりこんな目に遭うんだよ！　この向日葵だって、スパイの通信機と繋がってるんだろ」

「黙れ！　暴れるな！」

二人の刑務官に両脇を押さえられ、引きずられるように世良は連行されていく。踏み潰された花壇には、黄色の花弁が散乱していた。

再び世良を観察室に収容するまで、西川刑務官は僕と視線を合わせようとしなかった。鉄扉が施錠される音がいつもより、乱暴に聞こえる。

「工藤先生、怪我はないですか？」

西川刑務官の額には汗が滲んでいた。まだ少し、息が切れている。

「僕は大丈夫です……西川刑務官の方こそ……」

「私の責務は規律秩序を保つことですから。ご心配ありがとうございます」

「助かりました……」

一瞬、気まずい沈黙が漂った後、西川刑務官が白く濁った右目で僕を見つめていることに気づいた。

「処遇部と医療部の関係は、時計の歯車に似ています。上手く噛み合わないと、全ての動きが止まってしまう。それを忘れないでください」

僕の返事を待たずに、西川刑務官は一礼して去っていった。刑務官は手錠も警棒も拳銃も携帯していない。何も武力を持たずに受刑者と接している。彼らが文字通り身を呈して、僕を守ってくれたのを実感した。同時に自分の不甲斐《ふがい》なさも。

詰め所に戻ろうとすると、神崎先生が姿を現した。

「世良くんとの散歩はどうだった？」

「……途中までは良かったんですが、結局は不穏になってしまい早めに切り上げました。一過性の興奮だったため、今はベッドで横になっています」

神崎先生が、観察窓から房内を覗き込む。不貞腐れながら、ベッドに横になる世良が目に入るだろう。

「僕が判断を誤りました」

まともに神崎先生の顔を見られなかった。誤った判断で、多くの人々に迷惑をかけてしまった。

「俺にも責任はある。でもよ、若い患者にはある種のチャレンジが必要なんだ。だから、事前に処遇部と話し合って実行した。想定内の不穏行動だ」

「同情は結構です……」

「改めて西川ちゃんに礼を言っておくよ。それより、世良くんの様子を観察することだな。考えようによっては、俺たちのせいで彼の気持ちを不安定にさせてしまったんだから」

「わかりました……」

「引き続き頑張ろうぜ、担当医さんよ」

神崎先生が詰め所に戻っていく姿を見送った後、僕は観察窓から世良の姿を確認した。だが、どうしても掛ける言葉が見つからず、その場から離れた。

滝沢の房の前に立つと、窓を二度ノックした。すぐに額に玉の汗を浮かべた坊主頭が見えた。

「最近、よく来るな」

滝沢はうっすらと笑みを浮かべながら、強化ガラスに近づいてくる。

「お前が育てていた向日葵、ダメにしてしまったんだ。担当受刑者が、散歩中に蹴散らした」

「え？　マジかよ」

「ああ、それだけ伝えに来た」

何も反応がないと予想していたが、滝沢の表情には珍しく陰りが見えた。

「今度はあれより立派な向日葵を、シャバで育てるさ」

「……意外だな。植物には興味がないと思っていたが」

「暇なだけさ。それに園芸療法中はこんな臭い房から抜け出せるし、風を感じられる」

「刑期はまだ十分残っているんだ。植物を育てる機会は今後もまだある」

「俺がいた一般刑務所じゃ、そんな呑気な作業はねえよ。せめて地面に落ちた向日葵の種が、鳥の胃袋にでも収まることを祈ってるよ」

大きな目を細めながら捻《ひね》くれた声を発する姿を見ていると、一瞬懐かしさを感じてしまった。僕は窓から視線を逸らし、唾を飲み込んでから言った。

「今度、下を向いて歩いてみるよ」

「なんでだよ？」

「新しい向日葵の芽を、見つけられるかもしれない」

他の雑草と向日葵の新芽なんて見分けがつかないくせに、今話した希望的観測がスッと胸の砂地に染み込んでいく。滝沢は無表情で僕を見つめると、何度か坊主頭を撫でた。

「守さ、俺の頭の中を知りたがってたろ？」

「もうその話はいい。気分が悪くなる」
「そんなこと言うなって。俺が社長を殺した本当の理由を、餞別《せんべつ》代わりに教えてやるよ」
もう完全に還送の事実を見透かしているようだ。滝沢は右手の人差し指で長い睫
毛を一度弾くと、口元には歪んだ笑みが浮かんだ。
「あの人に金を借りに行った時さ、俺の嫌いなコーヒーの臭いが部屋中に充満して
いたんだ。だから鬱陶しくてな、ナイフでぶっ刺してやった」
「たったそれだけの理由で、殺したというのか？」
「簡単に人を殺せる人間に、難解な動機なんてねえよ。俺はやっぱイカれてるんだ
よ。守もコーヒー飲んだ直後に診察なんて来るなよ。お気に入りの眼鏡を買い直す
ことになるからな」
滝沢はまた右手の人差し指で、何度か長い睫毛を弾いた。その度に刻まれた白い
傷跡が微妙に形を変える。ある瞬間を共に過ごした証明が、色黒の皮膚に張り付い
ていた。そんな姿を見ていると、不思議と揺るぎない確信を感じた。
「お前さ、嘘言ってるだろ？」
「あ？　そんなわけないだろ」
「でも、何故かそう思うんだ。自分にもよくわからないけど」
口調とは裏腹に、真っ直ぐな眼差しを向ける。

「守、じゃあな。立派な医者になれよ」
珍しく滝沢から別れを切り出す声が聞こえ、ベッドへ向かう後ろ姿が見えた。

◇◇◇

六年生のクラス替えに込めた願いは、全く叶わなかった。真ちゃんと一緒になることもなければ、山崎たちと離れたわけじゃない。僕は相変わらず、教室の隅の席で窓の外ばかりを見ていた。校庭に咲く桜が散って、青々とした葉に変わっていく様子を、学校の中で一番詳しく説明できる自信がある。

新しいクラスになって二ヶ月が過ぎると、僕のアダ名は『ガリ猿』から『ゴミ箱』に変わった。山崎はもう眼鏡飛行機をやらなくなったし、理不尽に叩くことはなくなったけど、僕のランドセルや机の中に様々なゴミがいつの間にか捨てられていた。固まった給食のパンやチョークの粉、濡れたトイレットペーパーなんかがよく入っていた。僕がそれらに気づいて、無言でゴミ箱に捨てに行く姿が彼らのお気に入りらしい。そのたびに何人かの押し殺した笑い声が、教室の至る所から聞こえた。

放課後になると、息苦しい教室から逃げるように学校裏の花壇へ直行する。そこがいつもの真ちゃんとの集合場所だ。

今の季節にはアマリリスが咲いていた。真っ直ぐ伸びる茎の先には、赤い花が咲いている。煉瓦が積み重なった花壇の隅に腰を降ろして、その花弁を一度指で弾いた。

「おーい守、今日は何する?」

そう声が聞こえて、僕はアマリリスから目を逸らす。立ち上がると、花壇に座っていた尻が少し湿っていた。

「今日も釣りがいいな」

「オッケー、そいじゃ行くべーよ」

「また貝が釣れるかな?」

僕の質問に、真ちゃんは右手の人差し指で長い睫毛を弾きながら答えた。

「この前、一人で釣りに行ったらさ、マグロが掛かったんだよ。すげーデカいの。途中で糸を切られて逃げられたけどな」

「絶対、嘘でしょ」

「本当だって、あれは海の主だな。今日は守の針に掛かるかもよ」

真ちゃんが嘘を言う時の癖が脳裏を過ったけど、それ以上は追及しない。正直、嘘か本当かなんてどっちでも良かった。下らない話をしながら、海に糸を垂らす時間があればそれだけでいい。

「僕がマグロを釣ったらさ、近くの寿司屋に持ってって一緒に食べようよ」

「俺は大トロ専門な。守は赤身専門」

「なんでー、僕も大トロを食べたいよ」

歩き出すと、路上に並ぶ二つの影が長く伸びた。その光景を見ていると、やっと正常な呼吸ができるような気がした。

海に向かう途中で、釣り竿の隠し場所である神社に寄った。木々に囲まれた短い石畳の階段を登ると、賽銭箱《さいせんばこ》が置かれたくすんだ祠《ほこら》が見える。その裏側に釣り竿を隠していた。

「今日は釣れるように祈っとけよ」

真ちゃんが賽銭も投げず、祠《ほこら》に向けて手を合わせる。この神社は町はずれにあり、辺りに人通りは少ない。

「そうだね、祈っとく」

釣り竿を腋に挟み、ご利益《りやく》のなさそうな祠に向けて手を合わせる。僕が頭の中で祈ったのは、釣りのことではなく、父さんのことだった。

「よし、行こうぜ」

真ちゃんが一段抜かしで、石畳の階段を下る。僕も急いで後に続いた。

海浜公園に辿り着くと、砂浜に足跡を残しながら防波堤を目指した。途中、釣り針に餌として付ける海藻を波打ち際で探した。実際、そんな適当な餌だとほとんどアタリはない。小さな蟹やミミズを餌にすると、ごくたまに小魚が釣れた。

「この前の釣りで掛け針落としちゃったから、貝は引っかかんねえだろうな」

真ちゃんがボヤきながら、釣り糸を遠くに投げ飛ばした。掛け針というのは貝や烏賊《いか》を釣る時に使用する針だ。タコ型のウインナーのような形態で、六本の針が反り返りながら獲物を引っかける。餌はいらない。海に投げ込んでから数分置き、糸を引くと反り返った針に貝が引っかかっている。

「今日もダメかな。この時間帯は、魚が眠っているのかもね」

僕たちは釣り糸を海に垂らすと、防波堤のコンクリートの上で胡座をかいた。潮風が鼻から入り込み、喉がすぐに渇く。飲み物は何も持っていなかった。喉を鳴らしながら、口の中に溜まった唾を飲み込む。

「守の門限まであと何分？」

「えっと、四十分ぐらい」

「帰る時間も考えると、あと二十分が勝負だな」

真ちゃんが竿の位置を微妙に調節した。

「別に、門限守らなくてもいいかな」

「なんでだよ？」

「家に帰ったら、息苦しくなるんだ」

真ちゃんはまた、微妙に竿の位置をずらすと、近くにあった石を海に放り投げた。

「だったら、マグロが釣れるまでここにいようぜ」

「……こんな浜に近いところじゃ、いつまでたっても釣れないよ」

「それでもいいじゃん。俺ん家もさ、棺桶に片足突っ込んだばあちゃんと、薄い味付けの夕飯しか待ってないし」

「真ちゃんのお母さんは？」

「二日前にまた航海に行った。火曜日によく来てた男と」

「航海？」

「うちの母ちゃん、新しい男ができていい感じになるとさ『航海に出る！』って言って、そいつとどっか行っちゃうんだよ。長い時なんて、半年以上も帰ってこないし」

「そっか……」

「ま、いつものことだよ。そのうち上手くいかなくなって、帰ってくるから」

真ちゃんは竿を持って立ち上がると、ワザとらしく大物が引っかかったように身体を後ろに反らした。

「このアタリはマグロか？　マグロだろっ」

僕はそんな冗談を聞いても、少しも笑えない。そんな口調で、あの息苦しさを片付けて欲しくはなかった。

「生まれた時から一緒にいる家族を嫌いになるって、やっぱり変なのかな？」

呟いた本音はもう戻りはしない。一定のリズムで寄せては返す波を見つめながら、無意識のうちにいるはずもない青い尾ひれを探した。

「俺には父ちゃんは最初からいないし、母ちゃんはそんなんだし、普通の家族のことってわかんないや」

「そっか……」

「でも嫌いだったら、無理して一緒にいなくていいじゃん」

「僕たちは子どもなんだから、そうはいかないよ」

「守は真面目すぎるんだよ。結局、みんな勝手に生きてるんだから。誰と一緒にいようが関係ないさ」

真ちゃんの返事を聞いて、小さく頷く。門限の時間は刻々と迫っていたけど、僕は竿を引き上げようとはしなかった。


結局、魚は一匹も釣れなかった。帰り道を照らしている街灯はマッチの火のように頼りない。薄暗い中を一人で歩いていると、夜勤に行っている母さんに会いたくなった。

僕はただいまも言わずに、電気の消された居間の扉を開けた。

父さんは寝間着姿のまま、暗い部屋でテレビ画面を見つめていた。暗がりでも苔が生えているような無精髭が目立つ。ダイニングテーブルの上には、焼酎が入った四リットルの大きなペットボトルが置かれている。中身は半分以上減っていた。

「あぁ……守か」

「何見てるの？」

「大人の映画だよ」

テレビ画面では刺青の彫られた大人たちが、拳銃や日本刀を構えて叫んでいた。

父さんがいつも借りてくる任侠《にんきょう》映画だ。

「母さん、今日夜勤だよね？」

「ああ、そうだったかな」

「ご飯は？」

「チンして食べてくれってさ」

父さんはテレビの画面を食い入るように見つめていた。背中に刺青が彫られた男が、口から泡立った血を吐きながら倒れる。こんな映画の何が面白いんだろう。

「父さん、仕事は探したの？」

僕の質問は、画面に映る男たちの叫び声に掻き消された。父さんは保険会社を半年も経たずに退職した。次に警備会社にも勤めたけど、そこは二ヶ月で辞めてしまったらしい。

「僕、父さんの格好良いスーツ姿を久しぶりに見たいな」

父さんはいつ着替えたかわからない寝間着姿で、煙草に火をつけた。

「守だって宿題をしたくない日があるだろ？」

「そりゃ、あるけど……」

「それと同じだ」

青白い光と吐き出した煙が漂う部屋の中は、まるで深海みたいだ。

「わかった。それじゃ、明日からまた仕事が見つかるように頑張ってね」

意識して無邪気な声を出すと、父さんはテレビの電源を消した。煙草の火種だけが、赤い点のように小さく光っている。

「お前も、あんな田舎者の視野の狭い奴らに頭を下げろって言うんだな」

暗闇の中で、椅子から立ち上がる父さんの気配を感じた。僕の横を通り過ぎると、二階へ続く階段を登る足音が聞こえた。

父さんがいなくなってから、居間の電気のスイッチを押した。明るくなった部屋で掛け時計に目をやると、門限から二時間以上も過ぎていた。


洗面所で手を洗ってから、冷蔵庫に入れてあったチャーハンを電子レンジの中に置いた。待っている間、さっきの父さんの声が耳元で繰り返されていた。聞いたこともないような冷たい声だった。怒っているというより、何かを諦めたように聞こえた。僕の言葉で、父さんを傷つけてしまったのは明らかだ。今のうちに謝っておいた方がいいかもしれない。

僕は足音を忍ばせて、ゆっくりと階段を登った。父さんの書斎の前に辿り着くと同時に、室内から何かが倒れるような音が聞こえた。それに唸り声も。

「父さん？」

書斎のドアノブを握ると、氷のように冷たかった。隙間から室内を覗いた瞬間、空中でバタ足をするような二本の足が見えた。

「父さん!!」

目に映ったのは顔を真っ赤にして、両目をこぼれ落ちそうなほど見開いている父さんの姿だった。激しく両足をバタつかせながら、両手は首元を押さえている。少し浮いた足元には丸椅子が転がっていて、部屋の壁に当たると動きを止めた。僕は目の前で起こっていることが理解できず、頭の中が真っ白いペンキのようなもので塗り潰されていく。大声で叫ぼうとしても、喉が潰れてしまったように声が出ない。父さんの顳顬《こめかみ》に浮かんだ血管が、ミミズが這っているように太くなっていた。

意識の回路が再び繋がったのは、大きな音がしたからだ。目の前には折れたカーテンレールと、床に横たわる父さんの姿があった。伸ばした指先と両足が小刻みに震えている。首に巻かれたビニールの紐が、寄生虫のように床に伸びていた。

僕はどうすることもできなくて、気づくと泣いていた。胸の中が焼けるように熱く、足先は氷の上に立っているように冷たい。目の前の父さんが顔を上げる気配はなく、誰かに透明な糸で操られているように指先だけがピクピクと動いていた。

その動きはどう見ても、気持ち悪かった。

何度か咳き込む声が聞こえて、父さんの瞼がうっすらと開いた。

「母さんには内緒だぞ……」

僕は必死で嗚咽を抑えながら、小さく頷いた。

第四章　檸檬の夜

　水槽に浮かぶ手つかずの餌を見つめながら、小さな溜息が漏れた。ここ三日間、ベタ・ハーフムーンの食欲がない。餌をやると水面に浮上して来るのだが、またすぐに潜ってしまう。生気を失った青い尾ひれが、所在なげに水中を漂っている。

「熱帯魚にも、夏バテってあるのかい？」

　不吉な予感を打ち消すように冗談を言ってみたが、水槽の明かりだけが灯る薄暗い部屋では余計虚しさを覚えた。

「少しでも食べてくれると、安心して眠れるんだけどな」

　僕の声が届いたのか、最近替えた水草の間を縫って美しい青が浮上する。しかし餌には目もくれず、何度か端から端を行き来するだけだ。

「……おやすみ」

　薄いタオルケットを被りながら横になっても、上手く睡魔は訪れない。四回寝返りを打ってから、炭酸水を取りに冷蔵庫へ向かった。そこまで蒸し暑くはないのに皮膚は妙に汗ばんでいる。真夜中に喉を鳴らしながら炭酸水を飲んでいると、何故か真夏の中心に立っているような気がした。

八月になると、南病舎内はさらに蒸し暑くなった。ドクターコートの下に身につけている薄いシャツには、不快な汗が絶えず滲む。矯正施設では、風通しを良くするために窓を開けることが容易にできないから仕方がない。脱走と蒸し暑さを天秤にかければ、おのずと答えは導き出される。

夜勤者の申し送りを聞いてから、観察室の回診を終えた。普段ならこの後、他の受刑者の下へ診察に向かったり、薬剤変更を検討する時間だが今日は違っていた。

「滝沢の様子を見に、北病舎へ行ってきます」

僕の声を聞いて暗号のような文字を書き始めていた処方箋から、神崎先生が顔を上げた。

「少しは良くなっているといいけどな」

「あいつなら、すぐに戻ってきますよ」

予定されていた滝沢の還送は、現在中止になっている。殺人の動機を話した夜に嘔吐《おうと》を繰り返し、腹部レントゲンの結果、腸閉塞の所見が観察できた。現在は北病舎に移り、一時的な身体的加療を受けている。

「それじゃ、軽く様子だけ見てきます」

神崎先生が小さく頷いたのを合図に、僕は詰め所を後にした。

北病舎と南病舎の出入り口の鍵穴は同じだ。棟内に入ると、刑務官が僕に気づき敬礼した。

「最近転棟してきた滝沢の診察をしたいのですが、付き添いよろしいですか？」

刑務官は「わかりました」と頷いてから、廊下を歩き出した。背は低いが、蟹のように身の詰まった体軀《たいく》をしている。

「転棟時と比べると、顔色は良くなりましたよ。その分、無駄口も増えていますがね」

呆れた口調と同時に、固く閉ざされた鉄扉を開錠する音が聞こえた。滝沢が収容されているのは四人部屋だったが、他にはもう一人の受刑者しか収容されていない。よく見ると、以前愛内先生に車椅子を押されて向日葵を見つめていた榊という受刑者だ。

「滝沢、診察だ」

入って右手のベッドで、滝沢は横になっていた。点滴も終了したようで、針が刺入されていた箇所にはアルコール綿がテープで固定されている。

「クソが出ないとは思ってたけど、まさか腸閉塞とはな。俺がいた房って呪われてんじゃねえの？」

数日振りに見た表情には、僅かに陰りがあるように見えた。相当、腹痛や嘔吐が辛かったのかもしれない。

「向精神薬を内服していると、しばしば腸閉塞を引き起こす場合があるんだ」

「俺が飲んでる薬は頭の動きだけじゃなく、腸の動きもイカれさせんのか」

「それはお前の思い込みだ。ところで、腹の具合はどうなんだ？」

「悪くないね。点滴も終わったし、流動食も始まったんだ。あのドロドロの飯って、誰が考えたんだろうな？　あれは人の食いモンじゃねえよ。麦飯のボソボソした食感が懐かしいね」

「文句を言わずに食べるんだ。それと気持ちの方はどうなんだ？　病舎が変わって、不安定になることはあるか？」

「全くないね。どこでだって熟睡できるのが、俺の特技なんだ」

滝沢は、白い病衣から覗く手の甲を何度か掻いた。いつかの傷跡に薄く赤い線が入る。

「北病舎のスタッフの言うことを、ちゃんと聞くんだぞ」

「担当医の命令なら、仰せの通り」

「それじゃ、また次回の外勤日に顔を出す」

「なあ、工藤先生よ」

滝沢が何かを言いかけてから、口を噤《つぐ》んだ。僕は黙って、大きな目にうっすらとこびり付いた眼脂を見つめた。

「最近、ふとした瞬間に波の音が聞こえるんだ。それに潮の香りも感じる。これって、俺の頭が本当にイカれた証拠なのか？」

「……気のせいだ。ここまで海の音が聞こえるはずはない」

「そうだよな。今言ったことは、忘れてくれ」

滝沢以外の受刑者がそんなことを言ったら、薬剤調整を検討したかもしれない。隣に立つ刑務官に怪しまれないように無表情を装う。

「それじゃ、迷惑をかけるなよ」

帰り際、愛内先生に声を掛けようとしたが、どうやら今日は不在らしい。詰め所にいた年配の内科医に会釈をしてから、北病舎を後にした。

南病舎の詰め所に戻ると、すぐに滝沢の状態を報告した。

「流動食が始まったみたいですね。腹痛もないようですし、不安がっている様子も皆無でした。あの様子なら、すぐに戻ってこられそうです」

神崎先生は椅子の背もたれに寄りかかりながら、手に持っていた三色ボールペンを口に咥えながら言った。

「腸閉塞が治ったら、予定していた還送ができればいいけどな」

「……ええ」

「なんか歯切れの悪い返事じゃん。気になることでもあるのか？」

「いえ、別に。早期に体調が回復すれば良いと、改めて思っていただけです」

何度か眼鏡のブリッジを押し上げ視線を逸らす。廊下には数名の受刑者が刑務官に引率され、南病舎から出て行く姿が見えた。

「工藤ちゃんが夜去に来て、三ヶ月は経ったか？」

「正確には四ヶ月です」

「で、どうよ調子は？」

返事に窮してしまう。正直、手応えよりも戸惑いの方が強い。

「反省のない受刑者を見ると、本当に自分自身が正しいことをやっているのか、自問することが多いのは事実です」

「なるほどね、迷える子羊状態ってわけか」

「別にそんなわけでは……でも、あと二ヶ月もすれば登庁期間は終了しますから」

僕の素っ気無い返事を聞くと、神崎先生は椅子から立ち上がって両手を鳴らした。

「今日、飲みに行こうぜ」

「あの……いつも言ってますが、僕はお酒を飲まないので」

「別にジュースでもいいじゃん。そろそろ塀の外でお喋りしようや。お互い白衣を脱いでさ」

着ていたドクターコートの袖口を見つめた。登庁初日と比較すると、だいぶくたびれている。でも、あと二ヶ月の我慢だ。夜去の登庁期間が終了したら、もっと質の良い物を新調しようと思いながら頷いた。

「……わかりました。よろしくお願いします」

「おっ、ダメ元でも言ってみるもんだね。どうしても工藤ちゃんを、連れて行きたい店があるんだよ」

今までも神崎先生に誘われることは何度かあったが、全て断っていた。しかし、今日は何故か首を縦に振ってしまった。

「それと、工藤ちゃんは作業療法室に行ったことはある？」

「いえ、ないですね」

「見学して来なよ。さっき受刑者を引率する姿が見えたから、何かやってると思うぜ」

「今更、何故でしょうか？」

「飲み会を有意義な時間にするためだよ」

神崎先生の意図が全くわからなかった。受刑者の作業療法を見たところで、何か有意義な談議ができるとは正直思えない。

「しかし、まだ業務が残ってますので」

「水戸《みと》くんっていう、自閉症スペクトラム障害の患者が参加していると思うんだ。ちゃんとやってるか見てきてくれ。俺は午後から外勤だから、居酒屋で様子を聞かせてくれよ」

神崎先生は一方的にそう告げると、詰め所から出て行ってしまった。

作業療法室は、病舎から少し離れた場所にあった。二重扉付近に設置されたエレベーターに乗り込み、ボタンを押す。脱走予防のため、エレベーターも鍵を回さなければ動き出さない仕様になっている。

廊下に面した窓から作業療法室を覗き込むと、中央に二つ長机が置かれた広い空間が映った。そこでは、四名の受刑者が何やら手元を動かしていた。近くにはジャージを着たリハビリスタッフ一名が忙しなく動き回り、受刑者たちにアドバイスをしている声が微かに漏れ聞こえてきた。

「工藤先生、どうしたんですか？」

室内から聞き慣れた声が聞こえ、西川刑務官が扉を開錠した。

「神崎先生から見学に行けと言われまして」

「そうですか、どうぞ中へ」

室内は想像以上に殺風景な空間だ。作業療法室とは名ばかりで、受刑者が座る椅子と長机以外に物品はない。盗難や防犯予防の目的で、余計な物品は置けないのだろう。僕は受刑者に声を掛けずに、西川刑務官の隣に並んだ。

「今日はコラージュのカレンダーを作製しているようです。受刑者の技能レベルによっては難易度を上げ、ラジオや模型を組み立てる場合もあります」

西川刑務官は説明しながらも、受刑者を見つめていた。常に戒護が必要とはいえ、こんな鋭い眼差しを向けられていたら手順を間違ってしまう者もいそうだ。

「一般刑務所では、円滑な社会復帰を促す技能を身につけるために、刑務作業を実施しています。中には職人並みの技能を身につけて出所する者もいるんです」

「どこかのパンフレットで見たことがあります。伝統工芸品なんかも作製しているとか」

「目を見張る作品は、矯正展という催しで一般に売り出されることもあるんです。それに刑務作業を行えば僅かながら作業報奨金も出るので、出所の際に無一文ということは少ないですね」

淡々とした口調だったが、隠しきれない棘《とげ》を感じた。目の前で行われている作業療法では多分報奨金も出ず、コラージュのカレンダーを作製したところで矯正展に出展されることもないのだろう。

「いつか彼らも還送され、一般刑務作業に参加できればいいですね」

「……今日の面子《メンツ》はなかなか難しいかもしれません」

コラージュのカレンダーを作製している受刑者たちを見つめた。四名のうち二名は、特徴的なダウン症候群の顔つきをしている。残り二名は高齢者と自閉症スペクトラム障害を有している水戸という受刑者だ。

「話しかけてもいいでしょうか？」

「治療に必要なことでしたら、構いません」

僕は否定も肯定もせずに、彼らが手を動かす長机に近寄った。コラージュ作品ということもあり、雑誌の切り抜きや新聞紙が積まれている。彼らは思い思いにそれらを切り抜き画用紙に貼り付けていた。僕が一度咳払いをすると、ダウン症候群受刑者の一人が顔を上げた。

「先生、八月の食べ物って言ったら、カキ氷と素麺《そうめん》以外で何がある？」

彼の丸刈りにされた頭髪には白髪が交じっていた。それなりに歳を重ねているように見えるが、口調は幼い。彼の名前は確か小林《こばやし》だった。ここにいる全員が神崎先生の担当受刑者だ。

「夏によく見かける食べる物ってことか？」

「夏っていうか八月」

「スイカかな。僕が通っていた小学校の近くには、確かスイカ畑があった」

「スイカかあ、そんな写真あるかな」

小林が長机に積まれた雑誌のページを捲る。手にしたのは女性が好みそうなファッション雑誌だ。その姿を見て、もう一人のダウン症候群受刑者が口を挟む。

「俺はスイカよりメロンの方が好きだな。でも、食うと唇が痒くなるんだよな」

すぐに西川刑務官が私語を慎むように注意した。彼らはまた黙り込み、手元の画用紙に目を向ける。小林の画用紙には多くの食べ物の写真を切り取った物が、乱雑に貼られていた。

隣のテーブルでは、高齢受刑者と水戸が同じように作業をしていた。高齢受刑者はリハビリスタッフの指導のもと、ハサミを使いおぼつかない手つきで時計の写真を切り抜いている。僕はその姿を横目で見ながら、大柄な水戸に近寄った。

「調子はどうだ？」

水戸は顔を上げると、不思議そうな表情を向けた。自閉症スペクトラム障害は、含みのある言葉の意味を汲《く》み取ることが苦手な場合がある。僕は具体的な言い方に換えて、再度質問した。

「気分が悪くなって、苦しいことはないか？」

「便秘が続いてるけど、気分は辛くはないよ」

水戸の二の腕や腹には柔らかそうな脂肪が付き、顔の輪郭はボールのように丸い。鼻の下には剃《そ》り残した短い髭が、玉の汗を纏って濡れている。

「初めて話す先生だよね。名前は？」

「たとえ医師でも、ここじゃ名前を教えることができないんだ」

「それじゃ、誕生日を教えてよ。僕、誕生日を覚えるのが得意なんだ」

「それもダメなんだ」

「えー、担当の刑務官さんは教えてくれたのに」

画用紙には、何匹もの魚の写真が貼られていた。それらは全て、等間隔で並んでいる。僕は一瞥すると話題を変えた。

「魚が好きなのか？」

「うん。特に深海魚が格好いい。デメニギスなんて最高だね」

「僕は自宅で熱帯魚を飼っているんだ。でもそれ以外の魚には、詳しくないが」

その一言を聞くと、水戸の目は輝き両頰にエクボが見えた。明らかに興味が手元の画用紙から、僕に移り始めたのを感じた。

「本当? 何の熱帯魚?」

「ベタのハーフムーンだ。青色をしている」

「ベタならクラウンテールが一番好きだな。尾ひれがギザギザしていて格好良い。もちろん単独飼育だよね?」

「ああ、そうだ」

自閉症スペクトラム障害は、社会的コミュニケーションの独特さによる対人関係の難航、限定的な興味や反復的な行動を呈する先天的な脳の機能障害だ。知的障害を伴う場合もあれば、知能が通常より高い場合もある。

「良いこと教えてあげよっか。ベタの水槽の水質って、弱酸性が良いって言われているでしょ。でも、本当は弱アルカリ性が良いんだって。だから、水質PHを調節するために少し塩を入れた方がいいよ」

「そんなの聞いたことないぞ、どの本でも弱酸性で育てることを推奨している」

「嘘じゃないよ。ベタはタイから輸入されることが多いでしょ。タイのファームは海沿いに多くて、井戸水を使用して育ててるから、どうしても海水が混じってアルカリ性になっちゃうんだ。だから本当は、生まれた時から慣れ親しんだ水質に近づけた方が良いってわけ」

饒舌《じょうぜつ》に知識を披露する水戸を見ていると、深海魚だけではなく魚類にかなり詳しそうだ。多分、自閉症スペクトラム障害の特徴である、限定した興味やこだわりから魚に関する本を読み漁っているのかもしれない。

「そうして。先生と話してたら、泳いでる魚を見たくなっちゃった。ここを出たら水族館に行きたいな」

「塩、試してみるよ」

「とにかく、今できることを真面目にやることだ」

水戸が澄んだ瞳で無邪気に話す姿を見ていると、どんな罪で服役することになったのか気になった。そんな思いを掻き消すように、隣の長机から険のある声が聞こえた。

「俺が選ぼうとしていたのに」

「俺が先に見つけたんだよ」

二人のダウン症候群受刑者が、軽く言い争いを始めた。一冊の雑誌を巡り、お互い顔を歪めている。

「おい、お前たち静かにしろ」

西川刑務官が鋭い声を出しても、二人は言い争いを止めようとしない。

「なんで、いつも俺が選ぼうとしているのを先に取るんだよ」

「言いがかりだ。馬鹿やろう」

「馬鹿って言った方が、馬鹿なんだぞ」

すぐに西川刑務官が間に割って入り、勢いよく雑誌を取り上げた。

「いい加減にしろっ。こんなことで言い争っていたら、お前たちは何も変われないぞ」

灰色に濁った右目が、二人のダウン症候群受刑者を睨みつけていた。殺風景な部屋に漂う空気が、より一層冷たく引き締まる。

「雑誌一つでも、ちゃんと譲り合うんだ。まずはそこからだ。それともずっと、夜去にいたいのか?」

二人のダウン症候群受刑者が伏し目がちに肩を落としたのと同時に、僕の両耳に地鳴りのような叫び声が聞こえた。思わず肩を震わせてしまう。その叫び声は鼓膜を破壊するように、脳に直接響いた。

「おい、水戸!」

西川刑務官の声を聞いて、水戸に視線を向ける。彼は顔を真っ赤にしながら、手元の画用紙を何度も何度も引き裂《さ》いていた。

「なんで、そんなこと言うんだよ!」

水戸は別人のような野太い声で叫んだ。興奮し、先ほどまで穏やかだった瞳が涙で滲んでいる。

「水戸、静かにしろ！」

「お前があんな嫌なこと言うからだ！」

「水戸には注意をしていない！　この二人に言ったんだ」

西川刑務官の声も虚しく、長机が派手に倒れる音がした。魚が並んだ画用紙や雑誌の束が床に散乱する。先ほどベタに関する知識を披露していた時との変わりように、僕はただ息を飲むことしかできない。

「水戸、いい加減にしろ！」

「嫌だ、嫌だ、嫌だ」

また奇声を発しながら水戸が頭を抱えた瞬間、西川刑務官が一気に飛びかかる姿が見えた。

「水戸！　落ち着け！」

もみ合いの中で、身につけていた官帽が床に転がる。唯一、高齢受刑者だけが椅子に座ったまま、どこか遠くの方を見つめていた。

結局、混乱の中で作業療法は中止となった。水戸は床に押さえつけられた後、すぐに泣きながら謝り、魚の話をしていた時のような幼い表情に戻った。一過性のパニック症状だろうか。自閉症スペクトラム障害を有している人間は、感覚過敏を呈する者も多い。西川刑務官がダウン症候群受刑者に放った怒号が、水戸にとっては耳障りだったのかもしれない。

西川刑務官が彼等を房に移した後、僕はすぐに声を掛けようと近寄った。

「大丈夫でしたか？」

「ご心配には及びません。こんなことは慣れていますから」

間近で西川刑務官の顔を観察すると、灰色の目の下には短い擦り傷があった。水戸と揉み合った時にできたものだろう。出血はしていないが、皮膚がうっすらと紅潮している。

「右目の下に傷が……」

僕の言葉を聞いて、長い指が目の下を這った。出血をしていないことを確認すると、西川刑務官は無表情で言った。

「大丈夫です。問題ありません」

「でも……薄く軟膏《なんこう》でも付けたらどうでしょう」

「いえ、結構です。それよりもう昼時ですね。工藤先生は食堂で飯を食っていますか？」

戸惑いながらも腕時計で時刻を確認すると、確かに昼休憩の頃合いだ。

「僕は食堂には行かないんです」

「私も弁当を持参しているんですよ。もしよろしければ、グラウンドで一緒に食べませんか？」

「……別に構いませんが」

「それでは、十五分後に花壇の近くのベンチで」

西川刑務官はそれだけ告げると、革靴を鳴らしながら詰め所の方へ消えていった。

外は日差しは強いが、心地良い風が吹いている。いつもの昼食が入ったビニール袋を揺らしながらグラウンドに着くと、すでに西川刑務官がベンチに腰掛けていた。僕は軽く頭を下げてから小走りに近寄る。

「すみません、待たせてしまって」

「いえ、私からお誘いしましたので」

隣に座り、ビニール袋からカロリーメイトを取り出した。慣れ親しんだ味が舌の上に広がる。

「工藤先生の昼食はそれだけですか？」

「あとはチョコレートですね。いつもこの組み合わせなんですよ」

「ルーティンってヤツですね」

「そんな格好良いもんじゃないです。昼食を何にするか考える手間も省けますから」

西川刑務官の手には、アルミ製の分厚い弁当箱が載せられている。中には白米がぎっしりと敷き詰められ、梅干しと焼いた鮭の切り身が埋もれるように入っていた。

僕たちは少しの間、無言でそれぞれの昼食を咀嚼《そしゃく》した。なんだか気まずいような、居心地は悪くないような不思議な時間が流れる。ちょうど四本入りのカロリーメイトを全て食べ終えると、隣から静かな声がした。

「先生もお気づきかもしれませんが、夜去には犯罪とは無縁な日々を送っていそうな、知的障害者や高齢者が多いとは思いませんか？」

「確かに、今日の作業療法に参加していた受刑者もそのようですね」

「あまり知られてはいない一面です。以前所属していたB級刑務所にも、養護工場というのがありましてね。そこには身体障害者や知的障害者、認知症を患っている高齢者が多くいました。通常の刑務作業を行えない受刑者たちが、集められているんです」

「でも、何故そのような人々が犯罪を？」

西川刑務官は箸で白米を口に運ぶと、ゆっくりと咀嚼した。

「もちろん、中には明確な悪意を持って相手を傷つける人間もいます。しかし、彼らの多くは誰かに利用されたり、知的障害があるがゆえに社会一般のルールから少し逸脱してしまうケースが多いんです」

西川刑務官はまるですぐ近くに受刑者がいるように、真っ直ぐに前を見つめている。普段の厳しい眼差しとは、少しだけ違うような気がした。

「高齢者に多いのが窃盗《せっとう》です。彼らは転売や快楽を目的にするのではなく、純粋に貧困から罪を犯すケースが多いです。窃盗品も大概が弁当や菓子パンなどの安価な物ですね」

「純粋な生活苦から、軽微な犯罪に走るということですね？」

「その傾向が強いです。初犯の窃盗ではたとえ起訴されたとしても執行猶予となることが多いんですが、執行猶予中にまた罪を犯してしまいますと、実刑判決となり刑務所に収監される可能性が非常に高くなります」

「軽微な窃盗でも、長期間の服役を強いられるんでしょうか？」

「様々なケースがありますが、執行猶予中にキャラメル一つを万引きして、三年服役した受刑者を見たことがあります。しかし、罪は罪ですから」

　ベンチの前には僕たち二人の影が伸びている。西川刑務官は弁当箱の蓋《ふた》を閉めると、話を続けた。

「刑期が満了したとしても、満期釈放者の約半数は行くあてがない状況なんです。ですが、その時点で一日たりとも刑務所の中にはいられません。強制的に、塀外での生活を求められます」

「家族や友人に見放されている人も多そうですよね。ここでも、引き取り手のない無数の荼毘に付された遺骨を見ましたから」

「そんな状況を打破するべく、福祉スタッフが介入して出口支援も進んでいますがね……それでもフォローできなかった身寄りもなく帰住先が決まっていない釈放者には、出所時に保護カードという物を渡すだけなんです。外に出てからそれを持って保護観察所に出向けば、更生保護施設等を紹介してくれます。しかし実際のところは、本人が出向かなかったり、出向いたとしても水が合わず、すぐに行方をくらましてしまう釈放者も多いです。そんな人々は数日で僅かな作業報奨金を使い果たし、路上で生活する者も出てきてしまいます」

「……精神疾患を有している受刑者の場合も、治療途中であっても刑期が満了すれば釈放となりますよね？」

「ええ、しかし彼らは『精神保健福祉法』第二十六条により、釈放される際は帰住先の都道府県知事へ通報しなければならないと決められていますから。そこで直ちに治療が必要という判断が下れば、塀外の精神科病院へ入院となります」

僕は西川刑務官の右隣に座っていたせいで、灰色の瞳が浮かぶ横顔しか見えなかった。その瞳を見つめても、彼の胸の内は何もわからない。

「釈放された後、一ヶ月も経たずに刑務所に戻ってきた高齢者もいます」

「そんなすぐに戻ってきてしまうケースもあるんですか……」

「冷たい路上で寝るより、ベッドの上で鼾《いびき》をかく方がいいですから」

皮肉にも聞こえるような言葉だったが、西川刑務官の横顔は冴えない。

「彼らに言わせると、塀外の世界には愛がないそうです」

「愛がない？」

「ここを一歩出ると、冷たい世間の風を防ぐ塀はないと話していましたね」

辺りには微かな鳥の囀《さえず》りしか聞こえない。これだけ穏やかだと、周りを取り囲むあの高い塀が世間の音を全て吸収しているように思える。そんな静寂の中、西川刑務官が革靴で乾いた砂を擦る音が紛れた。

「工藤先生に、つまらない話をしてもいいでしょうか？」

「どんな話ですか？」

「右目の視力を失った男の話です」

僕は小さく頷いた。

「その男は、子どもの頃からずっと悪者を倒すヒーローに憧れていました。最初は警察官を目指していたのですが、高校の恩師の勧めもあって、十八歳で刑務官になったんです。緊張の中、配属されたのは累犯者で溢れるB級刑務所でした。相手にする受刑者は曲者《くせもの》ぞろいでしたが、彼は面倒見の良い上司に恵まれ様々なことを学んでいったのです。その時に上司から学んだ教訓の一つに、閃光のように彼の胸を照らした言葉があります。それは『優しさ三割、厳しさ七割』というものです。刑務官は常に受刑者の心情を把握しなければなりません。罪を犯した人間だからといって、一方的な厳しさだけでは心情を把握できず、自殺や脱走に繋がる場合があるからです。規律や意識を引き締めつつも、優しさを三割そっと混ぜて、彼らの本当の気持ちを知らなければならないという意図が込められています」

僕は余計な口は挟まずに、地面を横切る鳥の影を見つめた。

「彼が刑務官になって三年目の夏、ある若い受刑者が収容されました。生育歴を見ると、これ以上の悲惨な人生があるのかと思えるほどの生い立ちが文字となって並んでいたのです。幼少期の常軌を超えた虐待、酷い貧困、想像を絶する孤独。罪を犯したとはいえ、一人の人間の悲しい人生を知って、彼は何も言葉が出ませんでした」

西川刑務官はそこで一度言葉を区切ると、何かを思い出すように数秒だけ黙り込んだ。僕は次の話が聞こえてくるのを、ただ俯きながら待った。

「彼はそれから、その受刑者によく声を掛けるようになっていました。もちろん表向きは大切な業務の一つである心情の把握という理由ですが、本音は受刑者に同情する気持ちが強かったんだと思います。最初は何を聞いても一言、二言しか返事はなかったのですが、徐々に最近の生活のことを話してくれるようになっていきました。彼に対する呼び方も「刑務官」から「先生」と親しみを込めて呼ぶようになっていったのです。彼にはそれが嬉しかった。その受刑者は年齢も若いし、この先、更生する機会も十分にある。一人の人間が徐々に変わっていく様を間近で見ていると、彼自身も充実感を味わえていたのです」

西川刑務官は脱帽すると、一度短い髪の毛を掻き上げた。額には微かに汗が滲み、陽光を受けて光っている。

「ある日の夜勤のことです。彼が一人で巡視をしていると、その受刑者が「先生」と小さく呼ぶ声が聞こえました。そして一通の手紙を食器口から差し出したのです。塀外のポストから、末期ガンで療養中の恋人に宛てた手紙を投函《とうかん》して欲しいと哀願しながら。しかし彼は、その時の巡視では手紙を受け取りませんでした。正規のルートを踏まず手紙や物品のやり取りをすることは『鳩を飛ばす』と呼ばれ、明らかな不正行為ですから」

西川刑務官が自嘲するような笑みを浮かべると、目の下にできた擦過傷が生き物のように形を変えた。

「彼が手紙を受け取ってしまったのは、その次の巡視です。数枚の便箋《びんせん》が入っているだけなのに、鉛のように重く感じてしまいました」

「……その手紙は出したんですか？」

「いえ、結局出せませんでした。夜勤が終わり、寮の自室でこの手紙をどうするか、彼は長い時間煩悶《はんもん》したんです。ベッドに横になりながらふと天井に手紙をかざすと、室内灯の光で文字が透けて見えました。目を凝らすと治療中の恋人に宛てた文章ではなく、仲間の暴力団員に宛てたものでした。騙《だま》されたことを知った次の夜勤の際に、彼はその受刑者に詰め寄りました。すると悪びれる様子もなく、不正行為に加担した彼を脅すような言葉を吐き捨てたのです。それは反論できないほどの正論でしたし、彼も受刑者を信じた後悔と心を許した虚しさが広がり、その事実を誤魔化すようにいつの間にか酷い言葉で叱責していたのです」

蟬《せみ》の声がどこか遠くから聞こえ始めたと同時に、長い指が灰色の目元に触れるのが見えた。

「最後に彼の右目に映ったのは、尖った歯ブラシの先端が突き立てられる映像です。それは、未だに潰れた目の奥に残っていて消えはしないんです」

僕はどう返事をしていいかわからなかった。喉が酷く渇き、言うべき言葉が枯れていく。そんな雰囲気を感じ取ったのか、西川刑務官がベンチから立ち上がった。

「永い戯言にお付き合い頂き、感謝します」

大きな弁当箱を片手に持ちながら、西川刑務官は遠ざかっていった。陽光に照らされた官服は美しい青を発色し、正視するには眩《まぶ》しすぎた。

「あの、やはり擦過傷に塗る軟膏を……」

僕の声は蟬の鳴き声に掻き消され、青い官服を振り返らせることはできなかった。

南病舎に戻り、リノリウムの廊下を進む。水戸の房の前に立つと、一度咳払いをした。刑務官を引きつれていないから、鉄扉を開錠することはできない。食器口の隙間から房内を覗き込むと、尿とコンソメスープの臭いが混じった空気が鼻先に漂う。

「昼食は食べたか？」

僕の問い掛けを聞いて、衣類が擦れる音が房内から聞こえた。

「うん。コッペパンとアンコ。どっちも美味しかった」

「そうか、残さず食べたのか？」

「うん。残すはずないよ」

数時間前に激しく暴れたことを忘れているような呑気《のんき》な声だ。僕は中腰のまま食器口を覗き続ける。

「どうして作業療法をしている時に、突然暴れたりしたんだ。注意されたと勘違いしたのか？」

「なんかワーッてなっちゃって。良くないことですよね」

「ああ、ここじゃ精神症状に起因した不穏行動は懲罰にならないが、一般刑務所じゃ通用しないぞ」

「ごめんなさい。でも、ああなっちゃうとダメなんです。自分でもわかってるんだけどな」

僕は大げさな溜息をついてから、食器口から見える房内になんとなく目を凝らした。視界には水戸の太い両足が映っていた。よく見ると、両方の第一趾《だいいっし》が欠損している。

「足の親指どうしたんだ？」

「小さい時に失くしちゃったんだ」

「……歩きにくくはないか？」

「別に、もう慣れてるから。それより先生が飼っているベタの話をしてよ」

結局、これ以上話しても不穏になったきっかけを知ることはできそうになかった。僕は食器口から顔を離そうとしたが、途中で思い直した。

「水戸が一番好きな深海魚の名前を、もう一度教えてくれないか」

「デメニギスだよ」

「そうか、覚えとくよ」

忘れないように、その名前を何度か脳裏で繰り返す。どうしてそんなことを聞いてしまったのかわからない。見たこともない深海魚の姿を想像しながら、食器口から顔を上げた。


待ち合わせに指定された駅は、夜去から五つ離れていた。降り立つ人々は少なくポツンとあるコンビニの害虫灯が青い光を灯しながら虫を弾く音が響いている。

指定された時刻から五分遅れて、神崎先生が改札から姿を現した。首元のよれた無地のTシャツに色あせた短パン。足元は茶色のビーチサンダルを履いている。

「悪りぃ悪りぃ、少し遅れちゃったよ」

「いえ、五分二十秒の遅れなら許容範囲です」

「工藤ちゃんは、歩くストップウォッチかよ」

神崎先生は大きな声を出して笑い、ビーチサンダルを鳴らしながら歩いていく。

駅前から少し離れると、辺りは平屋が軒を連ねており、車が走る音も途絶えた。居酒屋がありそうな喧騒は皆無で、遠くで犬が吠える声が間延びして聞こえるだけになった。

「工藤ちゃんは、夜去市に住んでたことがあるんだよな？　この辺って来たことある？」

「多分ないかと。あの駅に降り立った記憶がありませんから」

「ま、これといって特徴のない町だからな」

視線の先に、赤提灯がポツンと掲げられている店が現れた。神崎先生がゆっくりと、Tシャツのポケットから煙草を取り出し、その赤い灯に吸い寄せられていく。

その店は『俊《しゅん》ちゃん』という看板が掲げられていた。外壁に取り付けられた換気扇から香ばしいタレの匂いが路上に漏れ出している。神崎先生がガタついた引き戸を開けると、一枚板の短いカウンターしかない狭い店内が目に入った。

「らっしゃい」

カウンターの内側には捩《ねじ》り鉢巻きをした中年の男が、焼き鳥を炭火で焼いていた。初めての居酒屋ということもあって、妙に店内を見回してしまう。天井に設置されたテレビの画面はラップで保護され、プロ野球中継が大音量で流れている。先客は三名おり、陽気な声が店内に響いていた。

「俊ちゃん、今日のオススメは？」

「レバーとハツかな。新鮮なシロもあるね」

「いいねえ、今日は連れもいるからサービスしてくれよ」

「はいよ、愛情たっぷり一串入魂」

神崎先生は慣れた様子でカウンター席の端に座った。僕も隣に腰を下ろす。壁に貼られたポスターには、水着を着た女性がビールジョッキを掲げている。炭火の煙と紫煙が混ざり合った店内では、その女性の笑顔が霞んで見えた。

「実は居酒屋に来るのは初めてなんです」

「本当かよっ、初体験にしてはレベルの高い店に連れてきちゃったな」

捩り鉢巻きをした店主が「どういう意味だよ」と笑いながら、注文した生ビールと冷たい緑茶をカウンターに差し出した。

「俊ちゃん、今日はタケの姿が見えねえじゃん？」

「近くのスーパーまで、買い出し頼んでんだ。檸檬《レモン》が切れちゃってさ」

「それじゃ、タケが戻ってくるまで焼き鳥は遠慮しとくかな」

「先生はタケの焼き鳥が好きだねえ。俺のだって、そんな悪くないのにさ」

神崎先生はこの店の常連なのか、少しの間カウンター越しに店主と軽口を叩き合っていた。僕は何度か緑茶が入ったグラスを口に運ぶ。グラスには『ホッピー』という文字がプリントされていた。

「そういえば、水戸くんはちゃんと作業療法に参加してた？」

「神崎先生、そういう個人情報を公の場では……」

「大丈夫だよ。焼き鳥が焦げる音とこんな大音量でプロ野球が流れていたら、俺たちにしか聞こえねえさ」

僕は冷たい緑茶が入ったグラスに、意味もなく触れた。確かにこんな騒がしい店内だったら、声のトーンを落とせば話す内容はわからないだろう。

「途中で奇声を上げて暴れてしまったので、作業療法は中止になったんです」

「へえ、何かきっかけは？」

「本当に突然だったので、何も思い当たることがないんです。水戸が何故そんな行動をとったのか、未だにわかりません」

「前後で誰かが嫌なことを言ったとか？」

「西川刑務官が、喧嘩になりそうな他の受刑者に注意はしていましたが」

「なんて？」

「二人の受刑者が一冊の雑誌を取り合っていたので、『いい加減にしろ、こんなことで言い争っていたら、何も変われないぞ』とかですかね」

「他には？」

「……確か『譲り合うんだ、まずはそこからだ。それともずっと夜去にいたいのか？』と言っていたと思います」

「それだな」

ちょうどカウンターに、小鉢に入った切り干し大根が差し出された。多分、「お通し」というものだろう。でも、神崎先生の話の続きが気になって手は伸びない。

「あの、どういうことですか？」

「水戸くんにはタブーの言葉があるんだ。その言葉を見ても聞いてもパニックになってしまう。自閉症スペクトラム障害に見られる、こだわりの一種と考えていいな」

神崎先生は萎れた煙草に火をつけると、気怠い表情で煙を吐き出しながら続ける。

「それは『痛い』っていう言葉だ。苦痛の意味の方の痛いだ」

「西川刑務官はそんなこと言ってませんでしたけど……」

「夜去にいたいのか。水戸くんは聞き間違えたんだろう」

いつの間にか、店内を満たす喧騒が気にならなくなっていた。再びグラスに触れてみると、結露してできた水滴が冷たく皮膚を這った。

「工藤ちゃんは、水戸くんの足の指を見たことがあるか？」

「今日見ました。両足の親指がなかったです。本人曰く、幼い頃に失ったと」

神崎先生は小さく頷くと、小鉢の切り干し大根を口に運び、それを咀嚼しながらビールで流し込んだ。

「水戸くんが子どもの頃に住んでいた町は、日本海側で寒さが厳しい地域だったたんだ。ある大雪が降った日に、彼は母親の言うことを聞かなかったばっかりに、近くの山中に放置された。『松茸《まつたけ》を見つけるまで帰ってくるな』と言われてね」

「冬に松茸なんて……見つけられるわけないじゃないですか」

「でも、水戸くんはその言葉通り二日間も松茸を探しまわった。発見時にはかなりの衰弱と足趾《そくし》が酷い凍傷になっていてね。結局、両足の第一趾は切断。嘘みたいな話だろ？」

「事実なら、酷い虐待です……」

神崎先生は生ビールを一気に呷《あお》ると、焼酎の水割りを注文した。すぐに氷が入ったグラスが差し出され、それを小指で掻き混ぜている。そのたびにグラスからは、涼しげな音が聞こえた。

「水戸くんの罪名は窃盗。コンビニで猫餌の缶詰を、レジに通さず持ち帰ったそうだ」

「猫を飼っていたんですか？」

「いや、そうじゃない。ある日、いつも水戸くんが使っているお気に入りの帰り道が、工事中で通れなかった。だから迂回《うかい》して、別の道をどうしても歩く必要があった。強いこだわりから反復や習慣を大切にする彼にとっては、そんな些細なことでも一大事だ」

神崎先生は燃え尽きそうな煙草を、片目を閉じながら吸った。吐き出した紫煙が、黄ばんだ天井に昇ってはすぐに消える。

「意を決して歩き出した道中では、犬が牙《きば》を剝き出して吠えてくるわ、小雨が降り出してくるわ、彼は徐々に不安になっていった。そして目に付いたコンビニで、鮪《まぐろ》のイラストが描いてある缶詰を持ち出してしまった。無事に家に帰り着けるよう、お守りの代わりとして」

いつの間にか、灰皿の中で幾つかの吸い殻が潰れている。他の客が大声で笑い合う声が、酷く遠くから聞こえた。

「……今度はちゃんとお金を払って、その店で買い物ができればいいですね」

そんなことしか言えなかった。グラスを口に運ぶと、氷が溶けて薄くなった緑茶が渇いた喉を滑り落ちていく。

「そうだな、その通りだ」

ポツリと返事が聞こえた後、出入り口の引き戸がガタつきながら開いた。

「あっ、先生」

声がした方を見ると、片手にスーパーのビニール袋をぶら下げた中年の男性が立っているのが見えた。背が低く短い髪が黒々としている。俯き加減のせいで、視線は合わない。

「おっ、タケ。また来ちゃったよ」

「三日振りですね」

タケと呼ばれた中年男は、ビニール袋を揺らしながらカウンターの内側に入った。焼き場に立つ店主と入れ替わり、早速何本かの串を炭火にかざしている。

「タケの焼き加減は絶妙なんだ。火が大好きってだけある。夜去にいた頃も、毎日ライターの持ち込みを願箋に書いてたよ。ま、それは無理な願いだけどな」

「まさか彼は……」

元受刑者という言葉を飲み込みながら、未だに一度も視線が合わない男を見つめた。焼き鳥から垂れた脂が、炭火の熱で蒸発する音が一瞬店内に強く響いた。

「水戸くんと同じ、自閉症スペクトラム障害を有している。そして俺が元主治医なんだよ」

「だから、ここに通っているんですか？」

「いや、単純にこの店に来れば、極上の焼き鳥を提供してくれるからな。それだけさ」

神崎先生は慣れた様子で、店主にハツとネギマを注文した。

「タケは酒の注文を取るのが苦手なんだ。どのテーブルで誰が注文したか、すぐにわからなくなってしまうらしい」

「でも、焼き鳥は上手く焼くことができる」

「ああ、何かを焼くのが好きなんだ」

神崎先生は目を細め、焼き場に立つ無口な男を見つめながら言った。

「本来、自閉症スペクトラム障害を有している人々は、ルールやシステムに従順だ。真面目すぎるって言ってもいいかもしれない。気質的には犯罪とはほど遠い存在なんだよ」

　僕たちが注文した焼き鳥が焼かれ始めると、換気扇に吸い込まれる煙の量が多くなっていく。そんな光景をしばらく眺めていると、再び隣でライターの着火する音が聞こえた。

「工藤ちゃんは、精神障害者は犯罪を起こしやすいと思うか？」

　神崎先生は、焼酎の水割りを口に運びながら質問した。僕は炭火の前で焼き鳥を焼くタケさんの姿を一瞥する。

「南病舎の受刑者を見ていると、犯罪を起こしやすい気がします。感情のコントロールも不得意な者が多いですし」

「答えは不正解。法務省が出している『犯罪白書』によるとな、去年の総検挙人数に対して精神障害を有している者が占める割合は、たった一・五パーセントだ。毎年その程度の数字で推移しているんだよ」

「そんなに少ないんですか？」

「ああ、しかし罪名別で見ると、殺人や放火では精神障害者の検挙率は上昇する傾向にある。殺人だと約十三パーセント。それでも残りの八十七パーセントは、精神障害を有していない者たちだ」

カウンターに注文した焼き鳥が差し出された。甘辛いタレの香りと共に、柔らかな湯気が立ち上っている。

「相変わらず美味そうだな。工藤ちゃんも冷めないうちに食えよ」

促され、そのうちの一本を口に運んだ。どの部位なのかはわからなかったが、余計な臭みや雑味がない。

「とても美味しいです」

「だろ、タケの焼き鳥は絶品なんだよ」

焼き鳥の味を褒めただけなのに、神崎先生は心底嬉しそうな笑みを浮かべた。

「夜去にタケが収容されてた時にさ、真面目な顔で質問されたんだよ。『俺の病気は治るんですか？』って」

「難しい質問ですね……僕も以前、同じようなことを統合失調症患者から聞かれたことがあります。その時は返答を濁してしまいましたね。その場しのぎの嘘は、言いたくありませんし」

精神疾患は生涯付き合わなければならないケースが多い。疾患にもよるが、しっかりと薬剤コントロールをしなければ再発する恐れが高いからだ。現実的に症状が軽減する寛解はあっても、完治は難しい。だからと言って、ストレートにその事実を患者に伝えることには躊躇があるし、悪戯に期待を煽るような嘘も言えない。その時、カウンターの内側から無邪気な声が聞こえた。

「神崎先生は俺の目を見て『治る』って言ってくれたな」

声がした方に視線を向けると、いつの間にかカウンターからタケさんが顔を出していた。その時初めて、タケさんと視線が合った。

「あげるよ。さっき買いすぎちゃったから」

タケさんは、何故か僕の前に檸檬を差し出した。円錐形《えんすいけい》の鮮やかな黄色が視界を染める。

「僕に？」

「うん、焼き鳥を美味しいって言ってくれたお礼」

タケさんは再び視線を逸らすと、焼き場に戻った。火の側にいるせいか、頬には汗が伝っている。

「さっきの話だけどよ、工藤ちゃんの言いたいこともわかる」

神崎先生は意味ありげにグラスを二度回すと、無精髭を撫でた。頬には赤みが差しているが、眼差しは力強い。

「でもよ、いつか彼らなりの居場所と生活が見つかって、薬を飲みながらでも社会に繋がることができれば、俺は治ったって言いたいんだ」

「寛容な意味で考えれば、そうかもしれませんが……」

「この場所に来ると、俺ははっきりとそう思う」

爽やかで微かに苦い香りが鼻先に漂った。僕はカウンターに放置された檸檬を一瞥して言った。

「やっぱり、神崎先生がここに来る理由は焼き鳥が美味しいだけじゃないんですね」

紫煙を燻《くゆ》らせながら笑みを浮かべる横顔は、喧騒の中で妙に穏やかだった。


店を出たのは、二十二時を少し過ぎた頃だった。隣を歩く神崎先生は呂律《ろれつ》は回っているが、暗闇でもわかるほど頬が紅潮している。

「工藤ちゃんは、明日も勤務？」

「はい、今月は夜去に登庁する日が多いんですよ」

「俺は明日休みだから、南病舎をよろしくな」

神崎先生は、僕が貰った檸檬を何度か軽く宙に放った。酔っている割には、地面に落とすことはない。

「広い夜空だな」

そう声が聞こえて頭上を見上げると、点のような星々がまばらに輝いていた。神崎先生が弄ぶ檸檬が広い夜空に馴染み、一瞬の満月のように視界に映る。

「都会では見られない光景ですね」

「あっちでは地上に星が鏤《ちりば》められているからな。都会のネオンと、この夜空はどっちが綺麗だろうな」

神崎先生はそう呟くと、不意に足を止めた。檸檬を握ったまま限りなく広がる夜空を見上げている。

「昔、弟と一緒にこんな夜空を見たことがあるのを思い出したよ」

「へえ、神崎先生には弟さんがいらっしゃるんですね」

「もう死んじまったけどな」

また夜空に檸檬が何度か浮かんだ。僕は返す言葉が見当たらず、鮮やかな黄色が夜空に馴染む様子を目で追うだけにした。

「あれは祭りの帰りだったかな、弟と手を繋ぎながら田んぼの畦道《あぜみち》を歩いてたんだよ。そしたらこんな風に頭上には銀河が広がっててさ。弟は「綺麗、綺麗」なんて騒いでたけど、俺はただただ怖かった」

「何故ですか？」

「自分でもわからねえよ。ま、同じものを見ても感じ方はそれぞれ違うってことだ」

酒臭い息と共に、檸檬が僕の手に渡った。表面の皮には、微かな温もりが宿っている。

「もし水戸くんがまた不穏になったら、スリーカウントの後にハイタッチだ」

「なんですかそれ？」

「水戸くんを落ち着かせるおまじないだ。俺はいつもそうやってる。今度、騙されたと思ってやってみ」

ビーチサンダルの鳴る音が聞こえた。去っていく神崎先生の後ろ姿を見据えた後、歩き出す前にもう一度夜空を見上げた。恐怖心は微塵《みじん》も感じない。途方もなく遠い場所からの光たちが、暗闇の中で同じ輝きを放っている。

　自宅の玄関に入ると、服や髪の毛に煙草の臭いが染み込んでいた。すぐに浴室に直行したい気分だったが、居間で青白く光る水槽に近寄った。

「調子はどう？」

　やはり水の中で泳ぐ青い尾ひれに生気はなく、水槽の底でジッと身を縮めている。僕は食べないとわかっていても、餌を水面に浮かべた。

「今日さ、檸檬を貰ったんだよ。お前の青とよく似合うと思うんだけどな」

　独り言は、濾過フィルターが気泡を弾く音に掻き消されていく。手にした檸檬を水槽の横に置くと、怠い疲れに身を任せるようにソファーに横になった。ふと視界に入ったカレンダーの日付に、丸がしてあるのが見えた。

「明日も帰りは遅くなるよ」

　先ほど見た夜空を思い出していた。何故か記憶の中の星々は、深い闇に散らばる埃のように輝きを失っている。飲み込まれそうな不安が、八畳のリビングを満たした。

　僕は何度か頭を振って、スマートフォンを取り出し、ネットの検索欄に『深海魚』と打ち込んだ。

北病舎に続く廊下の窓からは、目を逸らしたくなるような陽の光が漏れ出していた。白いドクターコートを着ているせいか跳ね返りが強く、寝不足の重い頭には鬱陶しい。

いつものように刑務官に軽く頭を下げ、滝沢の下へ向かう。病舎内では緑の制服を着た若い経理係が、禿頭の受刑者が乗った車椅子を押していた。幾つもの施錠された鉄扉がなければ、微笑ましい光景なのかもしれない。

滝沢が収容されている共同室に入ると、蒸し暑さと尿の臭いが混じり合った空気が皮膚に触れた。

「滝沢、診察だ」

刑務官が叫ぶ声が聞こえても、いつもの軽口は聞こえない。微かな寝息と共に、ゆっくりと掛け布団が上下している。ベッドサイドに吊るされた点滴ボトルが、真夏の光を弾いていた。

「滝沢、南病舎の先生がわざわざ来てくれてるんだぞ、起きろ」

刑務官が何度か呼び掛けると、長い睫毛がゆっくりと上下した。

「ああ、工藤先生か」

「どうしたんだ、この点滴は」

「昨日の夜から再開したんだ。針を刺す看護師が新人でさ、三回もやり直したよ」

滝沢の乾いた唇はささくれ、目元は昨日より落ち窪んでいる。それを隠すように滝沢は何度か右手で目を擦った。

「昨夜は眠れなかったのか？」

「俺の特技は、どこでも眠れることなんだけどねえ」

「熱があったり、喉が痛かったりはしないか？」

「馬鹿は風邪ひかねえって、昔から言うだろう」

軽口を叩いていたが、滝沢の表情にはいつもの生気はない。

「飯が食えないんだ。こんなの生まれて初めてだ」

「まだ、思うように食欲が湧かないのは仕方がないと思うが」

「何か食うと、熱い石を飲み込んでるように感じるんだよ。思わず吐いちまった」

「吐いた？」

「それに黒いクソが出た。そのうち、虹色の小便でも出るかもな」

笑えない冗談を聞いて、口を噤んでしまう。便が黒くなるのは、胃や食道等の出血が原因であることが多い。内臓から出血した血液が肛門に辿り着くまでに酸化し、便と混ざることで黒く変色する。ある種の薬を内服していると同じように便が変色する場合もあるため、その可能性を滝沢に確認する。

「造血剤や抗凝固剤を内服したりはしていないか？」

「そんなもん飲んでないね。とにかく今日検査だって」

まるで他人事のような返事だ。他に感じている症状を問診しようとすると、後方から複数の足音が聞こえた。振り返ると、ローラーのついた布製の衝立《ついたて》を運ぶ刑務官の姿が見える。それらは、滝沢の斜め向かいで横になっている榊の周囲に設置された。その光景を見て、滝沢が小さく口笛を吹いた。

「榊のおっちゃん、良かったじゃん」

「どういう意味だ？」

「愛する人が来てくれる合図だよ」

意味深な返事の後、青いブラウスを着た女性が刑務官に付き添われながら現れた。五十代ぐらいだろうか。緊張した面持ちで、両手で自分を抱きしめている。くすんだベージュの壁が取り囲む房内に、その青いブラウスは場違いなほど良く映えた。

「何故、一般人がここに……」

僕の戸惑う声を聞いて、隣に立つ刑務官が耳元で囁《ささや》いた。

「あれは臨床面会です。医療刑務所では面会室まで足を運べない受刑者や医療機器を使用している者もいますので、特別に家族のみベッドサイドで面会できるケースもあるんです。南病舎では身体疾患を有している受刑者は少ないですから、北病舎で臨床面会は多く見られます」

青いブラウスをつい目で追ってしまう。その女性が衝立の向こうに消えた直後、嗄《か》れた怒声が房内に響いた。

「なして来た！」

榊が放った怒りの余韻《よいん》が、澱んだ空気と混じり合っていく。

「ここは、小百合《さゆり》が来る場所じゃない……今すぐ帰れ」

布製の衝立には、小百合と呼ばれる女性の影が透けて見えていた。彼女は椅子に座ることもなく、立ち尽くしながら無言を貫いている。

「俺のことは忘れろと言ったべ、小百合は自分のことだけを考えて……」

「随分、痩せたのね」

榊とは正反対の静かな声だった。透けた影がゆっくりと髪を掻き上げるのが見えた。

「今はそんなことどうだっていい……とにかく帰れ！」

「私に許された時間は十分だけなの。だから、そんな大きな声を出さないで」

切実な響きを聞いて、榊の声は止んだ。酸素瓶から吐き出される音だけが、房内に漂っている。

「ここに来ることを決めてからも、お母さんとお姉ちゃんにはずっと反対されてたのよ。あなたが事件を起こしてから、私たちは怖い思いも惨めな思いも沢山したから」

「それは、わかってるつもりだ……」

「ずっと塀の中にいた、あなたにはわかりっこない。家族に犯罪者がいると、世間はすごく冷たくなるの」

「だから、俺のことはもう忘れて……」

「そんな単純な問題じゃないの」

悪いと思いつつも、小百合さんの言葉に耳を澄ました。

「ここに来る踏ん切りがついたのはね、最後にもう一度だけ会って、あなたをちゃんと軽蔑《けいべつ》したかったの」

「わざわざそんなこと……」

「私にとっては、すごく大切なことなのよ。だって記憶の中のあなたは、いつも優しい表情をしているから。そのまま逝《い》かれたら、なんだか卑怯じゃない」

何かを誤魔化すかのように、榊の咳き込む音が虚しく聞こえた。

「お前たちには、本当に辛い思いをさせた。すまん……」

「そんな言葉を聞くために来たわけじゃないの。それに謝る人も間違ってる」

「俺だって、何度も何度も後悔して……」

「あなたの後悔なんて、傷つけられた人たちの前では何の意味もない。そんな聞こえの良い言葉を口にするぐらいなら、何も喋らない方がマシよ」

「……その通りだ」

「私の前では愚か者でいて。そうじゃないと、会いに来た意味がないじゃない」

淡々とした小百合さんの声が聞こえる。

「あなたが事件を起こしてから、何度もヤドカリのように引っ越した。でもね、少し経つとどこかで事件のことを知った人たちが、嫌がらせをしに来るの。中傷する貼り紙や落書き用のスプレー缶を大量に持って。結局、世間から見たら私たちも同罪なのよ。ずっと高い塀で守られていたあなたには、絶対に理解できないと思うけど」

「全部俺の責任だ……」

「もちろん、その通り。いろんな町に引っ越したはずなのに、思い出せるのは似たような映像だけ。吸い殻が浮かぶ排水溝や、ひび割れたアスファルトの地面。それに私が履いていた汚れたスニーカー。顔を上げて歩くことなんて、怖くてできなかったから」

「本当に……本当に……すまなかった」

「罪を犯すって、被害者と加害者だけの問題じゃないの。波紋のように広がり続けて、気づいたら家族の日常を飲み込んでいくのよ。普通を失っていくって、本当に恐ろしいって気づいた」

辛辣な言葉を浴びた榊は黙り込み、衝立に映る小百合さんのシルエットはまるでマネキンが立っているように微動だにしない。

「そんな沈んだ表情をしないでよ。私が悪いみたいじゃない」

「そんなつもりはない。悪いのは全部俺だ」

榊は拒否されてからも、謝罪の言葉を繰り返した。一つの罪に壊された家族が、衝立の向こう側に存在している。

「なんだか、これ以上話を続けても私自身が馬鹿らしくなりそう。最後に意味のないやり取りをしましょうよ。それで私たちはお終い。良いでしょう？」

「……小百合が望むんだったら、そうすればいい」

「それじゃ『反対ゲーム』って覚えてる？　私が幼い頃に、よくあなたとやった下らない暇つぶし。思ってることと反対のことを言う遊び。最後なんだから真面目に付き合ってよね」

すぐに小百合さんのこれまでと違うトーンの声が聞こえ始める。

「なんだか顔色がいいね」

少し間をおいて、榊は痰が絡んだ声で言った。

「……健康だからな」

「若く見えるよ」

「長髪にして、白髪染めもしてる。学生運動をしてる奴らの格好を真似してるんだ」

「ここは自由で、居心地が良さそうね」

「ああ、誰の視線も感じないし、何も規則はない」

「楽園のような場所じゃない」

「最期の瞬間もここにいたいよ」

二人の出鱈目な会話が繰り広げられていく。

「あなたの手、温かそう」

「血流が良いんだ……いつも手汗で湿ってる」

「そんな手、握りたくないな」

榊の返事は聞こえない。その代わり、小百合さんが溜息をつきながら言った。

「あなたの手、握りたくないな」

衝立に映る影が、ゆっくりと動いた。それからすぐに、榊がすすり泣く声が聞こえ始めた。

「お父さん、また会いに来るからね」

反対の意味だとしても、小百合さんの口調は優しかった。その後刑務官に声を掛けられ、衝立に映った影が振り返る。部屋から退出する彼女の横顔は、ただジッと前だけを見つめていた。

「榊のおっちゃん、面会前はすぐに帰ってもらうって息巻いてたのにさ」

滝沢の声に混じり、青いブラウスの残像が脳裏に蘇る。

「お前に会いに来る人はいないのか？」

不自然な笑みを浮かべた後、滝沢はまた目を閉じた。

「守が来てくれるだろ」

房から出ると、悪い予感を抱きながら北病舎の詰め所に向かった。今日は愛内先生が登庁しているはずだ。しかし、予想と反して姿が見えない。とりあえず、近くにいた看護師に声を掛ける。

「あの、今日行われる滝沢の検査は何時ですか?」

「確か、午後からです。滝沢さんが黒色便が続いているのはご存じですか?」

「ええ、本人から聞きました」

「とりあえず、内視鏡と腹部エコーの検査が予定されています」

「そうですか……因みに愛内先生はどちらに?」

「多分、担当患者さんとグラウンドへ散歩に行っていると思いますが」

軽く頭を下げ、北病舎の鉄扉を抜けた。すれ違う刑務官が敬礼する姿を横目に、ドクターコートを大げさに揺らしながら先を急ぐ。暑さのせいではない汗が、腋下に滲み始めていた。

グラウンドに着くと、南病舎の受刑者たちが園芸療法をしていた。水戸の大きな身体が花壇の前で蹲《うずくま》っており、手にしたシャベルがやけに小さく見える。僕が近づくと、戒護をしていた西川刑務官が静かに敬礼する姿が見えた。

「園芸療法ですか?」

「ええ、雑草や枯れた葉を剪定《せんてい》しています」

西川刑務官はこの前の告白がなかったかのように、いつもの淡々とした口調だ。

「水戸も参加しているんですね」

「夜去では精神症状に起因した不穏行動は、できるだけ懲罰を取らないようにしていますから」

水戸が場所を移動し、僕たちのすぐ近くで真剣な眼差しを花壇に注ぎ始めた。

「先ほど、北病舎で臨床面会を見ました」

「私が夜去に来た当初、かなり驚いた面会システムです。アクリル製の対面窓もなく、受刑者と家族が話ができるなんて」

西川刑務官はそこで花壇の方を見やった。水戸が地面で蠢《うごめ》くミミズに見とれていた。すぐに注意する声が飛ぶかと思ったが、耳に届いたのは静かな声だった。

「ここで生活をしていると、本当に会いたい人が誰なのか自然と気づくんでしょうね」

確かにその通りかもしれない。小さく頷こうとした時、ミミズを見ていた水戸が突然立ち上がった。顳顬の血管が怒張し、いつの間にか顔が紅潮している。鋭い眼差しで、僕たちを睨み付けていた。

「なんで、そんなこと言うんだよ！」

怒鳴り声が周囲に響いた。周りにいた受刑者たちが肩を震わせ、花壇から後ずさる。

「水戸、どうしたんだ？」

「だからもう嫌なんだって！　止めてくれ！」

この前と同じように、鼓膜を破壊するような奇声を発している。

本当に会いたい人が誰なのか自然と気づくんでしょうね。

西川刑務官が呟いた一言が、冷や汗を伴いながら脳裏に再生された。

「水戸、これ以上騒いだらまた制圧だ。静かにしろ！」

いつ飛びかかろうかタイミングを窺っている西川刑務官を横目に、僕は眼鏡のブリッジを静かに押し上げた。怒号が飛び交う中で冷静でいられたのは、神崎先生のアドバイスを思い出したからだ。

「三、二、一、ゼロ！」

肺の中の空気を絞り出すような大声で、スリーカウントを怒鳴った。すぐに右手の掌を、水戸に見えるように掲げる。

「やめろ！　やめろ！　やめろ！」

水戸は大人しくなるどころか、自分の髪の毛をわしづかみにしながら、奇声を発し続けている。

「なあ水戸、僕を見ろ！」

掲げた掌に注意を向けようと、何度も水戸の名前を呼ぶが全く効果はない。西川刑務官は上体を低く屈めており、あと一呼吸で飛びかかる気配だ。そんな緊張状態の中、タケさんから差し出された檸檬の香りが一瞬、鼻腔の奥に過った。

次の瞬間、薄暗い自室で光るスマートフォンの画面を鮮明に思い出した。

「ホテイエソ、メギス、アカカサゴ！」

昨日知ったばかりの深海魚の名前を、僕はありったけの大声で叫んだ。

「アブラボウズ、メンダコ、スケトウダラ、オヒョウ、リュウグウノツカイ！」

水戸の澄んだ瞳が見えた瞬間、考えるより先に身体が動いていた。

「デメニギス！」

いつの間にか奇声は止み、僕と水戸は「パチン」と乾いた音を立ててハイタッチした。それは僕たちだけが知っている秘密の音のように、胸の奥に甘く響いた。

南病舎に戻り、水戸たちを房の中に移すと、西川刑務官が厳しい表情を僕に向けた。

「あのような行動は危険です。怪我でもしたらどうするんですか」

自己判断で落ち着かない受刑者に近寄ったことを注意され、返す言葉がなかった。

「もう、絶対にしないでください」

僕は深く頭を下げた。視界に土埃で汚れた革靴が映っていた。

「工藤先生が先ほど口にしていた、あの呪文のような言葉はなんですか？」

顔を上げると、穏やかな西川刑務官の眼差しがあった。

「水戸が大好きな深海魚の名前なんです」

「そうでしたか。一瞬、肝を冷やしました」

「聞きなれない名前ばかりなので、覚えるのに苦労したんです」

脳裏で覚えたての深海魚の名前を繰り返す。

「工藤先生」

官帽の具合を直す長い指が見えた。

「私も、今日官舎に戻ったら深海魚の名前を調べてみます。今度、どちらが多くの種類を知っているか、競いませんか？」

西川刑務官は、初めて見る種類の笑みを浮かべていた。

「僕は負けませんよ」

「私も記憶力には自信があるんです」

「それじゃ、水戸に公正なジャッジをしてもらいましょう。彼は何冊もの魚類図鑑が頭に入っているようなので、不正をしたらすぐにバレます」

西川刑務官が呆れたように宙を見上げてから、言った。

「深海魚の名前が、お互いの歯車を動かす潤滑油《じゆんかつゆ》になるのなら検討してみます」

僕は眼鏡のブリッジを押し上げると、深く頷いた。


午後になってから改めて北病舎に顔を出そうとしたが、次から次へと受刑者同士のトラブルがあり、その対応をしていると退庁時間になってしまった。北病舎に行って、カルテで検査結果を確認しても良かったが、内科疾患には正直自信がない。直接、愛内先生から滝沢の病状を聞きたかった。

北病舎に内線をかけると、愛内先生は先ほど退庁したらしかった。急いで更衣室に向かう。素早く着替えてから、正門の前で彼女が現れるのを待った。夕暮れにはまだ早い。蟬の鳴く声が、耳鳴りのように感じられた。

数分後、だいぶ離れた場所から手を振る愛内先生の姿が見えた。着ているシフォン生地のブラウスが、歩くたびに柔らかに揺れている。

「愛内先生を待っていたんですよ」

「滝沢さんのことですね」

僕たちは誰もいない歩道に踏み出した。

「早速ですが、検査結果はどうでした？」

珍しく彼女の表情に陰りが見えた。手にしたトートバッグを何度か持ち直している。

「滝沢さんは、多分スキルス性胃癌だと思います」

想像もしていなかった返事を聞いて、思わず立ち止まってしまった。声が掠れないように唾を飲み込む。

「冗談ですよね？　スキルス性胃癌は、内視鏡だとなかなか見つかりにくいじゃないですか」

スキルス性胃癌は、癌細胞が胃壁下で広がるびまん浸潤性の癌だ。一般的な胃癌と違い、粘膜の表面に明らかな異常とわかる潰瘍《かいよう》や隆起等は出現せず、早期発見は難しいと言われている。

「工藤先生の言う通り、定期検診でも見逃されることが多いです。でも、それはあくまで初期の話です。スキルス性胃癌は進行が異常に早く、自覚症状も乏しいのがほとんどです。一年前はなんともなかったのに、翌年の定期検診では根治術がないというケースを何度も見てきましたから」

「それじゃ、滝沢は……」

「胃壁が硬くなっていて内視鏡スコープで空気を入れても拡張不全が見られますし、出血も確認できます。今日、胃粘膜の一部を生検しました。まだ結果は出ていませんが」

「それじゃ、スキルス性胃癌と決まったわけではないんですね？」

「ええ……でも腹水も溜まっていそうで、癌細胞が胃を突き抜けて転移してしまっている、腹膜播種《はしゅ》を引き起こしている可能性も高いです」

淡々と説明する愛内先生の声を聞いて、病状が深刻であることを実感した。

「もしスキルス性胃癌だった場合、腹膜播種があると手術での根治は難しいケースがほとんどです」

路上には仰向けになった蟬の死骸が転がっていて、少し先で逃げ水が揺れている。どこにでもありそうな風景なのに、何故か酷く違和感を覚えた。

「確定診断に至った後は、滝沢さんの選択になります」

「選択ですか……？」

「個人的な意見ですが、悪性腫瘍の治療に関して言えば、大きく分けて三つの選択肢が主だと思っています。一つ目は手術による完治、二つ目は放射線や抗がん剤等の使用により一日でも長く悪性腫瘍と共に生きて行く延命、そして三つ目は、苦痛の除去や本人の気持ちを最優先にする緩和。もちろん苦痛の除去は常に求められますが、ある種の状況においては最優先事項となります」

「……完治の見込みはあるのでしょうか？」

「正直厳しい状況です。現実的に言って、残りの二つが滝沢さんの選択肢になると思います」

　僕は返事をせずに、再び歩道を歩き出した。何かを考えようとするが、思考回路が途中で切断されてしまったように、考えがまとまらない。アスファルトからの照り返しが、まだ夕暮れには遠いことを示している。

「夏は、やはり陽が長いですね」

　やっとひねり出した言葉が、そびえ立つ高い塀に吸い込まれていく。それからどうやって愛内先生と別れたのか記憶は曖昧《あいまい》だった。気づくと、いつもは目に留めない中吊り広告を見つめながら、電車の中で揺られていた。

無人の電話ボックスを見ても、いつもの戸惑いは感じなかった。中に入ると昼間の蒸し暑さを閉じ込めているように、不快な空気が皮膚に触れた。テレフォンカードを入れると、受話器から電子音が聞こえる。その音に導かれるように、慣れた手つきで番号を押した。

「はい、清水です」

思わず、妙な声が漏れそうになってしまう。喉に力を入れてから、伝えるべき言葉を探した。

「もしもし、清水ですが」

何も返事ができないでいると、いつものように沈黙がボックス内を支配していく。肺が潰れてしまったように息苦しく、どうやっても声が出ない。結局僕は、担当受刑者の重大な疾患にも気づけず、言葉を交わさなければならない人に対して、結果的に嫌がらせのようなことをしている。狭い電話ボックスの中に、嫌悪感が溢れて溺れそうだ。受話器を意味もなく持ち直した直後、溜息混じりの息遣いが聞こえた。

「もう、こういうことは止めませんか？」

その声を聞いた瞬間、股間に冷たい浮遊感を覚えた。電話ボックスのガラスに映る自分の表情を見つめながら、瞬きを繰り返す。

「小暮さんですよね？　こういうの、お互いに良くないと思います」

責めるような口調ではなかった。何かを諦めた人間が発する声だ。

「もう、切ります」

窒息しそうな気分はいつの間にか消えていた。僕は深く息を吸い込むと、強く受話器を握りしめた。

「一度、お会いできませんか？　直接謝りたいんです」

受話器からは不通となった断続音が聞こえている。僕の声が届いたのか、届かなかったのかを確認するように、その音にしばらく耳を澄ました。

◇◇◇

真ちゃんは渋い表情をしてから、濁った海にピンと張る釣り糸を見て言った。

「最悪、根掛かりだ」

何度か竿を左右に振ってから、ポケットから折り畳みナイフを取り出す。鈍く光る刃が張った糸を切ると、防波堤のアスファルトに釣り竿を投げ出した。

「針、もったいねえな」

真ちゃんが釣り糸を切る時は、ハサミではなく折り畳みナイフを使う。僕は何故か、その仕草が好きだった。

「仕方ないよ。岩場が多いし」

「でも、そういう場所に限って釣れるんだよな。そっちのアタリは？」

「全然ダメ。ピクリともしないよ」

「今日もダメな日だな。夜ならよく釣れるんだけどさ」

「……そんな遅くに家を出られないから」

「わかってるよ。ただ言っただけだって」

防波堤の上で胡座をかいて欠伸をしている真ちゃんは、再び糸を垂らす気がなくなってしまったようだ。僕も竿を地面に置き、なんとなく空を見上げる。群れから外れた鳥が、気ままに頭上を旋回する姿が見えた。

「守の父ちゃんは、元気になったのか？」

「今日も家で休んでるよ。最近は薬を飲んでるんだ。母さんが言うには、心の病気らしい」

近くにあった小石を海に投げた。僕の細い腕じゃ、思ったほど遠くには飛ばない。

「でも、少しずつ表情は明るくなってるし、口数も多くなってる」

「へえ、良かったじゃん」

「そうでもないよ。ちょっとした一言で、すごい怒ったりもするから」

「そりゃ、大変だ」

「身体のここが痛いとかじゃないから、母さんも困ってる。心の病気って、大変なんだよ」

真ちゃんは、折り畳みナイフの刃を出したり、仕舞ったりする行為を繰り返した。そのたびにカチカチ音がして、なんだか耳障りだ。

「心なんて本当にあるんかねえ。見たことないじゃん。そんなもの」

「でも、嫌なことがあると胸が痛くなったりしない？」

「俺はしないかな。でも、頭のつむじが痛くなることはあるな」

「それじゃ、真ちゃんの心は頭のてっぺんにあるんだね」

冗談のつもりで言ったのに、沈んだ声になってしまう。

「きっと、守の父ちゃんもそのうち元気になるって。痛いとか苦しいって、ずっと続かないから」

「そうかな？」

「そういうのって、徐々に慣れて行くんだよ。だから、俺たちは釣りもできるし、屁もこける」

真ちゃんは豪快にオナラをしてから、満足そうに笑った。

「臭いよ」

「嘘つけ、海の匂いしかしねえよ」

ナイフの刃が鈍く光って、消波ブロックに波が打ちつける。そんな風景を見ても、いつものように気は晴れない。

玄関のドアを開ける時は、できるだけ音を立てないようにした。寝ているかもしれない父さんを起こさないためだ。薄暗い玄関からいつもの沈黙が聞こえると思ったけど、今日はカレーの香りが漂っていた。居間にも珍しく仄かな明かりが灯っている。

「ただいま」

居間に入ると、ランニングシャツ姿の父さんが流しに立っていた。

「夕ご飯作ってるの？」

「ああ、今日はカレーだ」

父さんが料理を作るのは、久しぶりだ。やっぱり、体調が良くなっているのかもしれない。台所を見ると、流しにはカレーの箱や野菜の皮が散らばっていた。コンロにも、ルーが飛び散っている。

「良い匂いだね」

「もう食べるか？」

「うん、手洗ってくるね」

あれだけ台所が汚れていたら、また母さんとケンカになるかもしれない。食べ終わったら、食器を洗う振りをして早く片付けないと。洗面所で手を洗ってから、再び居間に戻ると、大盛りのカレーがダイニングテーブルに置かれていた。

「美味しそう、頂きます」

僕は椅子に座り、早速スプーンを口に運んだ。対面から最近のヒット曲を口ずさむ、父さんの声が聞こえる。カレーは妙にすっぱい味がした。

「すごい美味しい」

「そうか、まだあるから沢山食べろ」

しばらくの間、小さく聞こえる鼻歌とスプーンが皿を鳴らす音だけが居間を支配した。最後の一口をスプーンで掬《すく》った瞬間、父さんの鼻歌が消えた。

「明日、学校を休んでくれ。一緒に出かけるぞ」

「え？　急にどうしたの？」

「二人で水族館に行こう」

「父さんって、生き物が嫌いじゃなかったっけ？」

「急にサメが見たくなったんだよ」

父さんの首に、まだうっすらと残っている痣《あざ》を見つめた。紫と桃色が混じったような細い線が、首の周りをぐるりと一周している。あの時『母さんには内緒だぞ』と言っていたけど、そんな約束はこの痣のせいで叶わなかった。

「母さんと三人で行った方がいいんじゃない。それに学校を勝手に休んだことがバレたら、怒られるし」

「学校には、父さんが連絡しといてやるから」

「でも……」

「父さんと二人で出かけるのは嫌か？」

無精髭を生やした父さんの瞳が、はっきりと濁り始める。また僕の一言のせいで、新しい痣が首の周りに刻まれるかもしれない。その予感は、スプーンを持つ手の感覚を麻痺させた。

「わかった。一度、家を出た振りをして戻ってくるよ」

父さんが小さく頷いてから、僕は食べ終わった皿を台所に運ぶ。流しにはポン酢の空き瓶が放置されていて、すっぱさの正体が判明した。野菜の皮やルーの空箱を集めてゴミ箱の蓋を開けると、沢山の薬が捨てられているのが見えた。

「薬捨ててあるけど、いいの？」

煙草に火をつけるライターの音が聞こえた。

「父さんは病気なんかじゃないから、いいんだよ」

「でも……」

「母さんには、内緒だぞ」

僕は手に持ったゴミを、いつの間にか無言で捨てていた。まるで、散乱している錠剤を隠すかのように。

翌朝、ランドセルを背負って玄関を飛び出すと、母さんが出勤するまで時間を潰す場所を探した。何故か青い尾ひれが脳裏に過り、勝手に足が進んで行く。

石田商店に入ると、いつもの埃っぽい空気が鼻先に漂った。レジの中でおじさんは煙草を咥えながら、顔をしかめていた。

「坊主、学校は？」

「今日は、午後から……」

「だったら、家でゲームでもしてろよ」

おじさんはそう文句を言いながらも、近くにあった週刊誌に目を落とし始めた。ページを捲る乾いた音を聞きながら、僕は水槽に近づく。

「おはよう」

僕の声に反応するように、ゆっくりと青い尾ひれが翻る。大きな水族館に行くより、この小さな水槽を眺めている方が何倍も楽しい。

「毎日毎日、飽きないこった。そんな気に入ってんなら、家で同じのを飼えばいいじゃねえか」

「多分、無理だよ」

「猫でも飼ってんのか？」

「父さんが許さないと思うから」

「親父の小言なんて気にすんな。うちの倅《せがれ》なんて坊主と同じぐらいの時に、農場から逃げた豚を連れて帰ってきたことがあるぜ。あれには驚いた」

僕は返事をせずに、棚からコーラを取り出すとレジに置いた。おじさんが面倒くさそうにバーコードに触れ、お釣りを差し出す。受け取りながら、もう一度青い尾ひれを見つめた。

「あの魚、水槽から出られずに死んでいくのかな？」

喉の痛みを洗い流すように、コーラを飲む。炭酸の刺激が奥歯に沁《し》みた。

「そりゃ、そうだろ」

「なんか可哀想だね」

「物は考えようなんだよ。自由の代わりに安心できる住処《すみか》を与えられるか、他の魚に食われちまうかもしれんが広い世界を知るか。ま、あいつには最初から選択権はなかったけどな。気づいたら、こんな寂れたレジ奥の水槽だ。そういう面では、可哀想かもな」

「僕があの青い魚だったら、どっちを選ぶかな？」

おじさんは鼻で笑うと、再び週刊誌に目を落としながら言った。

「知るかよ」


青い尾ひれを思い出しながら玄関を開けると、スーツ姿の父さんが出迎えた。

「水族館に行くのにスーツなの？」

「どんな私服より、この格好が一番良いんだ。守もそう思うだろう？」

昨日まで苔のように張り付いていた無精髭は消え去り、髪の毛もジェルが塗ってあって光っている。一番上までボタンが閉められたシャツの襟《えり》が、あの不気味な痣を隠していた。

「守も早くランドセルを置いてこい」

「うん」

僕の準備ができると、父さんは自慢の腕時計を手首に巻いてから、青い万年筆を摘まんだ。

「守にこの万年筆をやるよ」

「え、いいよ。いつも使ってるのは鉛筆だし」

「今日、デパートに寄って新しい万年筆を買おうと思うんだ。これの倍以上の値段で、真っ赤なヤツをな」

「……勝手に高い物を買ったら、また母さんに怒られるんじゃない？」

「良質な文具は、その人間の才能を開花させるんだよ。守も安い鉛筆ばかり使ってると、脳が錆びるぞ。これからは、この万年筆を使いなさい」

「……ありがとう」

受け取った青い万年筆は、新品同様に見えた。とりあえずダイニングテーブルに置いてから、急いでスニーカーの靴紐を結んだ。

久しぶりに父さんが運転する車に乗って、高速道路を走る。窓を開けると、眼鏡が吹き飛びそうなほどの風が顔に当たった。

「すごい風！」

「あまり窓を開けると、父さんのカツラが吹き飛ばされちゃうな」

「カツラなんてつけてないじゃん」

父さんは別人になったように、冗談ばかり言っている。僕が好きだった頃の父さんが、ハンドルを握っているみたいだ。

「午後からイルカのショーもやるみたいだから見るか？」

「うん！」

「昼メシは、水族館のレストランで食べよう。写真を見たら美味そうだったぞ。チキンライスが、ペンギンの形になってるんだ」

「やった！」

車のスピードがさらに上がって、ごうごうと風が鳴る。少し怖かったけど、今の父さんが運転しているなら大丈夫だ。

平日ということもあって、水族館は貸切に近い状態だった。ライトアップされた水槽の中では、群れで泳ぐ小魚が素早く横切り、大型のエイが砂地を這っていた。ミズクラゲが宝石のように輝き、イルカは飛沫《しぶき》を上げながら空高くジャンプする。僕は予想以上に、作られた海の世界に夢中になった。ずっと父さんは上機嫌で、あっという間に時間は過ぎ去っていく。

帰りの車内で、お互いに気に入った魚を言い合っているうちに、デパートに到着した。父さんは駐車場に車を停めると、助手席のドアロックを解除しながら言った。

「守も何か欲しいものがあるか？　今日は何でも買ってやるぞ」

「じゃあ、青い熱帯魚が欲しい」

　僕の返事を聞いて、車内に一瞬の沈黙が漂った。調子に乗ってまずいことを言ったかと焦る気持ちが沸き上がってきた時、父さんがルームミラーでネクタイを直しながら鼻で笑った。

「そんなものでいいのか。何匹でも買ってやるよ」

「本当？」

「ああ、それじゃ万年筆を買ったらペットショップに行こうか。確か五階にあったはずだ」

　ゴムボールのように弾む気持ちを抑えつけながら、二階にある万年筆売り場に到着した。

　ショーケースの前に立つと、父さんは迷わずに真っ赤な万年筆を手に取った。

「海のような深い青色も良いが、やっぱり情熱の赤だ」

「父さんに似合ってるよ」

「だろ？　守もセンスがあるな」

　父さんの笑顔を見て、僕もつられて笑ってしまう。値札を見ると、見たこともない数のゼロが並んでいたけど、この楽しい時間を壊したくない。

「これを、自宅用に」

父さんがレジに赤い万年筆を置き、財布からクレジットカードを取り出した。店員さんが機械にカードを通すと、一瞬表情が曇るのが見えた。

「失礼ですが、このカードはご利用ができなくなっているかと」

「そんなはずはない。磁気の接触が悪いんじゃないのか」

「よく見ると、カードの有効期限が切れているようですが」

店員さんが丁寧にカードを差し出した。覗き込む父さんの表情は曇っている。

「それじゃ、支払いは後日にするから、先にその万年筆を受け取ってもいいかな？」

「当店では取り置きは可能ですが、後日清算は承っていないんです。申し訳ありません」

「絶対に支払いに来るし、こちらは、サインでもなんでもする。信頼の証として、このクレジットカードをここに置いていってもいい」

そんなやりとりのうちに、父さんの声は徐々に大きくなって尖り始めていた。僕の背中に嫌な汗が滲み始める。店員さんはレジから離れようとしない父さんを見て、一瞬呆れたような表情をしてから言った。

「利用価値のないカードを渡されても、困ります」

次の瞬間、父さんの怒鳴り声がフロア中に響き渡った。店員さんに向けて指を何度も突き出しながら、汚い言葉を次々と言い放つ。大声を出すたびに口から飛ぶ唾が、煌《きら》びやかな照明に照らされ弧を描いた。見開いた目は充血し、一切瞬きをしない。首を動かすたびに、不気味な痣が見え隠れした。

「こんな客を馬鹿にする店、二度と来るか！」

最後の捨て台詞を吐くと、必要以上に靴音を響かせながら父さんの背中がレジから遠ざかっていく。周りのお客さんが、僕たちをジッと見ていた。

車内には、さっきまでとは全く違う重苦しい空気が流れていた。たまに父さんがブツブツと呟く声が、エンジン音に紛れては消える。

走り出してすぐにコンビニが見えた。車が急停車し乱暴にサイドブレーキを引く音を聞いて、肩が震えた。父さんは勢いよくドアを開け、駆け出すように車外に出て行った。数分後戻ってきた父さんの手には、缶ビールが握られていた。

「カード一つで、俺の人間性を決めつけやがって」

喉を鳴らしながら缶ビールを飲む父さんは、何日も水分を摂っていないように見えた。口元から垂れたビールが顎から滴り、シャツの生地を濡らしている。

「父さん……」

お酒を飲んで運転しちゃいけないことは知っていたけど、それ以上言葉が続かない。僕は黙って前を向き直し、フロントガラスから見える景色に目を凝らした。

走り出してすぐに、速度メーターが一気に上昇し始めるのが見えた。信号が変わるたびに、急停車と急発進を繰り返すせいで、身体がダッシュボードにぶつかりそうになる。

「父さん、怖いよ」

「何が怖いだ。守だって早く家に帰りたいだろ」

「でも、スピードが……」

「子どもがいちいち口を挟むんじゃない！　黙って座ってろ！」

フロントガラスからは、長い一本道が見えていた。運転席からアクセルを踏み込む気配を感じ、すぐにエンジンが唸りを上げる。場違いな笑い声が聞こえて隣を見ると、父さんはいつの間にかハンドルから手を離している。

「俺は若い頃には外車を乗り回して、首都高だって何度も使った……こんな畦道を安い国産車で運転している奴らとは違うんだよ！」

父さんの声と、鼓膜の奥で風が鳴る音が混ざり合う。その音は、徐々に僕の身体を飲み込むように大きくなっていく。声を出そうとしても、舌が動かない。流れていく景色が無数の針のように尖って、眼鏡のレンズに突き刺さる。目を瞑《つむ》りたいけど、瞼が固まって閉じられない。

突然、視界の先に人の姿が見えた。数十メートルも離れているのに、はっきりと怯《おび》えた二つの瞳が僕たちを捉えていた。

「どけ！　邪魔なんだよ！」

父さんの叫び声が車内を満たした瞬間、鼓膜の奥で鳴っていた風の音が止んだ。

一瞬の静寂の後、強い衝撃と甲高い叫び声のようなブレーキ音が、僕の全てを切り裂いた。

ドリンクホルダーに収まっていた缶ビールが、宙を舞う。その光景を最後に、僕の記憶は真っ暗な闇で塗り潰された。


釣り糸が濁った海で揺れるのを、僕は黙って見つめていた。底の見えない海は地球の裏側まで繋がっているような気がする。

「埼玉って東京に近いんだろ?」

真ちゃんのたいして興味なさそうな声が聞こえた。竿から垂れ下がる糸が、海面でだらしなく揺れている。

「多分……同じ関東だし」

「守は都会っ子になるのか」

「別にそんなんじゃないよ」

僕は明日、この町を出て埼玉県で母さんと暮らすことになっている。

「埼玉に着いたら、手紙を書くよ」

「別にいらねえよ」

「どうして?」

「いらねえからだよ」

真ちゃんは僕の転校が決まってから「そうか」とだけ言って、寂しいとか悲しいという言葉は一度も口にしなかった。

「埼玉では、母さんと二人だけなんだ」

「守なら大丈夫だよ」

「簡単に言わないでよ」

僕の言葉を聞くと、真ちゃんはワザとらしく声を歪ませて「マモルナラダイジョウブ」と言った。

「真ちゃんって、いつもふざけてるね」

潮風のせいで、喉が渇いて口の中がしょっぱい。魚が掛かっていないことをわかりつつも、海から一度釣り糸を引き上げた。銀色の針の先に、千切った海藻が刺さっているだけだ。

「もう、父さんとは家族じゃないんだ。苗字も工藤に変わるし。それに逮捕されたから簡単には会えない」

「そっか」

「なんかね、『工藤守』っていう名前を頭の中で想像すると、胸が痛くなるんだ」

「心臓にバイ菌でも入ったんじゃねえの。病院に行けば」

持っていた竿を強く握った。真ちゃんは、僕の気持ちなんて少しもわかっていない。これから離れ離れになるのに、悲しむ素振りすら見せやしない。

「真ちゃんには、この痛みは一生わからないと思う」

最後の日にこんなことを言うつもりはなかったのに、つい棘のある声が滑り落ちてしまった。

「そうかな？」

「そうだよ。だって真ちゃんの父さんは最初からいないし、母さんはどっかいっちゃってるし、普通の家族っていうのがわからないじゃん」

胸の奥が締め付けられ、喉が熱い。もう誰とも一生喋らなくても良いような気がした。

「どれぐらい痛いの？」

「口では説明できないよ。でも、すごく痛いんだ」

僕の返事を聞くと、真ちゃんが竿を防波堤のコンクリートに置いてゆっくりと立ち上がった。

「俺、そういうのやっぱりわかんないや」

真ちゃんは、ポケットから折り畳みナイフを取り出した。何度かカチカチと刃を出したり仕舞ったりした後、無表情で自分自身の右手にナイフを突き刺した。

「何してるんだよ！」

僕が驚いた声を上げても、真ちゃんは右手の甲に突き刺した刃を抜かない。すぐに赤い血が防波堤のコンクリートの上に、雫を垂らし始めた。

「止めなって！」

脳裏には、父さんがよく見ていた任俠映画のシーンが思い浮かんでいた。僕はTシャツを脱ぐと真ちゃんに駆け寄り、肉がえぐれた右手に素早く巻きつけた。Tシャツに真ちゃんの血が滲み、生地が赤色に変わっていく。

「痛いな」

真ちゃんは呟き、持っていたナイフを海に放った。小さな波紋が広がり、すぐに消えた。

「何考えてるんだよ！　大怪我でもしたらどうすんの！」

「こんぐらい痛いのかと思ってさ」

真ちゃんは無表情のままで深い呼吸をすると、何度か防波堤に唾を吐き出した。

僕は手の甲に巻いたTシャツを強く握りしめる。

「こんなに早く応急処置ができるなんてさ、守ってスゲえな」

血と海の匂いに混じって、真ちゃんの乾いた笑い声が聞こえた。

第五章　塀の中の子ども

窓辺に置かれた空の水槽には、うっすらと埃が積もり始めていた。触れてみると差し込んだ朝陽のせいでガラスは温かい。役目を失った濾過フィルターが、何かの死骸のように放置されている。

ハーフムーンの死因は、寄生虫が原因で発症するウーディニウム病だった。新しく追加した水草に寄生虫が付着していたのかもしれないし、僕の知らないうちに水質が汚染されていたのかもしれない。水槽の底に横たわる青い尾ひれには、ウーディニウム病に罹患した時に発症する、特徴的な黄色味がかった斑点《はんてん》が幾つも見えた。致命的な症状が出るまでに幾らか時間があったはずなのに、僕はそれに気づくことができなかった。一体、この目で何を見ていたんだろう。曇ったレンズは、見たいものしか映さない。

どこが重要なのかわからないほど、付箋やマーカーで線が引かれたスキルス性胃癌に関する医学レポートを眺めながら、深煎《ふかい》りのコーヒーを口に運んだ。九月はもう終わりだというのに、夏の気配を含んだ陽光がフローリングに意味のない陰影を描き出している。苦いコーヒーを口に含みながら、なんとなくその模様に目を凝らした。

二重扉前の貴重品入れに私物を預けると、手に掛けていたドクターコートを羽織った。クリーニングに出したばかりでシワはないが、ポケットに染み込んだ小さな汚れは消えていない。別のクリーニング店に替えようかとも思ったが、あと一ヶ月もすればこのドクターコートは役目を終える。結局、そのまま見なかったことにした。

詰め所のドアを開けると、神崎先生が椅子に座りながらボールペンを口に咥えていた。挨拶より先に時刻を確認してしまう。腕時計の針は、いつも僕が登庁する時刻を指し示していた。

「随分と早い登庁ですね」

「今日もまた、移送計画に関する会議があるんだ。上からの指示で参加しろってさ」

「来月には大移動ですもんね」

「もう少しで、この古臭い建物は閉鎖だ。そして、新築の匂いと電子カルテが待っている」

夜去医療刑務所が閉鎖になると同時に、僕の登庁期間は終了する。青い官服が発する厳しい声も、雪駄で廊下を歩くだらしない音も、当たり前のようなこれまでの生活が消えていく。

「引き継ぎがスムーズに行くように、担当受刑者の診療情報提供書を作成しておきます」

「寂しくなるねえ。新しいセンターにも、定期的に来ればいいじゃん」

苦笑いを浮かべてから、担当受刑者のカルテに万年筆を走らせた。インクの出は悪く、薄い文字が並ぶ。なんとか登庁期間中に使い切れそうだ。ふと、そんな僕の表情を見つめる視線に気づいた。

「滝沢くん、辛そうだな」

「あいつと会ったんですか？」

「たまには早く来て、医者っぽいことをしても良いだろう」

しばらくの沈黙の後、僕はデスクの上に置いてあったクリップを一つ手に取った。少し力を加えるだけで簡単に形が変わる。

「滝沢は、生きることを放棄したんです」

「放棄？」

「間接所見で腹膜播種があり、手術をしても全ての癌細胞を取り除くのは困難と診断が下りました。ここじゃ放射線治療はできませんが、フッ化ピリミジン系とプラチナ製剤を併用する抗がん剤は投与できます」

「まあな、でも抗がん剤を投与しても、状況は厳しいだろ」

「そうかもしれません。しかし、あいつはそんな微かな希望も拒否したんです。これ以上、髪の毛が短くなるのは嫌だと……笑いながら」

検査の結果、滝沢はステージⅣのスキルス性胃癌と診断された。僕と愛内先生が病名を告知しても、ショックを受けた様子はなかった。それからの滝沢は僅かに残った選択肢を全て破棄し、そればかりか一切の痛み止めの使用すら頑なに拒否している。今は高カロリー点滴で、命を繋いでいた。

「執行停止の選択は？」

「滝沢には身元を引き受ける家族はいないので、実際には難しいです。第一、本人には癌治療を受ける意思が皆無ですから」

刑事訴訟法には、生命を保つことができない疾患にかかれば、一時的に刑の執行停止が可能な場合があると記されている。それは外部医療が必要な重篤なケースだ。しかし、身体疾患の場合は身元を引き受ける家族がいなければ難しいという現実も多い。

「受け止めきれない出来事に直面して、冷静な判断ができていないのかもしれません」

「生き方も死に方も、自分で決めるってことなんじゃないのか」

椅子の背もたれが軋む音が、猿の鳴き声に聞こえた。こんなに年季が入っていれば、移送時の整理で捨てられてしまうだろう。

「実は今日の朝、滝沢くんが話してたんだよ。塀の中で死ぬのも悪くないって」

「やはり自暴自棄になっていますよ。なんとか説得して、僅かな望みであっても治療を受けさせないと」

「どうして、そう思うんだ？」

「ここが矯正施設だからです。たとえ死亡出所の可能性が高いとしても、滝沢は治療を受け、一日でも長く罪と向き合わないといけませんから」

するりと言葉が滑り落ちた後、他人の喉を借りているような感覚に陥った。それは、一瞬の違和感ではあったが鮮明だった。

神崎先生は無精髭を何度か乱暴に擦ると、目を細めながら独り言のような声を出した。

「サスペンスドラマや映画じゃ、犯人が逮捕されて終わりだ。それから彼らがどんな風に生きていくかなんて描かれない」

「はい……」

「死刑以外は、いずれ塀外の社会に戻っていく。無期刑でも真面目に服役していれば、三十年そこそこで仮釈放が貰えることが多いしな」

何を言いたいのかわからなかった。迂遠な会話を聞いていると、微かな苛立ちを感じる。

「俺の率直な主観で言えば、本当に贖罪の意識が芽生える受刑者は三割程度だ。ここに来ても当たり前のように医療を受け、自分の損得しか考えられない人間を何人も見てきた。でもな、本当に過去の過ちと向き合っている奴がいるのも事実だ。例えば、命の限りを知ったのをきっかけにな」

「滝沢はあんな状態で、罪に向き合ってると言いたいんですか？」

「あんな状態だから、向き合えるのかもしれない」

返す言葉がなかった。神崎先生は精神科医療に携わる者にありがちな、観念を積み重ねた事実のない憶測を言っているに過ぎない。

「俺たちって、全く面倒くさい生き物だ」

呑気な声を残したまま、煙草臭いドクターコートが詰め所のドアを開ける姿が見えた。


朝の業務をこなしてから、北病舎に向かう。まずは愛内先生に声を掛けるため、詰め所に顔を出した。

「早速ですが、滝沢は相変わらずですか？」

「はい……痛いとも苦しいとも言いませんね。でも、表情を見る限りとても辛そうです」

「話をしてもいいでしょうか？」

「もちろんです」

僕たちは、刑務官を先頭に滝沢の房へ向かった。鉄扉を開錠すると、枕元に投げ出された酸素マスクから小さく風が鳴るような音が漏れ出していた。

「酸素マスクがずっと密着していると苦しそうな表情をするので、枕元で吹き流しにしているんです」

愛内先生の穏やかな声を聞きながら、投げ出された酸素マスクを見つめた。ベッドで横になる滝沢の掛け布団からはみ出した足は、浮腫んでいて青白い。血液循環は悪そうで、触らなくても冷え切っているのが伝わった。閉じかかった瞼から覗く白目は黄ばみ、充血している。

「俺みたいな人間のために、毎日ご苦労なこった」

「こんな状態で、軽口を叩かなくていい」

「これがなきゃ、俺が俺じゃないんだよ」

「……息が苦しくなるだろ？」

「別にそんなことないさ」

滝沢が口を開くたびに、饐《す》えた口臭を感じる。ささくれた唇を見据えながら、僕は静かに言った。

「本当に、お前はこれで良いのか？」

「何が？」

「このまま……」

「良いんだよ」

滝沢ははっきりと言い切ると、黙り込んだ。大きな瞳が天井を見据えている。

「地獄で閻魔《えんま》様と鬼ごっこでもするさ」

「真面目に僕の話を聞いてくれ」

「これで良いんだ。死に方ぐらい自分で決める」

返事に詰まってしまい、酸素が漏れ出す音に耳を澄ました。滝沢は身体を動かすのが辛いのか、手足が透明な鎖で縛られているように微動だにしない。

「なあ、工藤先生よ、最近ニュースで重力がイカれてるみたいなこと言ってないか？」

「急にどうした？」

「……いや、なんでもない」

滝沢は唐突に目を瞑った。血色の悪い皮膚とは違う黒々とした長い睫毛が、眼下に伸びていた。

房から出ると、ドクターコートの襟を正しながら、愛内先生が言った。

「本格的な緩和ケアに、切り替えたいんです」

その言葉は耳の奥で乾いた音を立てた。戸惑った表情を出さないように、何度か意味のない咳払いをした。

「具体的にはどんな？」

「一般的には、モルヒネ等の薬剤を使いながら疼痛《とうつう》緩和と本人が安楽に最期を迎えられるような関わりを目指しますが、滝沢さんは痛み止めの類を全て拒否してますから。とにかく、寄り添えるように……」

「こんなに重い鉄扉が阻んでいるのに、寄り添うことなんてできるんですか？」

つい、皮肉交じりの声が出てしまった。誤魔化すように、眼鏡のブリッジを押し上げる。

「すみません……あいつが意地になっているのを見て、つい」

「いえ、大丈夫です……それより、滝沢さんがおっしゃっていた重力についてなんですが」

「ただの冗談だと思います。気にしないでください」

「そうでしょうか……」

愛内先生は何かを言いかけてから、鉄扉を見つめた。まるで滝沢の姿が透けて見えるかのように。

「私の経験上、一般病院では窓を開けて外の景色を見たり、風を感じるだけでも、呼吸が楽になることが多いんです」

「ここじゃあの鉄格子がある限り、余計に気が滅入ると思いますが」

どちらからともなく、僕たちは歩き出した。何度か鉄扉を振り返りたい衝動に駆られたが、奥歯を噛み締めて前を見た。

次の登庁日は、滝沢の下へ向かわなかった。帰宅するとスキルス性胃癌の医学レポートを読み、目が疲れてくると空の水槽をぼんやりと眺めた。医学レポートに記載されていた数々の症例は、滝沢が厳しい状況に置かれていることを教えてくれた。もう叶わない治療方針や手術事例を目にしながら選択できなかった未来を想像していると、とてつもなく滑稽で愚かなことをしているように感じてしまう。でも、ページを捲る手が止まらないから不思議だ。

神崎先生に北病舎に行こうと誘われたのは、大移送まで残り三週間を切った時だった。

「先週は、一回しか行ってないだろ？」

責めるような口調ではなかったが、なんとなく後ろめたい気持ちが胃の奥を満たした。

「行っても、意味ないです。僕の話なんて、真剣に聞いてくれませんから」

「そんなことないさ、滝沢くんも工藤ちゃんが来るのを待ってるんじゃないかな。友達なんだろ？」

「……どうして、それを？」

「この前、滝沢くんが話してくれたんだ。友達だって」

「今は違います。あいつは受刑者で、僕は医者ですから」

「それじゃ、担当患者の様子を見に行こうぜ」

神崎先生は大きく背伸びをすると、出入り口の方へ歩き出した。僕は少し躊躇ってから、微かに過った無力感を胸の奥に押し込みながら後に続いた。

数日振りに見た滝沢は、明らかに痩せ細っていた。頬は黒ずみ、どんなに洗顔しても落ちないような翳りが見える。腹水のせいで腹部は膨隆し、病衣に不自然な隆起を呈していた。

「滝沢くん、どう調子は？」

神崎先生が柔和な声を出すと、滝沢の淀んだ瞳が宙を見据えた。

「さあね」

「酷い痛みはある？」

「別に」

それから幾つか問診は続いたが、滝沢は一貫して苦しいとか痛いという言葉を口にしなかった。返答するたびに口の中には唾が糸のように伸び、いつの間にか途切れる。

「何かこうして欲しいっていう、要望はないかな？」

滝沢は気怠そうに、僕と神崎先生を交互に見た。その眼球の動きは緩慢だ。

「このまま、何もしないでくれ」

「どうして？」

「身体が教えてくれるから」

「何をかな?」

「色々だよ」

喉仏が静かに上下する。僕は何故かその動きを凝視した。

「滝沢くんの意思を尊重したいが、あまり良い判断とは言えないな」

神崎先生はそう呟くと、おもむろに空いていた隣のベッドに腰を下ろした。尻が触れた白いシーツにシワが刻まれる。

「全然関係ない話をしようか。相槌も打たなくていいし、感想もいらない。滝沢くんがつまらなかったら眠ってもいい」

「どうぞ」

「家族の話なんだ」

吹き流された酸素の音が、すぐ耳元で聞こえる。神崎先生は、静かに話し出した。

「俺には歳が五つ離れている弟がいたんだ。顔は俺より男前だったけど、自閉症スペクトラム障害で知的障害があった」

神崎先生が指先の甘皮を弄りながら淡々と話す姿は、悲しそうにも見えたし、酷く退屈そうにも見えた。

「子どもの頃から、誰かが見てないといけなかったからさ、一緒にいる時間は長かったよ。弟は電車に強いこだわりがあったから、モノレールの玩具《おもちゃ》でよく遊んだし、同じぐらいあいつの癇癪《かんしゃく》にも付き合った。なんだかんだ言って、仲は良かったな。大事な家族だし、将来こいつの面倒は俺が見るんだろうなって漠然と思ってた。俺ってなかなか責任感あって、いい奴だと思わないか？」

　滝沢から返事はない。聞いているのか、いないのかわからない表情で、ずっと天井を見つめている。

「俺が医者を目指したのも、誰かを救いたいとか、そんな大義名分があったわけじゃないんだ。将来、できるだけ金はあった方がいいって子どもの頃から感じていたから、高給取りの仕事を選んだ。こんな志望理由って、まずいよな？」

「いや、金は大事だよ」

　返事をしながらも、滝沢は天井から目を逸らさなかった。

「弟が二十五歳の誕生日を迎えた時にさ、初めて二人だけで旅行に行ったんだよ。どうせなら遠くまで行こうぜってことで、沖縄まで。あいつが飛行機に乗るのは初めてだったから、途中落ち着かなくなって大変だった。席から立ち上がろうとするわ、潤んだ瞳で癇癪起こしそうになるわ。そのたびに俺は、履いていたスニーカーを弟に渡した。あいつは電車の他にも靴紐に強いこだわりがあってさ、何時間でもおとなしく結んだり解いたりしてたんだ」

　四人部屋のベッドは、滝沢以外誰も使っていなかった。以前、臨床面会をしていた榊の姿はない。あの様子じゃ還送は無理だろう。榊の最期を、滝沢は見たのだろうか。

「沖縄旅行は想像以上に上手くいったんだ。ソーキそばも食ったし、この町じゃ見られないような透き通った海も見られた。帰る頃になると二人とも日焼けしてさ、顔の皮膚が突っ張って痛痒かったよ。その皮膚の感触は、何故か今でもはっきりと思い出せるんだ」

「なんとなく、わかるよ」

掠れた声を聞いて、神崎先生が小さく頷いた。一瞬、二人が何かを共有したような雰囲気が漂った。

「土産物を沢山持って、実家に帰る駅のホームに辿り着いた時には、夜の十時を回ってた。電車を待っている間、俺は喉が渇いて自販機を探したんだ。その数秒間、俺は弟から目を離してた。側にいないって気づいて、辺りを見回すと、自宅とは反対に向かう車両に乗り込む弟の姿が映ったよ。あん時は焦ったな。最後の最後にやっちまったって」

神崎先生はお手本になりそうな苦笑いを浮かべた後、少しだけ俯いた。

「弟に再会できたのは、その数時間後。病院のベッドだった。よく陽に焼けた顔を見てるとさ、死んでるって思えなかった」

「何故、そんな急に……」

僕は思わず、声が出てしまった。神崎先生は窓から差し込んだ陽光を背に受けながら、不自然な笑みを浮かべた。

「警察の話では、座っていた女性の足元に飛びついたらしい。そりゃ突然、知らない男にそんなことされたら怖くて悲鳴を挙げるわな。近くには酒に酔ったサラリーマンの四人組。変質者から女性を守らねば。真っ直ぐな正義漢は次の駅で弟を引きずり出し、ホームに押し倒す。パニックで暴れた弟を押さえつけるように一人、また一人と重なり合ったらしい。その結果、簡単にうっ血性心不全の出来上がりだ」

神崎先生は軽妙な口調で、絡まった感情を誤魔化しているような気がした。

「お袋と親父が駆けつけるまで、病室には俺と白い布を顔に掛けた弟の二人だけだった。ベッドサイドには土産物が入った紙袋が何個も置かれてさ、遠くの方で誰かが押したナースコールが鳴ってるんだ。その瞬間、俺は悲しいより先に、安堵していることに気づいちまった。心の底からはっきりと。最低だろ?」

脳裏に夜空を見上げる兄弟の姿が過った。弟は目を輝かせ、兄は目を細めている。檸檬色をした満月が想像上の夜空に浮かんでいた。

「医者になって八年目の夏に、ムショには知的障害者が沢山いるって聞いてな。あの瞬間の後ろめたさを誤魔化すように、履歴書を書いた。解けた靴紐に飛びついて逮捕される奴は見たことねえが、それぞれが自分だけにしかわからない痛みや苦しさを感じてる」

神崎先生が紐のない雪駄やビーチサンダルしか履かない理由が、わかったような気がした。

「滝沢くんも、きっとそうだろ？」

返事はなかった。空白の時間が音も立てずに過ぎ去っていく。滝沢に何か声を掛けようと思った瞬間、掛け布団を抱えた愛内先生が入ってきた。

「皆さん来てくれてたんですか？」

よく通る声は、張り詰めた雰囲気を嘘のように隅に追いやった。

「凜ちゃん、今日勤務だったんだ。いやね、工藤ちゃんが一緒についてきてくれって言うからさ」

勘違いされるのを恐れ、僕は話題を変えた。

「どうしたんですか？　掛け布団なんか持って」

「ああ、これ、滝沢さん用に」

その掛け布団は、一見すると通常夜去で使用している物と同じように見えた。自殺予防のためカバーは巻かれておらず、表面は色が抜け淡い青色を呈している。何人もの受刑者がこの寝具に包《くる》まって夜を明かしたのを、表面の毛羽立ちが物語っていた。

「ちょっと失礼しますね」

愛内先生は、滝沢の掛け布団を持ってきた物と交換した。使用していた物は、別に汚れていたわけではない。

「これ、少し中綿を抜いてあるんです。今まで使用していた物より軽いと思いますよ。もし寒くなったら、また交換しますから言ってくださいね」

僕の不思議そうな表情を見たのか、愛内先生が話を続ける。

「たまに、掛け布団さえ重いって話す患者さんもいるんです。もし見当違いのことをしていたらごめんなさいね」

脳裏に『重力がイカれている』と話していた滝沢の声が蘇る。しっかりと肩まで掛け布団を整える愛内先生の手つきに、優しさが滲んでいた。

滝沢は交換した掛け布団を、ジッと見つめている。こんな時こそ、得意の軽口を叩けば良いのに口元は固く結ばれていた。

「滝沢くん、また無駄話をしに来るよ。つまらなきゃ、聞き流して良いからさ」

神崎先生の声を合図に、僕たちは鉄扉に視線を向けた。次の瞬間、背後から独り言のような声が聞こえた。

「泉屋《いずみや》のいなり寿司が食いてえ」

振り返ると、滝沢の濁った視線が真っ直ぐに僕を捉えていた。

「松島《まつしま》にある泉屋って店の」

「差し入れは無理だ」

「知ってるよ、それにどうせ吐いちまう。だから工藤先生が代わりに食ってきてくれ」

「どうして僕が？」

「食った感想を聞かせてくれ。そうすりゃ、塀の中にいてもシャバっ気を味わえる」

「そんな約束はできない」

そこで、張り詰めた糸が切れるように会話は途絶えた。僕は消化不良の気持ちを抱えながら、リノリウムの廊下に足を踏み出した。

「食べ物に対する執着って、強くなるのでしょうか？」

死に際にという言葉を、苦い唾と共に飲み込む。僕の質問を聞いて、なんとも言えない複雑な表情で愛内先生が目を伏せた。


待ち合わせ場所は以前と同じ、夜去駅前のロータリーにした。バス停留所の日陰に隠れていても、アスファルトからの強い照り返しが頬を打つ。熱病に冒されそうな頭で街を見ていたが、逃げ水が遠くの方に滲むだけの風景が続いている。僕はある決意を胸に、地面に描かれた陰影を見つめた。

約束の時刻ちょうどに、青いセダンがロータリーを滑るように現れた。目の前で停まると、すぐに運転席のドアが開いた。

「すみません、待ちました？」

「いえ、僕も先ほど到着しましたから」

愛内先生が後部座席の扉を開こうとする姿を見て、僕は固く拳を握った。

「今日は助手席に座っても良いですか？」

「全然大丈夫ですけど、車酔いは？」

「どの席に座っても同じですから」

助手席に乗り込むと、強いクーラーの風を感じた。一瞬で皮膚に滲んだ汗が乾いていく。

「ネットで調べて、泉屋の住所はナビに打ち込んであります」

エンジンが回転する微かな音を聞きながら、車窓に映る景色を見つめた。夏の日差しが街の輪郭を曖昧にし、全ての色彩を奪っていく。

「もし滝沢さんが一般病院に入院していれば、差し入れなんて簡単なんでしょうね」

少しだけ沈んだ声が聞こえ、ハンドルを握る指先に目をやった。ネイルの塗られていない整った形の爪が視界に入る。

「仕方ないですよ、自由刑とはそういうものです」

「工藤先生は、冷静ですね」

「あいつは受刑者ですから、一般的な患者とは違います」

呟いてから、自分自身を納得させるような響きが含まれていることに気づく。ポケットに手を入れると、意味もなく持参した青い万年筆の感触があった。

「ずっと昔、滝沢とは友人だったんです」

何故そんなことを告白したのか、僕自身もわからなかった。徐々に酷くなる吐き気を、過去の曝露《ばくろ》で誤魔化したかったのかもしれない。

「なんとなく気づいてました。友人だとは知りませんでしたけど、思い入れが強いんだろうなって」

「……どうしてですか？」

「滝沢さんと接する時の眼差しが、印象的で」

「他の受刑者と変えているつもりはないのですが」

「工藤先生が滝沢さんに厳しい言葉を伝えてる時、先生の瞳が少しだけ潤んでるんですよ。誰かを本気で叱《しか》る時って、意外と自分も辛いんですよね。だからこの人は、本当に相手のことを思って気持ちを伝えようとしているんだって感じたんです」

僕は何も返事をしなかった。指先から感じる青い万年筆の感触を弄びながら、反射した陽光に目を細めた。気づくと、先ほどまで感じていた吐き気は治まっている。

目的地周辺に辿り着くと、近くのコインパーキングに駐車し、スマートフォンで地図を見ながら歩き始めた。三分も歩かないうちに、泉屋と表記された汚れた看板が目に映る。

「ここまで来て、売り切れてたら嫌ですね」

愛内先生が冗談交じりの声を出していたが、その心配はなさそうだ。辺りに客の姿はなく、それ以前に人通りすらない。店先には「だんご」と「おにぎり」と表記された二本の幟《のぼり》が、だらしなく客を出迎えている。

「代金は僕が支払うので、いなり寿司以外にも食べたいものがあったら言ってください」

泉屋はテイクアウト専門のようで、路上に面したガラスのショーケースには様々な惣菜が並んでいた。種類も豊富で、赤飯や菊の形をした砂糖菓子も見える。コンビニで売っている物とは違い、どれからも手作りの雰囲気が漂っていた。

僕たちが店先に近づくと、ショーケースの向こうで年配の女性店員が欠伸を噛み殺しながら言った。

「どれにします？」

愛想はなく、酒で潰れたような声をしていた。目元は太いペンで縁取ったようにアイラインが引かれ、唇は柘榴《ざくろ》のように紅い。彼女の濃い化粧を見ていると、おにぎりやだんごを売るより、夜のネオンが妖しく光る歓楽街に立っている方が似合う気がした。

「えっと、いなり寿司ってありますか？」

「三時から。今はないよ」

予想外の返事に、僕はショーケースの端から端を目で追った。確かにいなり寿司は見当たらない。隣に並ぶ愛内先生の横顔が戸惑っている。

「愛内先生の予想が当たりましたね」

「そのようですね、残念」

取るに足らないありふれた出来事のはずなのに、想像以上に落胆してしまう。

「滝沢さん、残念がるでしょうね」

「一応、ここまでは来ましたから。きっと滝沢も満足でしょう」

腕時計に目をやると、まだ十一時だ。流石《さすが》にこんな辺鄙《へんぴ》な場所で、十五時までは待てない。

「ずっと何も要求しなかった滝沢さんが食べたいって言うんですから、よっぽどこのいなり寿司は美味しいんでしょうね」

「滝沢がいなり寿司を好きと言っていた記憶は、ないんですがね」

額の辺りに、針で刺すような視線を感じた。ショーケースの向こうに目をやると、店員の女性が眉間にシワを寄せながら僕を凝視している。

「滝沢って、まさか真也のこと?」

アイラインのきつい目を見開いている。多分、僕も同じような表情をしているだろう。

「滝沢真也と、お知り合いなんですか?」

彼女は少し黙った後、質問とは違う返答をした。

「ちょっとあんたたち、時間ある? すぐそこの曲がり角を右折するとさ、喫茶店があるから不味いコーヒーでも飲まない?」

僕たちの返事を待たずに、彼女は店の奥に消えていった。一方的な態度で訳がわからない。

「どうします？」

愛内先生の声色は、不安と興味が混じっていた。

「ちょうど喉が渇いてたんですよね」

それから僕たちは、近くの曲がり角に向けてゆっくりと歩き出した。


指定された喫茶店に入ると、窓際の席に通された。腰を下ろした低いソファーは赤茶色のベルベット生地で、誰かが落とした煙草の火種が二ヶ所小さな穴を開けていた。天井に吊るされたステンドグラスのライトが、鈍い光で店内を照らしている。時代遅れの豪華さが寒々しい店内で、僕たちはメニューも見ずに彼女が来るのを待った。

数分すると入り口のカウベルが鳴り、彼女が姿を現した。激しいダメージデニムを穿いていて、花柄が大胆に刺繍《ししゅう》してあるピンクのTシャツを着ている。

「あら、何も注文してないじゃない。待ってなくて良かったのに」

彼女は対面のソファーに座ると、勝手にアイスコーヒーを三つ注文し声をひそめて言った。

「ここのアイスコーヒーは、不味いのよ」

何故不味いアイスコーヒーをわざわざ注文するのか理解できなかったが、きついファンデーションの香りを鼻先に感じながら無表情で質問する。

「早速ですが、滝沢真也とはお知り合いなんですか？」

僕の問い掛けを聞いて、彼女はもったいぶるように煙草に火をつけた。爪に塗られた紅いネイルが、紫煙で少しの間霞んだ。

「知り合いっていうか、母親だから」

返事を聞いて、一瞬言葉に詰まってしまう。隣の愛内先生が、息を飲む音が微かに聞こえた。

「あなたたちは真也の友達？　ここ数年会えなくて困ってんのよ。連絡先知ってたら教えてくれない」

「残念ながら、友人ではないんです。僕たちは彼の主治医です」

「え？　お医者さんなの？　若そうに見えるけど立派なのね」

主治医と聞けば、息子が現在何の疾患を患っているのか質問してもいいものだが、気にしているような素振りは見られない。

「滝沢の連絡先をご存じないのですか？」

「そっ、五年前に再会してから気まぐれに会うだけ。昔っからそういう距離感がちょうど良いのよ。私も根無し草みたいにポンポン住む場所を変えるし。でも、あの子はちゃんと私に会いに来るのよ。家族の絆ってヤツで」

何が可笑しいのか、彼女は一人で笑っていた。かなり奔放な性格なのだろう。身勝手な明るさが、嗄れた声に滲んでいる。

「内科医の愛内と申します。失礼ですが、滝沢真也さんと親子関係にあたると証明できるようなものってありますか？」

「そんなもの、今持ってるわけないじゃない。それに、あの子とは途中から別々に暮らしてたし」

「滝沢さんの幼少期は、どこで過ごしていたかご存じですか？」

「夜去市でしょ？　私のママに育ててもらってたの。ってかさ、真也の目と私の目ってソックリだと思わない？　これこそが紛れもない証拠でしょ」

戯けながら彼女は両目を見開いた。こんな濃いアイラインをしていれば、本来の特徴なんてわからない。僕は愛内先生に意味ありげな視線を送ってから、静かな声で言った。

「通常は然《しか》るべき手順を踏んで親子関係であることを証明しなければいけませんが、滝沢自身があの店をわざわざ指定したことや、概ね幼少期の情報が合致していることを踏まえて、あなたを母親だと信じます」

「だから、ずっとそう言ってるじゃない」

「一つご報告があります。彼は今、夜去医療刑務所に収容されており、同時に末期の癌を患っています。正直、厳しい状況です」

ちょうど店員がやってきて、注文したアイスコーヒーをテーブルに置いた。氷が鳴って涼しげな音が耳に届く。

「可哀想ね」

彼女はそれだけ呟くと、アイスコーヒーをストローで啜《すす》った。やはり口には合わなかったのか、すぐに新しい煙草に火をつける。

「……感想はそれだけですか？」

「そうとしか言えないじゃない。それとも『親より早く逝くなんて』って泣きながら取り乱した方が良い？」

無表情のまま、彼女は足を組んだ。ダメージデニムから黒ずんだ膝が覗いている。

「で、あの子は何やらかしたの？　盗み？　喧嘩？」

「殺人です」

僕の返事を聞いた直後、煙草の灰がテーブルの上に落下した。彼女は無言でそれを手で払うと、ゆっくりと紫煙を吐き出した。

「あの子、人生棒に振っちゃったのね」

「口論の末、職場の責任者を刺殺したんです」

「気難しいところはあったけど、殺しをするような子じゃなかったんだけどな。仕事もそれなりに、上手くやっているようだったし」

彼女は煙草を灰皿に押し付けるように消すと、太い足を組み替えてから言った。

「働いてたのは清掃会社だっけ？　いつか私がもっと金になる仕事に変えればって言ったんだけど、社長の面倒見が良いから辞めないってさ。その社長は苦労人らしくて、真也のことを色々と気にかけてくれてたみたいよ」

「そうだったんですか……」

「でもさ、普通はそんな見ず知らずの他人より、母親の言うことを聞くものでしょ。やっぱりあの子どっかイカれてるわ」

口元を尖らせながら話す彼女を見ながら、脳裏にはいつかの残像が過った。防波堤の上で、遠い目をした滝沢の横顔が浮かんでは消える。

「で、あの子がやらかした理由は何なの？」

「本人は嫌いなコーヒーの匂いが鬱陶しかったと話していますが、僕は嘘だと思っています」

「何そのふざけた理由。私はこんな不味いコーヒー出されたって、毎回ちゃんとお金払ってるっていうのに。第一、あの子はコーヒー好きなはずよ。だって私がいろんな理由で家を空けることになると、絶対別れ際にちょっと高い喫茶店に連れて行ってあげたの。砂糖とミルクがいっぱい入ったコーヒーを注文してあげるとね、あの子は嬉しそうに残さず飲んでたし」

皮膚に粉っぽく張り付いたファンデーションを見つめながら、色黒の少年がコーヒーカップを口に運ぶ姿を想像した。別れの気配を孕んだコーヒーは、どんな味なんだろう。

「多分、女がらみね。恋は盲目って、昔から言うでしょう」

「いえ、口論のきっかけは、金銭問題だと聞いています」

グラスに入っていた氷が鳴った。そんな涼しげな音色を塗り潰すように、痰を切る咳嗽《がいそう》が聞こえた。

「そんなの、挨拶程度の冗談でしょ。私だって、まさか人様を殺してまで送金しろなんて言ってないし」

「え？」

「だから、私に罪はないわよね？　広い意味で捉えれば、そんな汚れた金を送られそうになった、こっちも被害者じゃない」

嚙み合わない内容が一方的に聞こえる。彼女の目は充血しながら見開かれ、顳顬には青紫の血管が浮き出ている。嗄れた声は、尖り始めていた。

「お母さん、ちょっと待ってください。私たちは単純に、滝沢さんの病状について話していただけです」

愛内先生の落ち着いた声を聞くと、彼女はあれほど不味いと言っていたコーヒーを一気に飲み干した。

「イカれた息子を持つと、ろくなことがないね」

「あの……滝沢さんから、定期的に送金があったんですか？」

「定期的って、そんなんじゃないよ。パチンコで負けが込んだり、新しい彼氏ができて金が必要な時にちょっとね。まあ、たまには嘘つくこともあったけどさ」

「嘘？」

「ちょっとしたヤツだよ。子宮筋腫が見つかって手術が必要だとか、乳にしこりがあって精密検査を受けなきゃいけないとか。でも、たかが十五万や二十万だよ。産んでやったことを考えたら、当然の要求でしょ」

伝票を放置したまま、彼女は席を立とうとした。いつの間にかTシャツの両脇は、汗で色が濃くなっている。

「真也によろしく言っといて」

「あの、あと一つだけお伝えしたいことがあります」

愛内先生の必死な声を聞いて、彼女は振り返った。

「夜去医療刑務所では、臨床面会という特別な面会方法があります。友人や恋人は対象外で、血縁者にしかできません……一度、滝沢さんに会いに来てくださいませんか？　きっと、とても喜ぶと思うので」

入り込んだ日差しの加減で、彼女の表情はよく見えなかった。一瞬の沈黙の後、鼻で笑うような息遣いが聞こえた。

「真也は喜ばないわよ」

「そんなこと……」

「真也に伝えて、お前の食べたかったいなり寿司は売り切れだって」

彼女が取っ手を握ると、カウベルの音が小さく鳴った。その音が耳に届いた瞬間、潮騒が鼓膜の奥で残響した。

「海の匂いの原因を知っていますか?」

僕の問い掛けを聞いて、半身が外に出かかった彼女の動きが止まった。

「滝沢が、僕に教えてくれた秘密です」

手をつけていないアイスコーヒーの氷が溶け出し、いつの間にか薄い茶色と濃い茶色に分離していた。その境目は曖昧だ。

「……面会に行けるとしたら、来週の火曜日だけだから」

派手にカウベルの音が鳴った。僕は溜息を漏らしてから、結露したグラスに手を伸ばす。口に含んだコーヒーは、彼女が言うほど不味くはない。


帰りの車内では、お互いに黙り込む時間が長かった。愛内先生の細く長い指がハンドルを這い、僕は濃いファンデーションとダメージデニムから覗く黒ずんだ膝を思い出していた。

夜去市に関する道路標識が目に留まり始めると、愛内先生が控えめな声で言った。

「車酔いはどうですか?」

「それほど、酷くはないですね」

「何か特別な対処でもしたんですか？」

「いえ、特に。愛内先生が、運転に気を遣ってくれているからだと思います」

以前乗車した時より、ハンドル捌きやペダルの踏み方が穏やかだと思った。普段車を運転しない僕が気づくのだから、相当だろう。

「私たち、このまま帰るのはアレですね」

「アレとは？」

「うーん、アレはアレじゃないですか」

「ご飯でも食べましょうか？」

僕たちはいなり寿司を食べ損ね、おにぎりやだんごも買わなかった。でも、あまり空腹は感じていない。それは愛内先生も同じような気がした。

「この前、工藤先生が案内してくれた海に行きませんか？」

「別に構いませんが」

青い車が無人の駐車場に滑り込むと、先ほどまで聞こえていたエンジン音の代わりに、膜に包まれたような波の音が聞こえ始める。

「やっぱり、ここは穴場のスポットですね。誰もいない」

「泳げるほど透き通った海なら、もっと人が集まっていたかもしれません」

僕たちは無人の砂浜を歩いた。振り返ると、過ぎ去った時間を証明するように二つの並んだ足跡が刻まれている。

「滝沢さんは、母親に送金するためにお金が必要だったんですかね？」

「たとえそうだとしても、あいつがやったことは許されることではありません」

「もちろん、わかっています」

「加害者がいれば、被害者がいます。あいつは、自分の都合で誰かを傷つけました。それだけが事実です」

僕の言い切るような言葉を聞いてから、愛内先生は静かな声で言った。

「人間でたとえると事実は身体で、真実は心みたいなものですかね」

波打ち際には千切れた海藻が漂っていた。波の具合で、行ったり来たりを繰り返している。潮風のせいで、鼻の奥がスンとした。

「工藤先生は、もうすぐ登庁期間が終了となるんですよね？」

「ええ、最初からそのような話だったので」

「夜去で医師としての学びはありましたか？」

「受刑者には、抗不安薬を安易に処方しないというぐらいですかね」

波の音を聞いていると必要以上に感傷的になってしまうような気がして、シニカルな返答に留めた。取り繕うように話題を変える。

「愛内先生は何故、矯正医官を志望したんですか？」

「私は……」

続く言葉を、波がさらってしまったような気がした。

「結婚を機に、夜去で働き始めたんです。数年前に矯正医官特例法ができて、随分と働きやすくなりましたから」

予想外の返事に息を飲んだ。目を丸くしながら、切り揃えられた前髪を見つめる。

「ご結婚されているんですね。知らなかった」

「でも、夫はもういないんです。今頃、空の上から私たちを見て、嫉妬しているかもしれませんよ」

不器用な笑みを浮かべた後、大きく背伸びをする姿が見えた。

「夫とは年が十四も離れていたので、私の方が長生きすると覚悟はしていましたけど、こんなに早く離れることになるとは思いませんでした。だって、一緒に生活した時間は一年もありませんでしたから」

「……知らなかったとはいえ、辛いことを聞いてしまって申し訳ありません」

「クモ膜下出血でした。私は医者なのに、脳動脈瘤《のうどうみやくりゆう》があることも気づいてやれなかった。この瞳で、彼の何を見ていたんでしょうね」

大きく澄んだ瞳で濁った海を見つめる横顔に、不謹慎《ふきんしん》なほど色気を感じた。

「最初、刑務所の医者になるって話したら反対されたんです。でも、常に刑務官が守ってくれてるし、残業も少ないから一緒にいる時間が増えるって話したら、渋々納得してくれた。私たちが、子どもを早く欲しがっていたのもあると思います」

「その……お亡くなりになってから、辞めようとは思わなかったんですか？」

「何度か思いましたけど、新しい職場を探す気力もなくて……すごい身勝手でしょ？」

「いえ、それぞれに理由がありますから」

「でも、最近は彼らの痛みに向き合えたら、医者として一皮むけるような気がしてるんです。なんか取って付けたような言葉ですけど」

先ほどとは違う、自然な笑顔が見えた。僕も気づくと口元が微かに緩んでいた。

「実はあの青い車は、夫が選んだんです。私は黒が良かったんですけど、絶対青が似合うって言われて。よくあの車に乗って、いろんな海岸線をドライブしましたね」

「確かに黒より青の方がイメージに合う。もしかして、その髪型も旦那さんに似合うって言われたからですか？」

愛内先生は、突然笑い出した。徐々に引きつるような笑い声に変化していく。しばらくすると、指先で瞼を擦る姿が見えた。

「本当は私、ずっとベリーショートだったんです。男性に間違われるくらいの。結婚した時もそうでした」

「でも今は、違うじゃないですか」

「夫が生きていた時、一度だけ髪を伸ばしていた時期があったんです。忙しくて美容室に行けなかったから、ある日自分で前髪を切ったんですよ。そしたら失敗して、パッツンになっちゃって。結局、すぐに美容室に行く羽目になりましたけど」

愛内先生は話しながらも、笑いを堪えるのに必死のようだった。僕は訳がわからず、頷くことしかできない。

「またいつものベリーショートに戻してから、夫が『この前の髪型の方が良かった』なんて言うんです。それもことあるごとに何度も。酷くないですか？　今の髪型が似合ってないって言ってるのと、同じじゃないですか。だから意地を張って、ずっとベリーショートのままだったんですけど、夫が亡くなってから髪型ぐらい要望に応えてやるかってことで、こうなりました」

愛内先生は呼吸を整えてから、また濁った海を見つめた。

「もう会えないのに、どうかしてますよね？」

返事を求めていない質問だとわかった。辺りを見回す振りをして、もう一度横顔を盗み見た。波打際には、今より随分と髪が短い愛内先生が立っているような気がした。

火曜日は明け方から降り出した雨が、窓をぼんやりと曇らせていた。僕は早々と朝の業務を切り上げ、北病舎に足を向けた。滝沢の房前には、年季の入った心電図モニターが尖りながら波形を描いていた。心拍が早く、ＨＲ１１２と示されている。

刑務官が鉄扉を開錠すると、饐えた臭いが鼻先に漂った。

「調子はどうだ？」

「蜜柑《みかん》人間になっちまった。それに全身痒くてさ」

滝沢の皮膚は肝転移の影響で、黄疸が酷くなっていた。全身の掻痒感《そうようかん》も黄疸に起因した症状だ。黄土色に変色した皮膚を見ていると、身体の内側で刻々と病状が進行しているのを実感する。

「痒みもそうだが、至る所に痛みを感じるんじゃないか？　もういい加減、薬を使うんだ」

「前のムショで誰かが言ってた。両手両足を切り落とされても、相手を睨みつけながら死んでいった奴がいるって」

「だから何だ？」

「この痛みは、俺の大切な言葉なんだ」

意味不明な返事を聞いて、痛みのせいで思考の抑制が起こっている気がした。それなりに会話が成立するうちに、この前のことを話した方がいい。

「泉屋に行ってきた。いなり寿司は買えなかったが……その代わりに、お前の母親と話した。今日、臨床面会だ」

どんな反応をするか知りたくて、皮膚と同じように黄ばんだ目を見つめた。一瞬、鼻翼が広がっただけで表情に明らかな変化はない。

「ダサい女だっただろ？」

「そんなことはない」

「きっと来ないさ」

「どうしてそう思う？」

「あの人にとって俺の存在は、暇潰しなんだ。ある時期が来れば忘れる」

滝沢はゆっくりと黄ばんだ目を閉じた。窪んだ両目が薄く陰る。

「たいして美味くもない、いなり寿司を思い出したかっただけさ」

何か返事をしなければと思い、口から滑り落ちた言葉は「きっと来る」だった。

午後になっても雨脚は弱まることはなく、不快な湿気が病舎全体を覆っていた。

腕時計で時刻を確認すると、もう十五時を過ぎている。神崎先生も厳しい表情を浮か

べ、掛け時計を見つめていた。

「北病舎から内線はないか？」

「ええ、まだ」

「十六時まで、あと一時間か」

面会時間の受付は十六時までだ。なるべく腕時計を見ないようにしながら、担当

受刑者の紙カルテに万年筆を走らせた。インクを失ったペン先が書いたのは、筆圧

による文字の跡だけだった。

十六時を十分過ぎてから、神崎先生と共に北病舎へ向かった。詰め所で愛内先生

の姿を見つけると、軽く頭を下げた。

「臨床面会、来ました？」

返事を聞かずとも、伏し目がちな愛内先生の表情を見れば、滝沢の予想が的中したことが伝わった。

「来ませんでした……」

「……そうですか」

思いの外、肩を落としてしまう。いつからこんな気持ちを抱くようになったんだろう。ここは一般病院ではなく刑務所だ。罪を犯した人間が見放されることなんて、日常茶飯事のはずなのに。

「とりあえず、滝沢くんのところに顔出しにいこうや」

神崎先生の言葉に促され、滝沢の房に向かう。刑務官が鉄扉を開錠すると、虚ろな視線が天井に向けられていた。

「滝沢くん、調子はどうだ？」

神崎先生が声を掛けると、二つの眼球が緩慢に動いた。

「雨が降ってんな」

「ああ、朝から降り続けているよ」

「さっきまで、傘を忘れる夢を見てた」

言葉を発するたびに、滝沢の胸や肩が大きく上下する。こんな些細な動きでも、彼の命は刻々と消費されてしまう。

「工藤先生って近くにいるか」

一歩前に出ると、滝沢は僕の気配を感じたのか続けて言った。

「来なかっただろ？」

「そうだな、残念ながら」

「今頃、薄っぺらい涙を流しながら銀玉でも弾いてるさ。そういう人なんだ」

「また、別の日に来てくれるかもしれない」

「もう、会えないさ」

「どうして、そう思うんだ」

「俺が死ぬからだよ」

その言葉は、自暴自棄でも抑うつ的な響きでもない。ただ目の前にある事実を、淡々と口にしている。

「海で、溺れているみたいだ」

「だから、もっと楽になる薬があると何度も……」

「そんなことしたら、社長に悪いだろ」

「どういう意味だ？」

「痛みだけが、俺に残された言葉なんだ」

手の甲にうっすらと残る白い線のような傷跡を見つめた。その瞬間に、脳内でカチリと音を立てて回路が繋がる。

「被害者への贖罪の気持ちが、その痛みということか？」

「ナイフがぶっ刺さる痛みよりは、マシさ」

「そんな行動は、お前の自己満足だ」

「罪人は、苦しみながら最期を迎えなきゃいけないんだ。それが正しい」

ずっと隠していた本音を、言い当てられたような気がした。脳裏に窓辺に置かれた空の水槽が浮かぶ。そこにあの青はいない。塀の中にいる僕と同じように。

「お前と話していると、色々なことがわからなくなっていくよ」

僕は自然とドクターコートを脱いで、小脇に抱えた。別に暑いからではない。滝沢が不快に感じていたかもしれない掛け布団のように、こんな薄っぺらなコートが酷く重い。

「頭を冷やしてきます」

僕はそれだけ言い残すと、滝沢の房を一人後にした。


車道を通るタイヤが水溜まりを弾く音が聞こえ、正門を通り抜けていたことに気づいた。雨で濡れた身体は冷え始めている。なんの効果もないが、小脇に抱えたドクターコートを羽織った。今度は雨を吸っているせいで、本当に重い。

眼鏡を曇らせながら歩く僕の姿は、通行人の注目の的だった。そんな視線をやり過ごしながら、冷えた指先を温めようと自販機でホットのドリンクを探す。自販機には『ＣＯＬＤ』と表示されたドリンクしか売っていない。

意識は目的地を思い描けないが、身体は勝手に足を踏み出していく。駅前を通り過ぎると、知っているようで知らない風景が視界に映る。色が濃くなったアスファルトに西日が差し込み、表面が煌めいていることに気づき顔を上げた。いつの間にか、雨上がりの街並みが飴色に染まっている。

緑色のフェンス越しに見た母校の校庭では、運動靴を泥だらけにしながら子どもたちがトラックを駆けずり回っていた。もちろん中に入ることはできない。鉄製の校門が固く閉ざされており、はしゃぐ声だけが漏れ出していた。

僕は少しだけ歩くスピードを緩めながら、その風景を横目で流し見た。ある瞬間、唐突に僕の足がどこに向かっているのか理解できた。あと百メートルほど真っ直ぐ歩いて、右に曲がる。また少し歩いて左折すれば、小暮という苗字だった頃の家だ。そう気づいても、懐かしさなんて微塵も感じない。誰もいなくなった家は貸家になっているか、呼吸を止め悲惨な状況になっているだろう。

最後の曲がり角を過ぎた先に、僕の家はなかった。その代わり、太陽が笑うイラストが描かれた『サンシャイン・コインランドリー』という看板が目に映る。近づくと洗剤と乾いた空気が混じった香りが、換気扇のダクトから路上に吐き出されていた。

開け放たれた出入り口から中を覗き見ると、何台かの洗濯機と乾燥機が並べられ、週刊誌や漫画の類が大量に置かれている棚が見えた。乾燥機の前では丸椅子に座りながら漫画を読んでいる若者がおり、何故か急に「昔、ここに僕の家があったんだ」と話しかけたくなる衝動をどうにか堪えた。

サンシャイン・コインランドリーの店先には、自動販売機が二台並んでいた。その陰に隠れるように、公衆電話が設置してあることに気づく。僕は財布を取り出すと、路上に放置された細長い水槽のような場所に向けて右足から歩き出した。中に入ると、何度か深呼吸をしてからいつもの番号を押した。受話器からは、プラスチックと唾が混ざったような臭いがした。

「はい、清水です」

その声が聞こえると、喉が一気に萎む。風穴を開けるように深く息を吸い込んで、肺に力を入れた。

「小暮正《ただし》の息子です。工藤守と申します」

僕の返事を聞いて、痛いほどの沈黙が受話器から伝わってきた。四方のガラスを通り抜けた夕暮れの橙が、ボックス内の熱を上げる。

「声、初めて聞きました」

「……申し訳ありません」

「いつもあなたは黙っているから」

責めるような口調ではなかった。ただ濁流のように荒ぶる感情を押し殺しながら、言葉を繋げているのが伝わった。

「こんな時間に電話を掛けてくるなんて、珍しいですね」

「……勝手な都合ですが、今ならちゃんと話せそうな気がしたので」

僕は眼鏡のブリッジを押し上げると、目を瞑った。瞼から透けた夕暮れの気配を感じながら、身体のどこかにずっと空いていた空洞を埋めるために声を出す。

「電話口ではなく、会って謝りたいんです」

いつの間にか目を開けていた。テレフォンカードの残数を示す赤色の数字が、音もたてずに減った。

「ごめんなさい、それはできないです」

「それは僕が、小暮正の息子だからですか？」

「許したくない人間を、これ以上増やしたくはないんです」

深い悲しみが受話器から伝播《でんぱ》する。それと同時に、結果的に無言電話を繰り返していた自分自身に嫌悪感が募った。

「あの男は、亡くなったんですよね？　弁護士から聞きました」

「ええ……自殺でした。収容された刑務所の中で、衣類を首に巻いて……」

「身勝手な人ですね」

「本当に申し訳ありません……」

父さんが飲酒運転で人身事故を起こし、刑務所に収容されてからは一度も会っていない。捨てることも返すこともできない、青い万年筆が残っただけだ。

「この電話番号はどこで知ったの？」

「母の手帳から……」

「こんなことして、私が喜ぶと思った？」

「傷つけてしまうとは思いました。でも、父が死んでから、謝るのは僕の責務だと感じていたので」

「どうして？」

「ご存じだとは思いますが……あの時、僕も同乗していましたから」

はっきりと口に出してみると、身体全体が痺れるような感覚を覚え、鳥肌が立った。スピードメーターが勢いよく上昇する様子や、ドリンクホルダーに収められた缶ビールが宙を舞う光景が脳裏を過る。

「あの時、僕が大声で泣いたり、本気で叫んでいれば、何か変わっていたのかもしれません。でも現実は、運転する父を見なかったことにしてしまったんです。怖くて、何もできませんでした」

「そう……」

「この世から消えるべきだったのは、清水さんの息子さんではなく、僕だったと……ずっと後悔しています」

今までと同じように、不通の受話器に向かって独りで話しているような気がした。微かな沈黙の後、乾いた息遣いが聞こえる。

「お願いだから、そんな綺麗事は言わないで。本当の痛みは、傷つけられた人間にしかわからないんだから」

見透かされているような言葉を聞いて、受話器を持つ手に力を入れることしかできない。

「あの子が殺されてから、一日も思い出さない日なんてないの。たったの一日もよ」

「本当に申し訳……」

「いくら謝られたって、この傷口のない痛みは消えはしない。自殺なんてされるぐらいだったら、あなたの眼の前であの男の首を絞め上げれば良かった。そうすれば、同じ痛みを感じることができるんじゃない？　ねえ、そうでしょ？」

いつの間にか、清水さんの声は震えていた。その声に感化されるように、受話器を持つ僕の手も微かに震えている。

「今でもたまにね、あの子が使っていた目覚まし時計のアラームが鳴るの。天国から悪戯しているみたいに。あの子の部屋の扉を開けてアラームを止めるボタンを押すとね、文字盤が一瞬蛍光色に光って、カーテンの隙間から外の光が差し込んでいることに気づくのよ。私はつい『おはよう』って呟くの。でもね、夏はただ湿った空気が肌に張り付いて、冬は私の吐く息が白く漂うだけ。あの子が面倒くさそうに寝返りを打つ姿は、もうそこにはない」

「僕たちのせいで、そんな辛い思いを……」

「私の痛みは、あなたには絶対にわからないから」

断言した後に、清水さんは続けた。

「あの男が死んでから、ずっと私自身を責めているの。事故が起きた朝に学校を休ませなかった私や、あの道を通る場所に住まいを構えてしまった私や、玄関を出るあの子に向かって呑気に手を振る私を」

受話器の向こうで、はっきりと唾を飲み込む音が聞こえた。

「最近思うのよ、この痛みの正体はあの子の身代わりになれなかった自分に対する怒りなのかもって」

右側のガラスの一部が、微かに曇っていた。不甲斐ない自分自身を誤魔化すように、曇ったガラスに指を這わせて一筋の線を引いてみる。その線は外の景色を映し出した。先ほどの若者が洗濯籠をぶら下げながら、どこかに歩いていく後ろ姿が見えた。

「清水さんがいくら嫌がろうと、僕には謝ることしかできません」

「それは私のことを思っているんじゃなくて、謝っていれば、あなた自身が楽になるからでしょう?」

確かにそうかもしれない。父のためでも、清水さんのためでも、犠牲になったあの子のためでもなく、犯罪者の血が流れている僕自身に区切りをつけたかっただけで、被害者の痛みを本当の意味で理解しようとはしていないのかもしれない。最低の気分を感じながらも、伝えたい事実が口から零れる。

「僕は五ヶ月前から、刑務所の医者として働いているんです。清水さんに直接謝らなきゃいけないと強く感じたのも、それがきっかけでした」

「……だから最近になって、電話を寄越すようになったのね」

胸ポケットから青い万年筆を取り出した。いくら握りしめても、僕の代わりに言葉を紡いでくれることはない。

「あなたが刑務所の医者になったのは、あの男の病気が関係しているの？」

「それは関係ありません。刑務所に登庁するようになったのは、完全に人事の都合です。でも精神科医になったのは……父の事件がきっかけの一つとしてあると思います」

そう答えてから、医者を目指したのはもっと他の理由があるような気がした。釈然としない思いが一瞬微かな戸惑いを呼び起こしたが、今はそんなことどうだっていい。頭を振って清水さんの声に耳を澄ます。

「まさか、病気のせいであの事故が起こったなんて言うんじゃないでしょうね？それは裁判でも完全に否定されたじゃない」

棘のある声が、スライドショーのように父と過ごした日々を呼び起こす。深海のような居間や、目を見開きながら捲し立てる声。仕立ての良いスーツと、着古したランニングシャツ。首に刻まれた痣と、それを隠すアイロンの利いた襟。カレーの香りと、捨てられていた錠剤。高速道路で感じた風と、結露した缶ビール。それらが混ざり合い、脳裏で渦を巻く。

どう足掻《あが》いても、僕は父の子どもだった。

「父が起こした事故は、決して許されることではありません。スピード違反に飲酒。言い訳なんてできません」

「もちろんそうよ」

「悪いのは完全に僕たちです。当時父が、双極性障害を患っていたとしても」

双極性障害は気分の落ち込みが激しい抑うつ症状と、反対に気分の高揚感が異常に持続する躁《そう》症状を繰り返す。当時の父の様子で言えば制御の利かない高価な買い物や不眠、よく喋る多弁や易怒性は躁症状。任侠映画を見ながら家に籠もっていたのは、意欲低下や思考力の減退と呼ばれる抑うつ症状だったんだろう。

あの事故は父の肥大化した自尊心の影響が強くあったが、根底には躁状態の易刺激性も関係していたような気がする。だからと言って、許されないことはわかっている。でも、事故を起こす前日に捨てられていた錠剤を、僕がちゃんと拾っていれば何かが変わっていたのかもしれない。何度も繰り返している後悔が、胸を締め付ける。

「僕は今、迷いながらも刑務所で医療を提供しています」

罪人は、苦しみながら最期を迎えなきゃいけないんだ。それが正しい。

滝沢の言葉が過る。被害者の立場から見れば、それが真実かもしれない。誰かを傷つけた人間に医療を提供することは間違っているのだろうか。そうだとしたら、僕が夜去にいる理由はない。

「僕のやっていることって、おかしいでしょうか？」

「随分と身勝手な質問ね」

「すみません……」

いつの間にか、テレフォンカード挿入口付近に書かれた点字に触れていた。その感触は僕の知らない言葉を指先に伝える。

「あなたと話すのは、これで最後にしたいの」

「……清水さんがそうおっしゃるのであれば、もう電話は掛けません」

テレフォンカードの度数は、いつの間にか残り少ない。

「あなたからの無言電話がただの嫌がらせと思えなかったのは、いつもあの子の月命日に掛かってくると気づいたからなの」

カレンダーに記した、赤いインクが脳裏を過る。僕は一言も聞き逃さないように、受話器を強く握った。

「あなたのやっていることが正しいか、間違っているかなんて、私には答えられない。でも、傷つけられた被害者の気持ちを置き去りにしないで」

僕は自然と頷いていた。

「私はやっぱり、あの男のことを許すことはできない。多分、いつまでたっても」

唐突に電話は切れた。僕はしばらく不通を知らせる電子音を聞いた後、握っていた青い万年筆を電話機の上に置いた。

電話ボックスを出て、乾き始めた路上を歩き出す。振り返ると、電話機の上に青い万年筆がポツンと残されている。


街灯の光を避けながら、地面に伸びた長い影だけを見つめて歩いた。終業間際とはいえ、身勝手な遁走《とんそう》をしてしまった事実が胃の奥を痛めつける。

庁舎に入り薄暗い廊下を進むと、更衣室の扉の隙間からぼんやりとした光が漏れだしていた。扉を開けると、ドクターコートを羽織ったままの神崎先生が、腕を組みながら丸椅子に座っていた。

「頭を冷やしに、南極まで行ったのかと思ったよ」

不思議と、嫌みを言われている気分にはならなかった。僕は何も言い訳ができず、小さな声で「すみません」とだけ返す。

「もうやるなよ。頭を冷やしたいんなら、市民プールにでも行け。そうすりゃ、俺は帰って、安心しながら酒が飲める」

神崎先生は厳しい口調の後、大きく欠伸をした。僕はもう一度謝ってから、自分のロッカーへ向かった。不思議とドクターコートを脱ぐ気にはなれない。何度か躊躇した後、取っ手を見つめながら言った。

「一つ、質問しても良いでしょうか？」

「なんだよ？」

「もし、弟さんを殺した人間が夜去に移送されて来たら、神崎先生は医療を提供しますか？」

灰色のロッカーは、いつかの曇天のような色をしている。少し離れた場所から、ドクターコートが擦れるような小さな音が聞こえた。

「もちろん、と答えたいところだが、月曜日と火曜日は真剣に話を聞くかもしれない。水曜日はそいつらの顔を見るのが嫌になって冷たい態度をとるかもな。木曜日には少しだけ自分を責めて、金曜日にはまた言葉を交わすかもしれない。土曜日と日曜日で濁った気持ちを酒で鎮めて、また月曜日には彼らと向き合っているかもしれない」

「結局、どっちなんですか」

「そうだな。迷いながらも矯正医官である限り、医療を提供するよ」

その返事から、神崎先生だけが抱える痛みを感じた。脳裏には受話器から聞こえた不通音が蘇る。奥歯を噛み締めて、拳を固く握った。

「滝沢が感じている痛みは、傷つけた人間に向けた贖罪の言葉なんです。でもそんなやり方は、間違ってる」

「どうして？」

そう問われても、明確な返事は出て来ない。答えを探すように辺りを見回すが、同じ仕様のロッカーが埃を積もらせながらただ並んでいるだけだ。

「こんな場所でいくら考えたって、答えは出ないと思うので……行ってきます」

つむじの辺りから、微かな痺れを感じた。そんな感覚を振り払うように、靴音を響かせる。乾いたばかりのドクターコートは、歩くたびにゴワつきながら揺れた。

消灯時間まで、残り少なかった。若い刑務官に無理を言って、滝沢の房まで付き添ってもらう。鉄扉を開錠すると、すでに部屋の中は照明が絞られていて人間の気配を覆い隠している。

「滝沢」

僕の声を聞いても返事はなかった。その代わりに、酸素が漏れ出す音が薄闇に溶け出している。

「診察の続きをしよう」

こんな時間に寝ている相手を起こしてまで話をするなんて、どうしようもなく身勝手な人間だと実感する。

「今日の工藤先生は、海の匂いがするな……」

掠れた声の後に、荒い呼吸が続く。

「海の匂いじゃない。多分、雨の匂いだ」

「俺が海の匂いって思えれば……それでいいさ」

滝沢はまるで話せる回数が限られているかのように、一つ一つの言葉を大切そうに口にした。

「もう、俺の房には来なくていい」

「何故だ？」

「俺は世間から見たらミジンコみたいな存在だ。なんの役にも立たず、会ったこともない奴らの税金を食いつぶしている……そんな人間に医療は必要ないさ」

「そう思う世間の人間がいることは確かだ。でもな、罪を犯した人間に塀の中で贖罪の意識を感じさせ、真っ当な気持ちで社会に戻ってもらうための費用だと考えろ」

僕の返事を聞いて、鼻で笑うような声が聞こえた。

「俺は社会には戻れねえよ」

ミジンコと自分自身を揶揄《やゆ》した言葉が脳裏を過る。ある確信が血液に乗り、身体中を循環した。僕はそんな思いを噛み殺しながら、話題を変える。

「今日、久しぶりに実家まで足を運んだんだ。でも、もうなくなっていてコインランドリーに変わっていた」

「そうか……」

「帰り道に色々考えた。僕が夜去にいる意味や、誰かに傷つけられた被害者のことを」

相槌は聞こえないが、薄闇の中で僕を見つめる滝沢の気配を感じた。

「死刑以外の多くの受刑者は、いずれ刑を終え塀外の社会で生きていくことになる。今日僕がすれ違った誰かも、以前罪を犯した人間かもしれない」

「塀の中で死ぬ男に、そんなこと言ってどうなるんだ」

ストレートな返事を聞いて、心臓が冷たい鎖で締め付けられる。普通の医者なら神妙な表情を浮かべたり、優しい言葉を口にした方が良いのかもしれない。

「たとえ余命を宣告されていても、お前は今も生きていて、そして刑を受けている」

僕は一度言葉を区切ると、暗闇を吸い込むように深く呼吸をした。

「お前のやっている行為は、贖罪なんかじゃない。緩やかな自殺だよ」

薄闇の中で滝沢の両眼が艶《つや》やかに照り、酷く緩慢な動作で右手を鼻先に伸ばした。手の甲に刻まれた白い傷跡が微かに見える。僕は眼鏡のブリッジをゆっくりと押し上げた。

「滝沢が罪と一緒に真摯に生きている姿が、贖罪の言葉に変わっていくと思うんだ」

消灯時間になってしまったのか、廊下の電気が一斉に消えた。他の場所が暗くなると、部屋に灯された明かりが随分と柔らかで優しい光であることに気づいた。

「守はいつからそんなお節介になったんだ」

それだけ言うと、しばらく滝沢は激しく咳き込んだ。今日はもう潮時かもしれない。僕は少し離れた場所で佇む刑務官を振り返った。それを合図に、鉄扉が開く音が聞こえる。

「また話しに来る」

ふと海の匂いを感じて、袖口に鼻を近づけた。先ほどまでずっと外を歩き回っていたせいか、ドクターコートには微かな潮風の香りが染み込んでいた。


次の登庁日になると、僕は正門の前で愛内先生が来るのを待っていた。しばらくして、切り揃えられた前髪が見えると深く頭を下げた。

「おはようございます。少しお時間よろしいでしょうか」

「どうしたんですか？　こんな朝早くから」

「一つお願いがありまして」

敷地内を並んで歩く。更衣室で別々になる前に伝えたいことがあった。

「もう登庁期間は少ないですが、僕も緩和ケアチームに参加したいんです」

愛内先生が急に立ち止まった。元々大きな瞳が、さらに大きくなるのが見える。

「もちろん、大歓迎です！」

大げさとも言える返事を聞いて、なんだか恥ずかしくなり視線を逸らした。頭上には国旗が風にはためいている。

「滝沢は今できる贖罪として、酷い痛みを受け入れています。確かにそれは彼なりの選択なのかもしれません。でも、できるだけ痛みに支配されず最後まで生きることで、沸き上がる新しい思いもあると思うんです」

「私もそう思います。ちょうど今日の午後に、緩和ケアチームで再度滝沢さんに会いに行こうと思っていたんです。工藤先生も、ご一緒にいかがですか？」

「わかりました。午後になったら北病舎に伺います」

再び歩みを進めた。庁舎に入り更衣室が見えてくると、愛内先生が言った。

「緩和ケアは、余命を宣告された人々に心のケアだけをしているって、よく勘違いされるんです。酷い意見では、医療者の自己満足を押し付けているなんて言う人もいます」

「確かに緩和ケアと言われても、わかりづらい一面があるかもしれませんね。僕にも、正直偏ったイメージがあるかもしれません」

「緩和ケアで重要なのは、痛みに対する薬物療法です。患者ができるだけ自分自身を保ちながら、最小限の痛みで最期を迎えられるように、臨機応変な対応が求められます」

愛内先生はそこで言葉を区切ると、真っ直ぐに僕を見つめた。

「痛みは当事者だけが感じることのできる特別な感覚です。本当の意味で数値化はできませんし、全く同じ痛みを他人が実感することは難しいです」

滝沢の手の甲に刻まれた白い傷跡が、脳裏を過る。そんな映像を、目の前に差し出された小さな手が塗りつぶした。

「だからと言って、そこで終わるわけにはいかないんですよ。医療者として」

差し出された手を、頷きながら握り返した。温かいと言うより熱い感情が、僕の手にも伝わった。

午後になると、約束通り北病舎へ向かった。長い直線の廊下には、窓から差し込んだ日差しが入り込み、幾つもの陰影を描いている。新しい施設は、夜去と比較すると窓の数が少ないらしい。あと数週間もすれば、陽光すらも簡単に入り込めない場所になってしまう。

北病舎の詰め所では、数人の医療スタッフと愛内先生が話をしていた。看護師を始めとし、薬剤師やリハビリスタッフ、その他に刑務官の姿も見える。様々な職種の人間が、滝沢に関わろうとしていることを実感した。

「今日から緩和ケアチームに参加される、工藤先生です」

愛内先生が僕を紹介すると、まばらな拍手が起きる。詰め所内では我関せずとカルテに記録を書いているスタッフもおり、辛辣な反対意見もあると言っていたことを思い出した。

「滝沢さんは、苦悶の表情を浮かべることが多くなってきています。でも、相変わらず痛みの表出はないですね」

「先日、少し話はしたのですが」

「我慢と一言では片付けられないほど、相当痛みは感じていると思うんですよ。普通ならオピオイドの使用も検討しなければなりませんが、本人は一貫して非オピオイド系の痛み止め薬すら拒否していますので……」

オピオイドは医療用麻薬だ。主にモルヒネ、オキシコドン、フェンタニルがあり、脳や脊髄《せきずい》に作用し痛みを鎮める。副作用も多いため一般的な痛み止めが効かなくなってきたり、癌性疼痛に多い突発的な痛みに対し使用される。薬効を長時間持続させる徐放性製剤や、シールを貼るだけの経皮吸収型もある。

「とにかく、滝沢さんの下へ向かいましょうか」

僕たちは連れ立って、廊下を歩き出した。房の前に着くと、先日まであった心電図モニターが撤去されていることに気づいた。

「心電図モニターがないですね。故障ですか？」

「ちょっとした医療機器も本人にとっては、苦痛になりえますから、取り外しました」

「しかし、心電図モニターがなくて大丈夫ですかね……」

心電図モニターを装着していれば、心拍や血中酸素飽和度が低下した場合、すぐにアラームが教えてくれることになり、異常の早期発見に繋がる。

「刑務官が十五分おきに巡視していますので、何か異常があればすぐに気づくことができます。本当は点滴すらも取りたいんです。海外の緩和ケアだと、痛め止め以外の薬は中止したり、バイタルサイン測定もしなかったりするんです。それに希望すれば、お酒も飲めるところがありますし」

治す医療ではなく、最期を迎えるための医療であることを、その言葉から理解した。

刑務官が鉄扉を開錠すると、滝沢は口を半開きにしながら目を閉じていた。口周りには、うっすらと無精髭が張り付いている。こんな状態になっても、髭が普段通り伸びることが不思議に思えた。

「滝沢さん調子はいかがですか？」

愛内先生の言葉を聞いて、閉じていた瞼が緩慢に開いた。

「今日は沢山、人がいるな」

「滝沢さんを心配して集まってくれたんですよ」

返事はない。その代わり、口元を歪めながらゆっくりと瞬きをする姿が映る。

「お辛そうですね……私たちなら、滝沢さんの痛みを和らげることができると思います」

「俺みたいなミジンコに、これ以上大切な税金を使わないでくれ」

「そんなこと言わないでください」

「本気でそう思ってるんだよ」

「それは間違っています。確かにオピオイドと呼ばれる痛み止めは単価は高いですが、適切に使用すれば結果的に医療費は安くなる傾向があるんです。私、データを取ってまとめましたから」

滝沢は何も反応をせずに、隣にある誰も使用していない空のベッドを見つめている。

「地獄に行く前に、工藤先生と塀を見ながら話をしたいんだ」

突然名前を呼ばれ、僕は一度咳払いをしてから問い掛けた。

「どうしたんだ、急に？」

「担当医と話すのは普通だろ？」

周りにいるスタッフの視線が集まる。僕は戸惑いながらも、いつの間にか頷いていた。


風にはもう青々とした木々の香りは混じっていなかった。乾いた陽光が、車椅子の車輪の跡がついたグラウンドを照らしている。車椅子に設置された酸素ボンベから伸びる管が、何度か車輪に絡まりそうになった。

「今じゃ、シャベルも握れないだろうな」

滝沢の視線が花壇に向いた。そこには赤や桃色の秋桜《コスモス》が風に揺れている。

「車椅子に乗るのも、誰かの手を借りなきゃいけない」

「痛み止めを使うようになれば、だいぶ楽になるんじゃないか？」

滝沢は返事をせずに、そびえ立つ塀を見つめている。車椅子に乗っているせいで視線は低く、見ている景色は僕とは違うのだろう。

「塀の近くに行きたいんだ。車椅子を押してくれないか」

少し離れた場所に立つ刑務官に目配せをしてから、車椅子を押した。滝沢のつむじが揺れる。

真ちゃんの心は頭のてっぺんにあるんだね。

ふと、いつかの戯言が鮮明に蘇った。

「つむじは痛くないか？」

「どうした急に？」

「いや、なんでもない」

車椅子を押す手は、ほとんど重さを感じない。こうしている瞬間も、黄ばんだ身体から命が溢れ落ちているような錯覚を感じた。塀の前で止まると、滝沢は顔を上げて目を細めた。

「高っ、やっぱ脱走は無理だな」

「当たり前だ」

「今となっては、もう走れないしな」

塀のコンクリートには、雨垂れの跡や汚れのせいで灰色が所々濃淡を描いている。

「夜去は規則も緩くて、逃げ出すのは簡単と聞いていたんだけどな」

「根拠のない噂だ」

「でも、五年前に脱走があっただろ？」

「どうして知っているんだ」

「前にいたムショで、同じ房の奴から聞いたんだ。新しく扉を替えたなんて、知らなかったよ」

「……お前は脱走目的で、夜去に来たのか？」

滝沢は微かに鼻で笑うと、また灰色の塀を見上げた。

「守に嘘を見破られた翌日にさ、作業療法中に逃げ切るつもりだった。でも、吐いちまって転棟だろ。もしかして俺たちって厄年だっけ？」

塀を見上げる横顔には、清々しい諦めが滲んでいた。不意に、あの喫茶店で飲んだコーヒーの冷たさが口の中に蘇る。

「母親に会いに行こうとしたのか？」

「それは誤診だね。工藤先生はまだまだ修行が足りないな」

僕は息を飲んだ後、滝沢と同じように塀を見上げた。

「お前のこと、知りたいんだ」

「それは医者としてか？」

「自分でも、わからない」

隣から溜息が漏れるのが聞こえ、黄ばんだ両腕が車椅子の肘掛に怠そうに乗った。

「今思えば、闇金から逃げ回る生活の方がマシだったな」

「……母親に送金を断る選択はなかったのか？」

「金を送ることは愛情からじゃない。犬も食わない復讐《ふくしゅう》のためなんだよ。あの女の墓に小便かける準備はできてたんだ」

「……言っている意味がわからないぞ」

「金はあいつを繋ぎ止めておく鎖なんだ。あの女がどういう風に朽《く》ち果てて死んでいくか、見たかっただけさ。その時が来れば、呆気なく突き放してやるつもりだった。ガキの頃、あいつがしたように」

穏やかな瞳で語る言葉には、屈折した感情が滲んでいた。

「あの女が提示する額は、いつも微妙なラインを攻めてくるんだよ。俺の身の丈に合っていて、無理すれば手が届く金額。服のセンスはないのにさ、そんな所だけ良いバランス感覚を持ってるんだ」

「それで、不足した金を上司に借りに行って断られ、衝動的に殺したのか？」

「断られてなんていないさ。むしろその逆だ。ぶっ刺したのは、俺が釣りに行った帰りだったのと、社長が優しすぎたからだ」

髪を梳《と》かすような風は、体温を奪い取るような冷たさを孕んでいた。滝沢は塀を見上げるのを止め、車椅子の影を見つめながら言った。

「社長に親から金を無心されてるって話した後、俺は足りない三万だけ貸してくれって言ったんだ。でも、渡されたのは二十万だった。その金額に戸惑って万札から顔を上げるとさ、優しい表情で言うんだよ。『俺にも覚えはある。そういう親とはこれっきりにした方が良い』って」

「その金額は、お前のことを心配した純粋な親切心からじゃないか……」

「俺は三万で良かったんだ。残りはすぐに返そうとしたんだけどさ、社長は頑なに受け取らなかった。残りの十七万を俺のポケットの中に無理やり入れたんだ。もう一度その金を返そうとしたら、釣りに使う折り畳みナイフが指先に触れた。その瞬間、不思議と周りの音が消えたよ」

滝沢はそこで言葉を詰まらせると、細く青白い血管が這う右手辺りをさすった。

「本当に、それだけなんだ」

話し終わると、滝沢は激しく咳嗽を繰り返した。地面に伸びる車椅子に乗った男の影を見ていると、ある親子の関係が見え隠れしたような気がした。

「仮に脱走できたら、お前はどこに向かうつもりだったんだ？」

「闇金に寄ってから、借りっぱなしの二十万を社長の墓に返そうと思ってた。その後のことは何も考えてねえよ」

滝沢の掌には、僅かに鮮血が付着していた。唾や痰と混ざり合った赤は、日差しを受けて彩度を増している。

「とにかく、このまま何もせずに逝かせてくれ。この痛みが唯一の本当なんだ」

「お前の考えは間違っているよ。それに主治医として、容認できない」

「友達として、認めてくれよ」

滝沢は口元だけで笑うと、右手の甲を静かに見つめていた。

「もう一度だけあの海が見たいよ。防波堤の上で、アタリのない釣り糸を垂らしながら」

「それは、無理だ……」

「わかってるよ、ただ言っただけさ」

滝沢は手に付着した鮮血を病衣に擦り付けると、緩慢に目を閉じた。そろそろ房に戻る時間だ。胸のどこかで、僕なら滝沢を説得できると思っていた。でも、そんな思いは溶け出して地面に薄い影を作る。

「こんな場所で守と再会しなかったら、もう一回釣りぐらいできたかもな」

僕は返事をせずに、車椅子のハンドルを強く握った。


勤務終了時刻になっても、頭の中には濃い霧が漂っていた。滝沢の軽い車椅子を押す感覚が、まだ手に残っている。

「工藤ちゃんは帰れていいな。俺はこれから酒も飲めない長い夜だ」

神崎先生は当直らしく、すでに眠そうな目を擦っていた。

「夜間帯、何事もないことを祈ります」

「ご利益がありそうな神社に行って、賽銭でも投げてきてくれ」

詰め所から出ようとすると、再び欠伸を噛み殺しながら神崎先生が言った。

「そういえば、センターへの大移送のルートが正式に決まったぜ」

あの高い塀は、重機で壊すことができるのだろうか。幾つもの罪を囲っていた灰色のコンクリートには、受刑者たちの情念が染み込んでいるような気がした。

「防犯面に配慮し、受刑者たちには移送の件は直前に知らせる。当日は刑務官が付き添って、救急車や専用のワゴン車で移送することになる。それに逃走予防で各信号には警察官が配備される予定だから、すげえ数のパトランプや屈強な制服の男たちで、夜去市全体が物々しい雰囲気になるだろうよ」

「いくら病を患っているとはいえ、こんな一斉に受刑者を移送するなんて、前例がないでしょうね」

「まあな、スムーズに行けば二十三分で新しいセンターに到着する予定だ」

「意外とあっという間なんですね。それで、どんな移送ルートなんですか？」

「高速は使わない。ずっと一般道だ。市街地を抜けて、あまり通行量の多くない海岸通りを進んで、センターが近くなったらまた市街地に戻る予定だ」

思わず、上ずった声が出そうになる。

「海岸通りを通るんですか？」

「そうだよ。通行時間は三分もないと思うけどな」

「海は見えますよね？」

「当たり前じゃん。海岸通りなんだからさ」

この機会を逃せば、滝沢の願いは永遠に叶えることはできないだろう。僕は気づくと午後の会話の内容を、神崎先生に話していた。

「海を見たいねえ……」

神崎先生は、無精髭を摩りながら宙を眺めている。僕は、たたみ掛けるように続けた。

「海が見えたら少しの間、降車することは無理でしょうか？」

「それは絶対に無理だろうな」

「それじゃ、海岸通りを通る時間だけ車窓を開けることは可能でしょうか？」

「滝沢くんの病状を考えると、救急車での移送となるだろう。救急車の窓はスモークが貼られていて、嵌め殺しだ。だから開かないだろうな」

「そうですか……それじゃ、その救急車に僕が同乗することは？」

「はっきりとは断言できないが、病状のことを絡めて説明すれば同乗は可能だと思う。でも、この状況が続けば痛みが邪魔して海を見る余裕なんてないだろう」

確かにその通りだ。その頃になれば、もっと酷い癌性疼痛が滝沢の身体を蝕《むしば》むことが予想された。

「緩和ケアに参加するように説得します。薬効を計算しながらオピオイドを内服すれば、海を落ち着いて見ることができるはずです」

妙に高揚した声が出てしまう。黄ばんだ目で海を見つめる横顔を脳裏に思い描いていると、神崎先生が言った。

「工藤ちゃんにとってさ、滝沢くんは患者なのか？　それとも受刑者なのか？　それとも友達なのか？」

口調はいつも通りだが眼差しは鋭い。僕は少し黙った後、唾を飲み込んだ。

「正直、わかりません」

「迷いながらでも、ムショの医者って言えないと、俺は移送時に工藤ちゃんが同乗することには反対だ」

「どうしてです？」

「あの高い塀が必要としているのは、受刑者の友達じゃない。医者だからさ」

何も言えないまま頭を下げ、詰め所を後にした。惨めで中途半端な自分から逃げるように、鉄扉をくぐり抜けていく。貴重品入れから財布を取り出し、更衣室には向かわず庁舎を出た。このドクターコートを脱げば、もう医者には戻れない錯覚や恐怖や不安が無秩序に混ざり合い渦になる。外はすでに陽が沈み、ドクターコートの白は薄い闇に染まった。

真っ黒な海からは波の音だけが聞こえ、群青色をした空が頭上にへばりついている。夜は潮騒の濃度を上げ、プランクトンが死んだ匂いを濃密に漂わせる。闇に包まれた消波ブロックのシルエットは、巨大な遺骨が積み重なっているように見えた。

夜であっても砂浜だけは違う色をしていると思っていたが、同じように闇に覆われていた。足を取られながらも、防波堤を目指して進む。波音の切れ間に、僕が持っているビニール袋がガサつく音が鮮明に聞こえた。

防波堤の先端から眺める海には、遠くの灯台から発せられた光が一定の間隔で突き刺さっていた。その夜標のお陰で、こんな暗闇の中でも船は迷わずに済むのだろう。海に足を投げ出すように腰を下ろすと、僕を導いてくれる何かを探すように灯台の光を見つめた。

隣に放置したビニール袋から、缶ビールを取り出した。買った時は手が痛くなるような冷たさだったはずなのに、すでにぬるくなっている。プルタブを開けると白い泡が少しだけ噴き出し、枯れ草のような匂いがした。一度唾を飲み込んでから口をつけると、炭酸と麦芽の苦みが舌を痺れさせた。

父さんはどうして、こんな不味い物を毎日飲んでいたんだろう。無理をしながら喉にビールを流し込んでいくと、胃の奥に蠟燭《ろうそく》が灯ったような温かさを感じた。すぐに眩暈がして、海に投げ出していた足を引っ込める。

防波堤のコンクリートの上で大の字になると、ズレた眼鏡の位置を直した。いくら直しても、視界が揺れて焦点が合わない。これが酔うということかもしれない。初めて体験する感覚を弄びながら、ぼんやりと果てしなく広がる群青の夜空を見つめた。酔いのせいなのか、頭上に海があるように思える。何も見たくなくなって眼鏡を乱暴に剝ぎ取ると、頭の近くに投げ出した。

不明瞭な視界でも、空には星が一つもないことがわかった。吸い込まれそうな夜空を見つめながら、どうしてあんなに避けていたアルコールを飲んでしまったのかを考える。ただの気まぐれか？　それとも清水さんと話して、何か許された気にでもなったのか？　すぐにどちらでもない気がした。中途半端な自分自身が心底嫌になって、傷つけたくなっただけかもしれない。手首に剃刀《かみそり》を突き立てる以外にも、自傷行為はできる。

大きな曖気の後に、酷い吐き気を感じた。這うように防波堤の先端に向かい、暗い海に向けて覗き込むように顔を出す。何故か胃の内容物は少しも吐き出されず、唾が釣り糸のように長く垂れるだけだ。しばらくそんな体勢で海を見つめていると、血圧が急降下する感覚が酷い眩暈と共に身体の自由を奪った。

一瞬、身体の重さが消えた直後、水飛沫《みずしぶき》と叩きつけられるような痛みを全身に感じた。皮膚の表面を通り抜け、海の冷たさが身体の芯を捉える。口の中が、一気に塩辛い液体で暴力的に満たされた。

「助けて」

その声は波に覆い被さられ、僕自身の鼓膜を震わせるのが精一杯だ。誰にも届かない声は、気泡が弾けるように消えていく。海水を吸ったドクターコートは、鉛《なまり》に変わってしまったように重い。眼鏡のない両目に波がぶつかると、心臓がさらに早鐘《はやがね》を打った。

「誰か！」

叫べば叫ぶだけ肺が圧迫され、喉が締まっていく。出鱈目な手足の動きでは、前に進むことなんてできない。耳元で波が揺れる音は、聞いたことのないメロディを伴いながら奇妙に響いた。脳が糸くずのように絡まり、思考という概念を小波《さざなみ》がさらっていく。

身体は夜の海の中にいるはずなのに、意識はいつかの防波堤に立っていた。唐突に蘇った記憶の世界では、今よりずっと視線が低い。真ちゃんの手に巻きつけたTシャツが、血で赤く染まっていた。

『俺さ、かさぶたできるとすぐ取っちゃうから、この傷はずっと治らないかもな』

『僕がいなくなっても毎日消毒して、触らないようにしなきゃダメだよ』

『でもよ、かさぶた取るのって気持ち良いんだよな』

『だからダメだって』

視線を防波堤のコンクリートに向けると、垂れた血液が赤黒く変色しながら乾き始めていた。着ていたTシャツを脱いだせいで、裸の上半身に潮風が優しく撫でるように触れている。真ちゃんの笑い声が聞こえて、僕は顔を上げた。

『守さ、将来医者になれば?』

『急に何言ってんの……無理だよ……』

『守は頭良いし大丈夫だって。医者になったらさ、この傷が治ってるか見てくれよ』

『その頃には絶対にもう治ってるって』

『わかんないじゃん。ちゃんと医者になって、いつか診察してくれよな。約束だぞ』

灯台の光が、遠くの海を照らしている。その閃光の欠片が、散乱していた意識の回路を繋いだ。気づくと、身体は妙に軽くなっている。すぐ側には、僕が着ていたはずのドクターコートが水面で揺れていた。

それから細胞一つ一つが加速するような感覚を覚え、勝手に手足が動いた。不明瞭な視界で全身の熱量を消費する。口の中に海水が入りこんでも、液体の感触がするだけで塩辛くはない。意識を置き去りにし、僕の手足は勝手に波を掻き分ける。

消波ブロックの硬い感触を指先で感じると、奥歯を嚙み締めてから両手で身体を持ち上げた。骨が軋む音と衣類に染み込んだ海水が、雫となって落下する音が暗闇の中に響く。

やっとの思いで防波堤に横になると、肩で息をしながら仰向けになった。初めて酔う感覚は、海の中に置いてきた。

「生きてる」

その言葉を声に乗せて、確認したかったのだと気づく。眼鏡を掛け直してから海面に目を凝らすと、僕が脱ぎ捨てたドクターコートが波に弄ばれながら遠ざかっていくのが見えた。


僕の酷い髪型と半乾きの服を見て、神崎先生が目を丸くした。

「工藤ちゃん、なんか全身濡れてない？　それにクサッ、なにこの臭い」

「海に落ちたんです」

「嘘でしょ？　なんで？」

「今年最後の海水浴です」

僕の冗談を真に受けたのか、神崎先生は言葉を失っていた。

「消灯時間まで、まだ時間はありますよね？　滝沢と話がしたいんですが」

「それはいいけどさ……何か悩みがあるなら話を聞こうか？」

「大丈夫ですよ」

僕が自然に笑ったせいか、神崎先生から腫れ物に触るような態度が消えた。

刑務官に付き添われ、静まり返った廊下を進む。滝沢の房に着くと、右足から踏み入れた。

「消灯時間前に悪いな」

いつものようにドクターコートを着ていない僕を、滝沢が無表情で見つめていた。

「これって、雨の匂いか？」

「いや、今度は本当に海の匂いだ」

いつかの面影を探すように滝沢を見ていると、呆れたような声が聞こえた。

「また痛み止めの話か？」

「違う。ただ話がしたくなって来たんだ」

「職権乱用だな」

冗談めかした声が聞こえたが、滝沢はすぐに痛みで顔を歪ませた。

「僕はずっと受刑者に対して、贖罪の意識はあるのかって問い掛けてきたんだ。決まり文句のように」

「別に変なことじゃないだろ」

「確かに間違ったことじゃない。でも肝心なことが見えていなかった。耳触りの良い言葉だけに頼ってた」

僕はそこでいったん言葉を区切ると、全身に染み込んだ海の匂いを深く吸い込んだ。

「踏みにじった人権や傷つけた人々の痛みを知るためには、まずは受刑者自身が自分の痛みと向き合わなきゃいけない。そうしないと、他人の痛みなんて理解できるはずがないんだ」

「そんなことわかってるさ、だから俺はこうやって痛み止めを拒否してるんだろ」

「僕が言っているのは、身体の痛みじゃない」

心なんて本当は存在しないのかもしれない。それでも、喉の奥が焼けるような感覚に導かれながら声帯を震わせる。

「ずっと隠している自分自身の傷に向き合うことができれば、徐々に被害者の痛みも理解できるようになっていくんじゃないか」

消灯時間になったせいで、一斉に明かりが消えた。唐突に汗と海水が混じった匂いが強くなる。

「医療はあの高い塀を越えて、鉄扉を通り抜けなければいけない。僕のような医者がいるのも、自分自身と深く向き合う時間や、被害者の苦しみを考える機会が病で塗り潰されないようにするためなんだよ。そんな日々の積み重ねが、再犯防止にも繋がっていくと思うんだ」

「でも、俺は塀の中で死ぬぜ。再犯の可能性はゼロだ。そんな奴に医療は必要ないだろ」

「緩和ケアだって立派な矯正医療だ。自分自身の身体の苦痛が酷ければ、本当の意味で被害者の痛みを考える余裕なんてないはずだ。だから……受刑者は健康じゃなければいけない。犯した罪のために、傷つけた被害者のために、そして長い時間を掛けてでも自分自身の人権を回復するために」

本当に伝えたい単純な言葉に気づいた。水面に揺蕩《たゆた》う白いドクターコートが脳裏をかすめる。この半年間何度も聞いた、鉄扉を開錠する音が身体の奥底から鮮明に響いた。

「僕は最後まで、真ちゃんの医者でいたいんだよ」

窓から入り込んだ月光が、窓際のベッドを照らしている。視線を戻すと、真ちゃんはベッド柵を握りしめ上体を起こそうとしていた。

「どうしたんだ?」

返事はない。真ちゃんは苦痛で顔を歪めながらも、ベッド柵を握る力を緩めようとはしなかった。

「守、釣りしようぜ」

真ちゃんはベッドの端に座ると、ゆっくりと竿を振る動作をした。

「海の匂いを嗅いでたらさ、釣りしたくなったよ」

何度か透明な竿を振る姿を、月の光が群青色に染めていた。息を切らしながら糸を巻く動作を見ていると、はっきりと潮騒が聞こえた。

「あの時の傷、よく見せてくれないか」

ゆっくりと真ちゃんに近づき右手に触れた。薄闇の中でも、白い傷跡ははっきり確認することができる。

「ちゃんと治ってるよ」

自然と中腰になり、真ちゃんと同じ高さになって窓を見つめた。それから一度だけと決め、透明な竿を振りかざす。僕たちにしか見えない細い糸が、鉄格子の隙間をすり抜けていく。隣から鼻を啜る音や、肩を震わせる気配を微かに感じた。

「夜の方が、よく釣れるんだったな」

真ちゃんの掠れた声が、穏やかな潮騒と混ざり合うような気がした。僕は自分で決めた約束をあっさりと破り、もう一度透明な竿を振った。こんな殺風景な部屋に、二人の子どもが並んでいる。横目で真ちゃんの表情を確認すると、ささくれた唇が微かに動くのが見えた。

「母ちゃん」

聞き逃してしまいそうな言葉が、すぐ泡のように消えた。

エピローグ

助手席の車窓から眺めた空には、肋骨《ろっこつ》のような形をした雲が浮かんでいた。ぼんやりと目で追うと、角度によっては羽根のようにも見えた。

「夜去では、この仏さんで最後ですね」

公用車を運転する刑務官の声を聞いて、小さく頷く。

「死後二十四時間以内の火葬は禁止されていますから、最後でしょうね」

「夜去で最後になるか、新しいセンターで第一号になるか、どっちがいいんでしょうね」

「どっちも同じですよ」

刑務官がハンドルを切ると、後部で棺が鳴った。車内には音楽もラジオも流れていないため鮮明に響く。

「先生も休みなのにご苦労さんです」

「いえ、一度火葬の現場を見てみたかったもので。それに担当患者ですし」

「仏さん、まだ若いんでしょう?」

「僕と同い年ですから、三十二です」

「うわー、癌でしたっけ？」

「スキルス性胃癌です」

「私も気をつけないとな。カミさんと子どもが、路頭に迷っちまいますよ」

何が面白いのか、刑務官は一人で高笑いした。

「火葬はどの程度時間が掛かるんですか？」

「九十分って、とこですかね」

愛内先生の青い車と違って、初めて乗車した公用車からはエンジンが回転する音や、タイヤが地面に擦れる振動が直接尻に響いた。そんな音や感触がしても、もう吐き気は起こらない。

「一つお願いがあるんですが」

「なんでもおっしゃってください。休日返上で来てくださったんですから」

僕は朝からずっと考えていたことを刑務官に告げた。その最中、初めて食堂で食べた生姜《しょうが》焼き定食の匂いが、着ていたシャツから仄かに漂っていた。

火葬場に到着すると、刑務官が火葬許可書を提出しながら言った。

「夜去では、この仏さんで最後です」

火葬場の職員は無縁仏に慣れているのか、淡々とした様子で公用車から棺を下ろしていく。

「読経はないんですよ。すぐ火葬炉に運ばれます」

「手を合わせるのは、僕たちだけですか？」

「あとはさっきの職員さんたちですな。寂しいもんですよ」

火葬場の職員に連れられ、台車に乗せられた棺が冷たい廊下を進んで行く。すぐにエレベーターの入り口のようなものが、三つ並んでいる天井の高い部屋に辿り着いた。

「あれが火葬炉です。多い時なんて三つ全部が、うちの受刑者で埋まることもあるんですよ」

火葬炉の前には小さな焼香台があり、造花と林檎《りんご》の玩具が白々しい色を発していた。位牌もあるが、戒名は記載されていない。

火葬炉の中に棺が搬入されると、無言で手を合わせた。一瞬、静謐な時間が辺りに漂う。僕が何も言葉を発しない代わりに、隣に立つ刑務官が「あの造花と林檎、何年も同じだな」とぼそりと呟いた。

帰りは助手席ではなく、後部座席に座った。吐き気があったわけではない。単純にその時の表情を見られたくなかった。

茶毘に付された遺骨は骨箱の中に収められ、体温に似た温もりを放っている。

「あの、行きの車内で話したお願いって……」

「ちゃんと覚えてますって、大移送で通る予定の海岸通りですよね？」

「お願いします」

「私も夜去では、数々の受刑者の火葬に付き合ってきましたから。ま、新しいセンターでもその役目は続くんですけどね」

呑気な声が聞こえてから数分すると、車窓には緑色の海が見え始めた。変わらず濁っているが、急に透き通った海を見せられても、あいつは驚いてしまうだろう。

「ここら辺で止めてくれませんか？　すぐ戻りますので」

僕は両手に遺骨を抱えると、公用車のドアを開けた。潮騒が鳴き、潮風が首筋を撫でる。

「今度は、本当の海だよ」

僕は路上で遺骨を持ったまま、遠くに引かれた水平線を見つめた。遺骨の温もりが、潮風にさらわれ緑色の海の中に消えていく。

再び車内に戻ると、刑務官がアクセルを踏んだ。

「海が好きな仏さんだったんですか？」

「ええ、とっても」

「先生に連れて来てもらえて、幸せですな」

流れゆく景色を見つめながら、あいつが金を返せなかった墓石に、どんな花を手向けようか考える。どうしてか、何一つ花の名が浮かばない。気づくと、もう海岸通りは終わろうとしている。車窓から煌めく海面に目を細めていると、刑務官が平淡な声で言った。

「仏さん、穏やかな表情をしていましたね」

その声を聞いた直後、視界が急に曇った。眼鏡を外し、レンズをシャツで拭いてみたが何も変わらない。すぐに涙と鼻水で顔はぐしゃぐしゃになってしまった。

「先生、大移送の時は頑張りましょうね。絶対成功させましょう」

僕は短く「はい」と返事をしてから、手の甲で目元を擦った。

「また、いつか絶対に戻ってきます」

「そう思う先生の気持ちもわかりますよ。こんなにも綺麗に海が見える道路は、なかなかないですから」

刑務官の勘違いした返事を訂正しなかった。膝に乗せていた骨箱を見ると、表面の一部が小さく色づいている。落下した涙の跡が、滲んでいた。

「窓、開けても良いですか？」

さっきまで曇っていた視界は、いつの間にか鮮明に世界を映し出している。開けた窓から車内に入り込んだ潮風が、涙の跡を乾かした。

「海の匂いがしますね」

夜去医療刑務所に着いたら、どちらからでもいいから胸を張って足を踏み出そうと誓い、もう一度プランクトンが死んだ匂いを深く吸い込んだ。

謝辞

この小説の執筆にあたり、快く取材を引き受けてくださった
東日本成人矯正医療センターの皆さまに心から感謝致します。

本書内では精神疾患を患っている受刑者が登場しますが、
精神疾患を患っている方々が、
健常者と比較して犯罪を引き起こしやすい訳ではないことを、
併せて記させて頂きます。

著者

〈参考文献一覧〉

・塀の中の患者様　刑務所医師が見た驚きの獄中生活・日向正光・祥伝社
・封印の扉　刑務所・拘置所、診察メモ・塚田錦治・筑波書房
・入門　犯罪心理学・原田隆之・筑摩書房
・刑務所しか居場所がない人たち　学校では教えてくれない、障害と犯罪の話・山本譲司・大月書店
・獄窓記・山本譲司・新潮社
・累犯障害者・山本譲司・新潮社
・面白いほどよくわかる！　犯罪心理学・内山絢子・西東社
・知っておきたい　最新　犯罪心理学・細江達郎・ナツメ社
・雑学3分間ビジュアル図解シリーズ　犯罪心理学・福島章・PHP研究所
・人を殺すとはどういうことか　長期LB級刑務所・殺人犯の告白・美達大和・新潮社
・殺人者はいかに誕生したか　「十大凶悪事件」を獄中対話で読み解く・長谷川博一・新潮社
・刑務所の風景　社会を見つめる刑務所モノグラフ・浜井浩一・日本評論社
・FBI心理分析官のプロファイリング　「動機」が怖いほど読める！　その時、

その場所、その方法が選ばれた理由・ジョン・ダグラス　マーク・オルシェーカー／西村由貴（訳）・三笠書房
・反省させると犯罪者になります・岡本茂樹・新潮社
・All Color ニッポンの刑務所30・外山ひとみ・光文社
・自閉症スペクトラム障害　療育と対応を考える・平岩幹男・岩波書店
・自閉症スペクトラムとは何か　ひとの「関わり」の謎に挑む・千住淳・筑摩書房
・発達障害・岩波明・文藝春秋
・心に狂いが生じるとき　精神科医の症例報告・岩波明・新潮社
・精神疾患・岩波明・ＫＡＤＯＫＡＷＡ
・精神障害者をどう裁くか・岩波明・光文社
・はじめて熱帯魚を飼う時に読む本・椎出版社
・ベタ　１６４の品種紹介と飼育解説・大美賀隆・エムピージェー
・犯罪心理学を学ぶための精神鑑定事例集・辻惠介・青山社
・ＤＳＭ－５　精神疾患の分類と診断の手引・American Psychiatric Association・日本語版用語監修：日本精神神経学会・医学書院
・刑事施設内医療を考える　刑務所から見えるもう一つの医療問題・近畿弁護士会連合会　人権擁護委員会・現代人文社
・患者から早く死なせてほしいと言われたらどうしますか？　本当に聞きたかった

緩和ケアの講義・新城拓也・金原出版
・エビデンスからわかる　患者と家族に届く緩和ケア・森田達也・白土明美・医学書院
・矯正講座　第34号　2014年・龍谷大学矯正・保護課程委員会編・成文堂
P103～106／岡崎医療刑務所／土井眞砂代
・精神科治療学 Vol.33 No.8 Aug.2018・「精神科治療学」編集委員会・星和書店
P985～992／矯正医療の現状と一般精神科医療に求めること／奥村雄介
・矯正医学　第64巻　平成28年2月　第3号・日本矯正医学会
P89～135／シンポジウム　矯正施設における高齢者の健康管理とその動向～精神・身体・栄養・刑事政策～・矢野健次・野村俊明・新妻宏文・松本勲・鷲野明美・津村省吾
・矯正医学　第62巻　平成26年2月　第1－3号合併号・日本矯正医学会
P5～16／展開する緩和ケア　挑戦と課題／伊藤恵子
P50～60／医療専門施設の立場から／菅原稔

・DOCTOR'S MAGAZINE　NO,209 March 2017・メディカル・プリンシプル社
Ｐ14～17
・精神科看護　2002,Vol.29 No.4・社団法人日本精神科看護技術協会・精神看護出版
Ｐ15～21／特集　どう考える「触法問題」　医療刑務所における精神科医療　第13回精神保健福祉フォーラムＰＡＲＴⅡから／阿部惠一郎
・刑政　２００４年２月号・（公益財団法人）矯正協会
Ｐ88～95／精神障害受刑者の処遇に携わって（Ｂ級処遇からＭ級処遇へ）／秋次政伸
・刑政　２００６年６月号・（公益財団法人）矯正協会
Ｐ62～71／行刑施設訪問インタビュー（第４回）　ここに生きて／山内碧
・犯罪心理学研究　第47巻　２００９年　特別号・日本犯罪心理学会
Ｐ２０５～２０８／精神疾患を持つ受刑者と医療刑務所の役割／吉本康孝

・矯正医学　第58巻　平成22年2月　第2－4号合併号・日本矯正医学会
P79～115／シンポジウム　矯正医療の特殊性・困難性／杉田誠・本庄武・新妻宏文・加藤保之・西口芳伯

・成人病と生活習慣病　2017 Vol.47 No.2・成人病と生活習慣病編集委員会・東京医学社
P263～266／連載　矯正医療を知っていますか？　第2回　精神障害と犯罪・非行／奥村雄介

〈ネット記事〉

・【老いゆく刑務所】（3）塀の中の医療・江川紹子
https://news.yahoo.co.jp/byline/egawashoko/20160923-00062077/

・NEWS PICKS　360度カメラで見る「日本の現場」　年間50名が所内で死亡。八王子医療刑務所「遺骨」の行方・石井光太
https://newspicks.com/news/2375238/body

・犯罪白書：法務省
http://www.moj.go.jp/housouken/houso_hakusho2.html

〈映像〉

・ＴＢＳ　報道特集　２０１６／５／７放送　〝獄死〟医療刑務所の現実
・テレビ朝日　スーパーＪチャンネル　２０１８／４／２放送　前代未聞！　医療刑務所を移転　受刑者の〝極秘移送〟に独占密着

本書はフィクションであり、
実在する団体・人物とは一切関係がありません。

この作品は二〇一九年九月にポプラ社より刊行されました。

シークレット・ペイン
―夜去医療刑務所・南病舎―

前川ほまれ

2021年9月5日　第1刷発行

発行者　千葉 均
発行所　株式会社ポプラ社
〒102-8519　東京都千代田区麹町4-2-6
ホームページ　www.poplar.co.jp
フォーマットデザイン　bookwall
組版・校閲　株式会社鷗来堂
印刷・製本　中央精版印刷株式会社

N.D.C.913/396p/15cm　ISBN978-4-591-17119-6

P8101428

ポプラ文庫好評既刊

跡を消す

特殊清掃専門会社デッドモーニング

前川ほまれ

気ままなフリーター生活を送る浅井航は、ひょんなことから知り合った笹川啓介の会社で働くことになる。そこは、孤立死や自殺など、わけありの死に方をした人たちの部屋を片付ける、特殊清掃専門の会社だった。死の痕跡が残された現場に衝撃を受け、失敗つづきの浅井だが、飄々としている笹川も何かを抱えているようで――。生きることの意味を真摯なまなざしで描き出した、第七回ポプラ社小説新人賞受賞作。